BİR CİHAN KAFES

İclal Aydın

ARTEMİS YAYINLARI, İSTANBUL

AB/397
ABG/181
AÇ/241
A/55

BİR CİHAN KAFES

İclal Aydın

Genel Yayın Yönetmeni: Ilgın Sönmez
Editör: Yeliz Üslü
Düzelti: Tolga Meriç
Yaratıcı Yönetim: photoRepublic
Grafik: Aşmin Ayşe Gündoğdu

1. Basım: Mayıs 2013

ISBN: 978-605-142-278-7
Sertifika No: 10905

ARTEMİS YAYINLARI

Ticarethane Sokak No: 53 Cağaloğlu / İstanbul
Tel: (212) 513 34 20-21 Faks: (212) 512 33 76
e-posta: editor@artemisyayinlari.com
www.artemisyayinlari.com

Baskı ve Cilt: Melisa Matbaacılık
Çiftehavuzlar Yolu Acar Sitesi No: 4 Bayrampaşa / İstanbul
Tel: (212) 674 97 23 Faks: (212) 674 97 29 Sertifika No: 12088

Genel Dağıtım: Alfa Basım Yayım Dağıtım Ltd. Şti.
Tel: (212) 511 53 03 Faks: (212) 519 33 00

Artemis Yayınları, Alfa Yayın Grubu'nun tescilli markasıdır.

Sorduğu masum sorulara yanıt arıyordum.
Beni böyle özgürleştirdiğini fark ettim.
Kızım Lal için…

BİR CİHAN KAFES

İclal Aydın

ARTEMİS YAYINLARI, İSTANBUL

Zorba,
itaatkârın
üzüntüsüyle
beslenir...

Her hikâye nasıl da benziyor birbirine
(Başlangıç)

Anne karnında her şeyden ve hepsinden evvel kalbin, sonra omuriliğin beliriyor. Ardından tomurcuk açıyor ellerin.

Kalbin önceliği var hepsinin içinde. Bu yüzden kalbi eğitmek diğerlerinden daha zor. O kalbi büyütmek, eylemek, teselli etmek, demire döndürmek için akıp giden bütün yıllar, yani dünya üzerindeki bütün serüvenin aslında bir göz açıp kapamadan ibaret.

Her kalp aynı buluşmayla oluşup benzer bir yarayla çürüyor üstelik...

Bir insanın yumruğu kadardır kalbi, derler.

Demek ki kalbin kadar insansın.

Avcunun içine düşen kalp kadar merhametin...

Umutsuzlukla tütsülenmiş bütün kalpleri, kendini kalabalığın içine savurup sağır ve dilsiz olmak isteyenleri, yalnızlığının kuyusunun başından ayrılmadan, durmaksızın kederinin yankısını dinleyenleri görür görmez tanırım.

Çünkü sana bu hikâyeyi anlatmak için uzun bir yoldan geliyorum.

Gelirken koyu kırmızı biberle domatesi, unutulmaya yüz tutmuş gençliğiyle yıllardır bastırdığı hasretlerini bir güzel karıp 'acılı ezme' yapan kadınların mutfağının önünden, sakızağaçlarının içinden, depremlere direnememiş büyük kalelerin üzerinden, parmaklarının arasındaki telli çalgısının inlemesine ağlayan adamların ve karşı kıyıya bakarak ihtiyarlayanların yanından geçtim. Tarihin en eski tepesinden baktım öğle güneşinin yaktığı sokaklara. Evindeki gölgeye kaçıp uyuyanların ve suratlarına konan sineklerin, limanlarda bekleyen yük gemilerinin, gönül derdi gibi tüten yasemin kokularının peşinden gittim.

Sonra uçsuz bucaksız yeşil bir vadinin içindeki taş evlerin ve şatoların efendilerini, o efendilerin bağlarını, şaraplarını, sirkelerini ve pekmezlerini, bereketli topraklarını ve zenginliklerinden doğan yeniçağın kalıtlarını gördüm. Taze ekmeklerini, böldüğünde içinden süt akan peynirlerini ve kokusu dağları alan reyhanlarını yedim. Köprülerinin üzerinden kuleli manastırlarına, tahta arabaları çeken doru atlarına baktım.

Yağmur altındayken tipiye yakalandım. Üzüm bağlarının koyu yeşil sıcağı, mavi ışıklı kiliselerin penceresine yağan karın ayazına kavuştu. Geyiklerin sessizce gezdiği kara ormanlardan, milyonlarca kadın, erkek ve çocuğun yakıldığı fırınların utanç kasabalarından, sepetle para taşıyarak ekmek almaktan usanmış halkın açlıklarını, fakirliklerini içlerindeki lanetli Orta Doğulunun fırıncı ve doktor ve öğretmen olabilmesine bağlayan ve buna bir son vermeye kararlı o büyük zalimin peşinden gittikleri savaş şehirlerinden geçtim.

O kudretin yerle bir ettiği başka ülkelerin turuncu gökyüzünü ve o göğün, göğsünü delmek ister gibi uzanan çelik yapıları gördüm. Taze, uzun ekmeklerin arasına peynirler, jambonlar dizen kırmızı yanaklı kızları ve kaldırımlar boyu peşi sıra oturup kahve içen gezginleri, mutsuz fahişeleri, belki de şansının yolunu değiştirecek bir suluboya resmi tokluk parasına satan ressamları izledim.

Yel değirmenlerini, tereyağı tulumlarını, lale bahçelerini, birbirine yapışmış gibi duran rengârenk oyuncak evleri, tahta ayakkabılı peynircileri, terk edilmiş bisikletleri, sigara saranları, birbirini kesen kanallarda kaybolmuş, gözleri esir insanları ardımda bıraktım.

Nehirlerde aktım. Bir dala takıldım. Yolumu, yönümü rüzgâra bıraktım.

Kırmızı şarapla ağlayıp bir lokma yemekle doyanları, feryat figan şarkıları, kara saçlarıyla raks eden kadınları, çiçek pazarlarını, mimoza ağaçlarını, her türlü kabuklu deniz hayvanını bağırarak satan pazarcıları, domuzları sırtlamış yürüyen kasapları ve dağlardan, tarlalardan toplanmış otları, kökleri, yemişleri satan manavları, tütsülenmiş etleri, kurutulmuş balıkları, dev katedralleri ve eflatun lavanta tarlalarını ezberime alıp dalgaları, kıyı köylerini döven vahşi denizi aştım bir kez daha.

Çöllerden, Atlas Dağları'ndan, mutsuz bakışlı çocuklardan, bezgin develerden, binlerce martıdan, yüzlerce balıkçı teknesinin yan yattığı limanlardan, karides yiyen kedilerden, rengârenk çarşaflarıyla sadece bakan; güzel bakan, hüzünlü bakan, ağıtla bakan, cilveyle bakan kadınlardan, gül, amber ve sandal ağacı kokusundan hemhal, esrarlı avlulardan, iman aşkıyla yatsı namazına duranlardan, sabah ezanıyla duasına bütün dileklerini sığdıranlardan, elindeki kehribar tespihin her boncuğunda Allah'ın güzel isimlerini bir bir sayanlardan ve şifalı otları taş bir havanda döven köylülerden nakşedilmiş toprakların üzerinden yürüdüm.

Ve toprağın artık bittiği yerden, dünyanın sonudur sanılan uçurumdan, denizden önceki son kıtanın en batısından baktım uzaklara. Rüzgâr beni alıp okyanusa vuracaktı neredeyse.

Bu rüzgâra yenilmemiş kâşiflerin, yeni ülkeler, yeni baharatlar için çıktıkları yoldan devam ettim ben de.

Göçmenlerin aç biilaç beklediği adalarda bekledim, hatıraları üzerinde uyudum. Belki de anlamak için durdum. Kayboldum. Siyahla beyazın arasında, zenginle fakirin, uzunla kısanın, yeniyle eskinin, büyükle küçüğün, kadınla erkeğin, başlangıçla bitişin, yazla kışın, esaretle özgürlüğün, prangayla kamçının, çığlıkla sükûtun arasında kayboldum.

Hayatlara girdim çıktım. Sevişmelere, intiharlara, büyük sırlara, alçaklıklara, masumiyete, depremlere, kazalara tanık oldum. Ve yüz binlerce aşka ve milyonlarca yalnızlığa ve milyarlarca çaresizliğe şahit durdum. İşte o vakit bir çığlık gibiydi yazmak.

Günlerden bir gün, neyi aradığımı bile unutmuş dolanırken bir trene bindim. Aklım mı karışmıştı artık? Yorgun muydum? Nerede indiğimi bilmeden indim. Trene bindiğimde güneşliydi hava. İndiğimdeyse tozları, gazete kâğıtlarını ve yaprakları savuran bir rüzgâr çıktı. Sonra gök delinmişçesine yağmur yağmaya başladı. Nerede, neden yürüdüğümü bilmeden yürüyordum. Sadece yürüyordum. Yağmur beni ıslatıp rüzgâr oradan oraya iterlerken bir bina çıktı karşıma. Ev desen ev değil, fabrika desen fabrika değil. Kırmızı tuğlalarla örülüp beyaza boyanmış, fakat yağmurda karda boyası akmış, eski mi eski bir yapı.

Durdum.

Kapısı açıldı ansızın. Bembeyaz saçlı, siyahlar giymiş, ihtiyar bir zenci gülümseyiverdi. Kalpten gülümseyenleri hemen ayırt ederim. Dişlerinin beyazı bütün yüzüne yayıldı. Kapıyı ardına kadar açmış, girmemi bekliyor gibiydi. Giriverdim içeri.

Günlerden pazardı. Yoksulların pazar günleri farklı olur. Dinle bak, burada da öyle oldu... Tanıklıklarım hep böyle gelişti. Kendiliğinden...

Bu yapı öyle sıradan bir yapı değilmiş. O daracık, yoksul sokağın ilk ve tek kilisesiymiş meğer. Tam elli yıl önce imeceyle dizmişler tuğlalarını tek tek. Bu çatının altına sığınıp yakarmışlar Tanrı'ya. El ele tutuşmuşlar.

O pazar günü, hepsi bir güzel giyinip kuşanmıştı. Renkli şapkaları siyah tenleri üzerinde kurak bir toprakta mucize gibi fışkıran çiçeklere benziyordu. Genci ihtiyarı toplanmış, kimileri ağlaşan çocuklarını oyalamaya çalışarak, kimileri de ellerini kucaklarında kavuşturup başlarını bir öne bir arkaya sallayarak bekleşiyorlardı. Oradaki bütün kalpler, bir yumruk olmuş birlikte atıyordu.

Sonra yavaş yavaş sessizlik hâkim oldu kiliseye. Yaşlı bir rahip ağır adımlarla kürsüye doğru ilerliyordu. Ellerini kürsünün iki yanına yerleştirip bir süre cemaate baktı. Çıt çıkmıyordu.

O sessizlikte usulca oturuverdim bir kenara. Yaşlı adam bakışlarını kalabalığın üzerinde gezdiriyordu. Bense sadece ona bakıyordum. Bir şey vardı aralarında. Onların elli yıldır bildiği, benim az sonra şahit olacağım... Nefesimi tuttum. Öyle ya, belki de onca yolu bu sırrı öğrenmek için aşmıştım. Bütün ilahi dinlerin Allah'ının aşkına bir aradaydık...

Yaşlı adam konuşmaya başladı.

"Elli yıl olmuş kardeşlerim! Biz bu kiliseyi kuralı tam elli yıl olmuş. Bu kürsüde vaaz veren ilk rahiptim ben. Hiç unutmadım o günü. Zamanın bu kadar hızlı geçeceği kimin aklına gelirdi? Kardeşlerim… Bir kısmınız elimde büyüdü, bir kısmınız benim gençliğimi bile hatırlar. Ben bu mahallenin kaldırımı dahi olmayan yollarında yürümeye başladığımda annem çamaşır yıkar, kazandığı parayla bana bakardı. Yalnız bir kadındı. Babamın mezarına götürür, gururla beni anlatırdı ona. Ve bu gururun haklı bir nedeni vardı. O zamanlar bu mahallede üniversiteye girebilmiş ilk zenciydi onun oğlu! İlk!"

Cemaatin çoğunluğu biliyor olmalıydı bu hikâyeyi. Ama dinlemekten bıkmamışlardı belli ki. Dünya döndükçe de anlatılmasını istiyorlardı sanki.

"Neden ve nasıl oldu, biliyor musunuz? Annem o çamaşırları bembeyaz yaptığı için. Annem o çamaşırları sonsuz bir inançla yıkayıp okumaktan kaçtığım her gün beni dövdüğü için. Geleceğe inandığı için... Ben inanmazdım oysa. Çünkü o zamanlar değil bir beyazın geleceğini paylaşmak, gözlerinin içine bakıp konuşamazdık bile onlarla. Evlerinde hizmet ettiğimiz beyazların yediği bamyanın dikenli çöpünü, patatesin kabuğunu ve tavukların bir kenara atılan kanatlarını yiyebilirdik ancak. Bütün bu artıkları kendilerine bağışlanmış bir yumurtaya bulayıp kızartarak hepimizi doyuran sofralar kuran kadınlarımızın duası, inancı ve sabrıyla dayanabildik biz. Evet, o zamanlar konuşamazdık. İsyan etmez, Tanrı'ya yakarırdık: *Bizi gör Rabbim! Çektiğimiz bunca acıyı, haksızlığı ve adaletsizliği gör! Bizi dayanıklı ve sabırlı kıl Rabbim.*

"Hepimizden daha büyük bir acıyla kavrulan kadınlarımız bir tek gün bile vazgeçmediler Tanrı'ya yakarmaktan. Bizi okutup büyüttüler ve sustular. Sabırla susarak dayandılar bu çileye. Ve sonunda, müjdeci Yahya'nın babası kâhin Zekeriya'nın acısını onu susturarak dindiren Tanrı, bizim sabrımızı ve suskunluğumuzu da ödüllendirdi.

"Çocuğu olmuyordu Zekeriya'nın. İyi, sabırlı ve inançlı bir insandı. Bir gün Cebrail göründü ona. *Sana bir çocuk gelecek, hayırlı bir evlat olacak. Daha doğmadan kutsal ruhla dolacak. Adını Yahya koyacaksın; o bir peygamber olacak*, dedi. Umutsuz Zekeriya, Cebrail'e inanmadı önce. Karısı ve kendisi yaşlanmış, bir evlat için yakarışları o güne dek kabul görmemişti. Cebrail, *madem bana inanmıyorsun, oğlun Yahya'yı kucaklayana dek konuşmayacaksın*, dedi. Ve Zekeriya'nın o andan itibaren tutulan dili, ancak oğlu Yahya kucağına verilince çözüldü."

Bazı hikâyeleri tekrar tekrar hatırlamak, bıkmadan anlatmak, usanmadan dinlemek gerekiyordu. Çünkü anlatıp dinlediğimiz hikâyeler sonunda kendi hikâyelerimize dönüşerek tekrar tekrar gerçekleşiyorlardı.

"Bugünlerin hayalini kuran, inanan ve dua eden kadınlarımız, annelerimiz olmasaydı hiçbir şey şimdiki gibi olmayacaktı. Onlar sayesinde ödüllendirildik. Sesimiz her geçen gün biraz daha gürleşti. Ve sonunda bu koca ülkeyi yönetenlerden olduk. Bugün evlatlarımızı kucaklıyor ve dilimiz çözüldüğü için Rabbimize şükrediyoruz. O konuşamadığımız günlerde, bir gün bu büyük toprakları yönetenlerden olacaksınız deseler bu hayale asla inanmazdım. Ama annem inanıyordu. Ve biliyorum ki inanç, geleceği kendi gücüyle kazanacak.

"Kardeşlerim… Şimdi gidiyorum. Artık biraz dinlenmek istiyorum. Gitmeden üç soru soracağım size. Her gece sormanızı istiyorum kendinize. Sizler, çocuklarım… Tanrı yolunda iyi bir kul musunuz? Kendinize yeterince inanıyor musunuz? Ve doğruyu, yalnızca doğruyu söylüyor musunuz? Başkasına değil, kendinize!"

Kalabalık ağlıyor, alkışlıyor, rahibi yürekten selamlıyor, şarkılar söylüyordu ona. İşte tam o sırada, rahibi kucaklamak isteyen kalabalığın arasında, yerinden hiç kıpırdamayan bir kadın dikkatimi çekti.

Çikolatalı pastanın üzerindeki kabuksuz bir badem tanesi gibi duruyordu. Onu son ana dek nasıl olup da fark etmediğimi düşünmeye bile kalmadan, uzun zamandan beri ağladığını anladım.

Kimdi bu beyaz tenli kadın? Niçin ağlıyordu? Neden tek başına oturuyordu? Oraya bırakılmış bir yanlışlık gibiydi.

Lorin'i ilk görüşümdü bu.

O gün, o durakta inerek o elli yıllık kiliseye gitmemin nedeni, Lorin'i bulup onunla birlikte öğrendiklerimi anlatmakmış meğer. Bunu çok sonra anladım.

Onu ilk gördüğümde, evet, ağlıyordu. Sonra gözyaşlarını sildi. Çantasını omzuna astı ve kalabalığın arasından sıyrılıp dışarıdaki fırtınaya çıktı. Ben de peşine düştüm. Böyle başladım Lorin'in hikâyesini takip etmeye.

Bıraktığı her ayak izi beni kendine daha çok çağırıyordu. Tek bir ömre sığması imkânsız kederler vardı ayak izlerinde. Bu kadında bir cümle saklıydı sanki. Belki kendisinin bile henüz bilmediği...

Kimden doğduğun, nasıl bir ailenin içinde büyüdüğün önemlidir. Yazgının ilk paragrafıdır onlar. Doğduğun şehrin bile bir kodu vardır bu yazıda. Üzerine parçalar ekleye ekleye ya da sadece bunlar yüzünden eksile eksile yaş alırsın.

Dedim ya, örselenmiş ruhları görür görmez tanırım. Lorin'i kederinden ayırt ettiğimde, hikâyesinin ayrıntılarını öğrenmek için delice bir istek duymaya başladım. Hiçbir çocuk yalnız başına yaralanmaz çünkü. Üstelik Lorin'in ruhu, bedeninden çok daha yaşlıydı. O kadar çok yükü vardı ki… Görünüyordu bu... Öne eğik omzunda, göz yaşını silen ellerinde...

Lorin'i gördüğüm gün, o şehirdeki son günüydü. Kiliseden çıkıp onu ülkesine götürecek uçağa binmek üzere havaalanına doğru yola koyuldu. Anladım, dönüyordu. O halde birlikte dönüyorduk. Başladığı ve bitirdiği yere. Kaçtığı yere. Sonradan daha iyi anlayacaktım. Evet, doğruydu: Her hikâye başladığı yerde bitiyordu.

Ama Lorin o gün başlangıçtan da öncesine götürdü beni. Bilmeden yaptı bunu. Rüyasına aldı beni. Kendisinden çok daha öncesini ve hemen herkesi rüyasında gördüm. Lorin'i tanıdıkça o zihinde göreceklerime hiç ama hiç şaşırmamam gerektiğini anladım. Aradığım cümleyi de unuttum bir süre sonra. Çünkü Lorin'in hayat ağacındaki her yaprak, okunması gereken bir başka hikâyeyi taşıyordu. Bir dalda düşmek üzere olan bir yaprak mı var, onu okuyup bitirirken diğer yapraklardan biri sallanıyor, beni de oku, diyordu.

Şimdi hazırlan… Bu dağınık hikâyeyi anlatmaya Lorin'in rüyasından başlayacağım. Elimi tut ve hiç bırakma. Yoksa düşer, kaybolursun.

Rüyasında...

Ailesi olduğunu anladığım bir grup insanla birlikte büyük bir kadırgadaydı. Açıkçası böyle genç bir kadının zihninde Osmanlı'dan kalma bir savaş gemisinin ne işi vardı, bilemedim...

Önce bir ses duydu Lorin:

"Söyle ona… Üzülmesin… Herkes ektiğini biçermiş."

Eski bir kadırgada olduğunu anlayıp şaşkınlıkla etrafına baktı. Yelkenleri şişmişti ama nedense yol almıyordu gemi. Kadırganın küreklerinde Lorin'in tanımadığı insanlar vardı. Hiç kıpırdamadan duruyorlardı. Lorin, elbisesinin eteklerinin uçuştuğunu gördü. Ellerine baktı. Elleri, çocuk elleri gibiydi. Birden, koca denizin ortasında küçük bir ceviz kabuğu misali sallanmaya başladı ahşap gemi.

"Savunmalarınızı vermeye hazırlanın!" dedi gür bir ses.

Dedesiyle Doruk, beyaz giysiler içinde Lorin'e doğru yürümeye başladılar. Lorin'in kafası karıştı. Dedesiyle Doruk neden yan yanaydılar ve dedesi neden bu kadar gençti?

"Yaşar Yanılmaz, sen de öne çık!"

Lorin bu gür sesin nereden geldiğini anlamaya çalıştı ama başaramadı. Annesini de aynı beyaz giysiler içinde dedesiyle Doruk'un ardından kendine doğru gelirken gördü. Kısacık bir mesafeydi aralarındaki. Adım atıyor ama nedense bir türlü yaklaşamıyorlardı Lorin'e. Dedesinin birden adım atmayı bıraktığını ve ağladığını fark etti.

Ses tekrar gürledi:

"Samire, Lemide, Nariye, Lorin... Şikâyetçi misiniz?"

Tam o anda müthiş bir rüzgâr çıktı. Dağılan saçlarını toplamaya çalışarak dedesine doğru yürümek istedi Lorin. "Ağlama dedem, niçin ağlıyorsun?" diye sormak istedi. Ama ne yürüyebildi ne de sesi çıktı. Sanki felç olmuştu. Sanki bir seramik bebek, sanki bir kurşun asker, sanki oraya çivilenmiş bir direkti.

Dev dalgalar gemiye vurmaya başlayınca Lorin iyice çaresiz hissetti kendini. Sular hızla güverteye doluyordu.

Gemi batacaktı. Korku, boğazında büyüyordu Lorin'in. Anneannesini hatırladı. Anneannesini bulmalıydı! Ama kıpırdayamıyordu yerinden!

Soluksuz kalmıştı...

İşte tam o sırada uçağın ışıkları açıldı ve kâbus sona erdi. Çiğ ışıktan rahatsız olup elini gözlerine siper etti önce. Sonra kalbine doğru indi eli. Çarpıntısını yatıştırmak istercesine. Hızlı nefes alıp verdiği için ağzı kurumuş, sıkıntıdan saçları ter içinde kalmıştı.

Yemek arabasını iterek hostes geldi yanına.

"Servis yapmamı ister misiniz?" diye sordu.

Gözlerini kısarak sesini toparlamaya çalıştı Lorin.

"Hayır, teşekkürler, bir şey yemeyeceğim."

"Bir şey içmek ister misiniz peki?"

"Kahve alırım. Ne kadar kaldı inmemize?"

"İki buçuk saat," diyerek kahvesini uzattı sarışın hostes.

Lorin kahveden bir yudum içip tekrar koltuğa yaslandı. Gözlerini kapadı. Çarpıntısı dinmemişti henüz. Saçlarını elinin tersiyle geriye attı. Aldığı uyku ilacının etkisindeydi hâlâ. Uykunun uyuşukluğu baş ağrısı yapmış olmalıydı. Uçuş başlamadan çantasını açmış, hemen bir uyku ilacı almıştı.

O sırada gördüğüm ilaçlar her şeyi anlatıyordu aslında.

Büyük ihtimalle kırk yaşına henüz girmemiş bu genç kadın, kaçtığı her neyse onunla yüzleşmemek için uyanmak istemiyordu.

Uyanmamak için ilaçlara sığınıyordu.

Bu uzun uykuların, hiçbir hasarı onarmadığını biliyordu elbette. Bu yarı ölüm hali, yarı yaşar bir halde olmaktan daha dayanılır geliyordu ona. Ne yazık!.. Yaşamak dediğin zaten uzun bir uyku... Bütün bunların hepsi bir rüya zaten...

Ama güzel Lorin hemen her insanın takılıp kaldığı o eşikteydi. O öyle bir eşiktir ki, ya ötesinde ya berisinde mutlaka bir duraklarsın. Lorin kendini bildiğinden beri çalışmaya programlanmış olan zihnini geçmişin hesaplaşmasıyla meşgul ediyordu artık. Kıyıda köşede kalmış bütün kederlerini, pişmanlık ve utançlarıyla birlikte gün ışığına çıkarıp ruhunu daha da büyük bir yalnızlığa itmişti. Çevresinden yavaş yavaş kopmuş, neredeyse kimseyle görüşmez olmuştu.

Uyumak, üzerini örtüyordu bütün bu endişelerin, inadın, korkunun ve bıkkınlığın...

Erteliyordu zamanı. Olabilecek her şeyi ertelemiş oluyordu böylece.

Bu derin ümitsizliği nasıl sıyırıp atacağını bilemiyordu üzerinden. Bu karanlıktan kurtulması gerektiğini düşünüyordu ama artık bununla besleniyordu belki de.

Lorin tabii ki böyle değilmiş eskiden. Uzun yolculukları severmiş. O yollar boyunca hayaller kurarmış. Hayallerini boyar, renklendirir, oyuncularını canlandırırmış. Küçük dünyasında şenlikler, yeni mevsimler eksik olmazmış. Güzel şeyler düşünmek ve yeniden başlamak bu kadar imkânsız değilmiş onun için. Eskiden dediğim de üç beş sene öncesi...

Gözlerini açtı bıkkınlık içinde. Kahvesinden bir yudum daha içti. Onu çok iyi anlıyordum. Ağzında bir pas tadı vardı. Yediği içtiği hiçbir şeyin birbirinden farkı yoktu. Fincanı aldığı yere bıraktı.

O sırada uçak sarsılmaya başladı. Lorin korkuyor muydu? Hiçbir belirti yoktu yüzünde.

"Yüzümü yıkasam şu sersemlikten kurtulurum belki," diye mırıldandı. Ayağa kalktı. Onun tuvalete gideceğini anlayan kabin amiri yanına gelip "Bir isteğiniz var mı?" diye sordu.

"Yüzümü yıkarsam iyi gelecek," dedi Lorin. Küçük tuvalete girip kapıyı sürgüledi.

Bazen kendi sesini bile güç duyar insan. Düşüncesini toparlayamaz, kendini anlayamaz. Ruhu bedeniyle bağlantıyı kesmiştir o anda. Hangi tünelden geçerseniz geçin biraz ürkütücü, biraz uzundur yol ve daima dışarıdaki hayatla bağlantı kopuklukları olur.

Lorin tuvaletteyken aynada kendini izliyordu muhtemelen. Gözbebeklerine, içine içine bakıyordu. Kendini sorguluyor olmalıydı. "Ne zaman söndü benim gözlerimin ışığı?" diye düşünüyordu olasılıkla.

O yaşlarda kaç kadını böyle düşünürken yakaladım, bir bilsen… Bilsen ne kadar çoktur kendi kendine ağıt yakan kadınlar… "Yaşlanıyorum. Kendimi tamamlayamadan çürüyorum. Ümit yeşermiyor artık benim aklımda. Adaletin olmadığı, kötünün cezasını bulmadığı, iyinin hakkını alamadığı bir dünyada niye yeşersin ki? Dünyanın ekseni kötülük…" diye kaldırımlarda yürüyen, araba kullanan, otobüslerde dalgın gözlerle etrafı izleyen, her sabah baktığı aynada kendini bir türlü göremeyen ne kadar çok kadın var! Az sevilen, hiç sevilmeyen, beklemekten bile vazgeçmiş kadınlar… Kürek kemiklerinde, boyunlarında ve bellerinde bitmeyen ağrılar olur bu kadınların. Sevilmedikçe uçamaz, uçamadıkça iyilik yapamaz, iyilik yapamadıkları müddetçe de kanatlarının güzel altın tüylerini kaybedip sonunda onları yeryüzünde melek kılan o kanatlardan olurlar. Kanadı düşmüş kadınların ağrıları, yaşadıkları sürece dinmez. Omuzlarında, boyunlarında, bellerinde paslı bıçak ağrıları, ah!..

"Ne vakit kaybettim inancımı ben dünyaya? Yedi yıl önce mi? Bir yıl önce mi? Hiç mi inancım yoktu? Uyusam... Her şeyi unutarak uyansam... Hiçbir şey kalmasa aklımda; düşünecek, anımsayacak, pişman olacak hiçbir şey..." diye diye dalarlar uykulara.

Aynı güne uyanırlar daima.

Kendisiyle karşılaştığımda Lorin de o kadınlardan biriydi işte.

Uçak çok şiddetli sallandı o sırada. Kemer ikaz ışıkları yandı. Pilotun, hava şartları nedeniyle yolcuların acilen yerlerine geçmelerini isteyen anonsu duyuldu.

Uçak giderek daha çok sallanıyordu. Hostesler zorlanarak ayakta duruyor, yolcuların kemerlerini kontrol ediyorlardı. Masaları kapatmaya, servis arabalarını hızla yerlerine çekmeye başladılar. Lorin tuvaletten çıkıp tam bir adım atmıştı ki, büyük bir gürültü duyuldu. Sallanarak irtifa kaybeden uçakta kendini güçlükle attı koltuğuna. Yerinde oturduğunda uçağın sarsıntısı durdu. Tekrar yükselmeye başladık. Her şey normale döndü. Pilot durumu açıklayan sakinleştirici bir anons yaptı. Lorin saç diplerindeki teri sildi elinin tersiyle. Sonra birden sessiz sessiz ağlamaya başladı.

Oysa o ana dek ne kadar sakin duruyordu. Onun yerinde bir başkası olsa çığlık atar, ağlar, yanındakinin koluna yapışırdı. Başını koltuğa yasladı. Gözlerini kapadı. Yüzünde bir rahatlama vardı. Ağladıkça rahatlıyor gibiydi.

"Sustum, susuyorum Allahım. Ama bu nasıl bir ağırlık? Binlerce çakıltaşı var midemde, boğazımda. Binlerce çakılmamış kibrit. Bana doğru yolu sen göster Allahım. Başıma gelenler içinde neyi okuyamadığımı, neyi yanlış okuduğumu anlamama yardım et. İçimdeki öfkeyi, kırgınlığı, kırıklığı bir güzelliğe çevirmeme yardım et! Sabrımın sonunda aydınlığı göster bana Allahım."

Dua ediyordu.

Neden bu kadar acı çekiyordu bu kadın? Neden susmuştu? Zor iştir susmak. Başını uçak koltuğuna yaslayan Lorin'in kara, kıvırcık saçlarına bakarken rüyasında gördüğüm herkesi delice merak ettiğimi fark ettim.

Kimdi o insanlar? Dedesi neden ağlıyordu?

İsimleri geçen o kadınlar kimdi, neden görmemiştim onları? Bu bir mahkeme miydi? Mahkemeyse neden çok eski bir savaş gemisindeydi? Annesi neden dedesi ve o genç adamla birlikte yargılanıyordu? Yargılanıyorlar mıydı gerçekten?

Birden, Lorin'i neden takip ettiğimi, onun hikâyesine niçin büyük bir merak duyduğumu anlayıverdim.

Aynı vadidendik biz... Esiri olduğu kaderine yeni köleler doğuran, aşka ve sevdiğine bağlılığını damarlarından mor mor akıtan, adanmış kadınların toprağından...

Herkesin hikâyesi nasıl da benziyor birbirine. Ya da nasıl da tamamlıyor birbirini. Aradan geçen yılların ve yolların bile hiçbir önemi yok. Katbekat medeniyetler sözlerini ve suskunluklarını serpe serpe geçmişler bu coğrafyadan. Tanık olduklarım, peşine düştüklerim, çığlık edip öyküsünü kelimeye döktüklerim... Sonunda beni oradan oraya sürükler oldu. Birinin ömrüne şahit olmaya gör... Taşa kazımak istersin kimi sözlerini... Ki kalsın, en çok o yaşasın diye...

Lorin'in parçalarını toplamaya koyulmuştum bir kere. Baktım ki, bir başkasını anlatarak başlamam gerekiyor bu hayat hikâyesine...

Öyle bir gündü ki, yıllarca sürecekti
(1948)

Samire daha çok çocuktu. Ama göğüsleri belli belirsiz çıkmıştı bile. Çekirdekleri yer etmişti ve çok acıyordu. Kimse çarpmasın istiyordu göğüslerine. Uyurken üstlerine yatamıyordu artık. Koltukaltlarına da vuruyordu ağrısı.

Sabah kara bir sineğin alnına konmasıyla uyandı. Oysa çocuk uykusu çok güzeldi. Uyanmak istemiyordu hiç. İnatla gözlerini yummasından anlamıştım. Fakat gece avuçlarına yaktıkları kına aklına gelince yorganı sıyırıverdi hemen. Akşama ablasının düğünü vardı.

Çok güzel çocuktu, çok...

Samire'nin avuçlarının içindeki kına kurumuş, yatağa bulaşmasın diye elini sardıkları bezlerden bir tanesi sıyrılmıştı. Yattığı yerden samanla karışık kerpiç sıvalı zemine baktı. Pembe, naylon ayakkabıları baş ucunda duruyordu. Düğünde giyecekti. Ankara'dan almıştı babası. Yataktan kalktı. Alnına yapışmış kara, kıvırcık saçlarını kollarıyla geriye attı. Eğri büğrü kerestelerle çatılmış kapıyı açtı. Avluda buğday eleyen anası, kapının gıcırtısına dönüp baktı. Anasını da görsen, nasıl zayıf, nasıl küçük bir kadın...

"Ayakta mı uyuyon? Tavukların altındaki yumurtaları al hadi!"

Samire sevmiyordu annesini. Annesi ise hiçbirini sevmiyordu. Samire oyun oynamak istiyordu aslında. Ablası evlenip gidince bütün işler ona kalacaktı. İstemiyordu ablasının evlenmesini.

Ocağın yanındaki bakraçtan aldığı tasla önce ellerini yıkadı. Kıpkırmızı olmuştu avcundaki kına. Ne kadar güzeldi!..

Annesinin bağırtısıyla yerinden zıpladı. Ayaklarını sürüye sürüye kümese girdi.

İşte, sevmediği kara tavuk yumurtanın üzerinde oturuyordu. Ona dokunmadan samanların arasından toplamaya başladı yumurtaları. Kara tavuk boynunu çevirip Samire'yi takip etti. Samire yumurtalardan birini yemeyi çok isterdi ama annesi vermezdi. Erkeklere kırılacaktı o yumurtalar.

Samire eteğine topladığı yumurtaları dikkatlice bir araya getirdi, emekleyerek çıktı kümesten. Çişini bile yapmamıştı daha. Ellerine baktı sevinçli sevinçli. Kınaları çok güzeldi. Çok güzeldi!

Mutfağa gidip yumurtaları bakır sahana bıraktı tek tek. Bir tanesini çalsa annesi fark etmezdi nasılsa. Ama nasıl pişirecekti? Yumurtalardan bir tanesini cebine koydu. O sırada annesi girdi içeri. Samire korkuyla sıçradı.

"Ne korktun gı?" diye terslendi annesi.

"Hiç," dedi Samire. Karnına ağrı girdi korkudan.

Annesi ilgilenmedi Samire'yle, yufka sepetini aldı belini tutarak.

"Döşekleri kaldır, su dök, yuğ kapının önünü. Bostana gidip domates, biber getir çabuk," dedi mutfaktan çıkarken.

Karnı açtı Samire'nin. Erkeklerin sabah ekmeği hazır olmadan ona sıra gelmeyecekti. Cebindeki yumurtayı yokladı.

Döşeğinin olduğu odaya girdi. Yumurtayı, sabunları ve çamaşırları sakladıkları sandığa koydu özenle. Sonra döşeğini dürdü kaldırdı yüklüğe. Sonra anasıyla babasınınkini... Sonra kardeşlerininkini... Sonra ablasınınkini...

Ablası yoktu evde. Dünürler onu kaplıcalara, gelin hamamına götürmüşlerdi gün doğmadan. Samire çeşmeden su taşıdı. Kapının önüne su serpti. Çalı süpürgesiyle süpürdü. Yumurtası geldi aklına. Tereyağında cızırdasa ne güzel olurdu. Karnı guruldadı açlıktan.

Bostana gitmeden odaya girdi tekrar. Yumurtasını bıraktığı yerden aldı. Cebine koydu güzelce.

"Ana, gidiyom ben bostana," diye seslendi. Annesi ses etmedi.

Toprak yolda yürümeye başladık. Sabah güneşi tatlı tatlı gölgemizi düşürüyordu yola. Elini cebine soktu Samire. Yumurtayı avcuna aldı.

Avcunun içindeki kınası kehribar rengiydi. Üzerinde de bembeyaz yumurta!

Güzel çocuk kafasıyla hesap yapmaya başladı; şimdi bostandan domatesle salatalık da alırdı kendine... Ama yumurta nasıl pişecekti?

Bostana doğru yürürken bir nal sesi duyduk. Samire başını çevirdi. Bir atlı geliyordu ama sabah güneşi ardından vuruyordu; göremedi yüzünü ilkin. Atlı, yanında durdu.

"Sen Nariye'nin bacısı mısın?" diye sordu.

Ethem...

Başını çevirip adımlarını hızlandırdı Samire.

Ethem...

Ethem; ablasının karasevdası. Çıkıp gelmiş. Samire cevap vermedi. Başı önüne eğik yürümeye devam etti. Ethem atından indi.

"Bak hele..."

Samire daha hızlı yürümeye başladı. Ethem birkaç adımda kendisini yakalayıp kolundan tutunca kalbi hürp ediverdi. Bir korktu bir korktu, onun korkusu beni bile tuttu.

Ethem kuş kanadı tutar gibi tutuyordu Samire'nin cılız kolunu. "Bu geceymiş düğünü, he mi?" diye sordu. Samire terlemeye başladı. Karnı ağrıdı yine. Samire küçük bir kız çocuğu. Konuşamaz ki koca adamın karşısında... Hem kolunu da öyle bir acıtıyordu ki bu Ethem! Kimse de yoktu ortalıkta. Korkuyla, ne yapacağını düşündü. İçinden söylendi: "He, bu akşam düğünü! Kızı bırakıp gitmeseydin! Sen almazsan el alır işte!" Hiç sesi çıkmıyordu Samire'nin. Yere bakıyordu. Kara, kıvırcık saçlarının arasından ter damlaları akıyordu yanağına doğru.

Ethem kolunu bıraktı küçük kızın. Sarı bıyıklarını kemirdi.

"Nariye'ye de ki... *Ethem gelmiş Ankara'dan. Seni kaçıracakmış bu gece*, de. Gelin alma alayından önce geleceğim. Onlardan önce havaya ateş edeceğim. Çıksın binsin atıma. Anladın mı dediğimi? *Ethem seni Ankara'ya götürecekmiş*, de!"

Söylediklerini iyice belletmek için konuşurken Samire'nin yüzüne doğru eğiliyordu.

Samire koluyla saçlarından damlayan teri sildi.

"Senin," dedi korkudan kısılmış sesiyle, "karın varmış ya Ankara'da! Dostun varmış senin. Açık saçıkmış karın senin."

"Kim diyormuş len!" diye gürledi Ethem.

Samire sıçradı, küçüldü iyice. Yutkundu. Karnı guruldadı. Arkasını dönüp kaçmaya başladı. Ethem atına biner de gelip ona bir şamar atar diye o kadar korktu ki, koşarken bacaklarını açabildiği kadar açtı. Bostana girdiğinde sınır belli olsun diye koydukları büyük taşlardan birine takıldı ayağı. Yüzünün üstüne küt diye düştü. Ağzında bir kütürtü oldu, ben bile duydum inan. Ama Samire en çok cebindeki yumurtanın kırılmasına yandı. Düştüğü yerden kalktı. Ağzındaki kanı sildi. Bir de baktı ki, elindeki kanın içinde bir de dişi duruyor! Elini cebine soktu. Hey büyük Allahım! Bir tanecik yumurtası da kırılmıştı! Yere çömüp ağlamaya başladı. Ethem, ağlayan kıza yardım etmekle çekip gitmek arasında tereddüt etti. Sonra kararsızlığı yediremeyip kendine, atına yöneldi.

"Söyle ona, bu iş bitmedi daha!" diye bağırdı giderken.

Atlının arkasından, "Allah belanı versin senin Ethem!" dedi Samire sümüğünü çeke çeke. "Allah belanı versin senin! Sürüm sürüm sürün inşallah! Hiç yumurta yiyeme sen! Çoluğun çocuğun mutluluk görmesin! Dişleri dökülsün hepsinin! Kaçıracakmış ablamı! Ocağı batasıca, boynu devrilesice!"

Sümüğünü elbisesinin koluna sildi. Üstü başı batmış, kan içinde kalmıştı. Yumurtası da yoktu artık...

Ağlaya ağlaya topladı domatesleri salatalıkları. Heybesine koydu. Ağlaya ağlaya evin yolunu tuttu. Yol boyu ağlaya ağlaya Ethem'e beddua etti.

"Erkek milleti değil mi!.. Ablamı, gül gibi, çiğdem gibi ablamı karasevdayla çürütmedi mi bu Ethem? Askere gidiyom diye Ankara'ya gidip bir daha da dönmeyen o değil mi? Orada dükkân açmadı mı? Şimdi son gün gelmiş, ablamı kaçıracakmış. Demem işte! Kimseciklere demem. Dişimi de kırdım senin yüzünden. Uğursuz! Allah senin karını hep mutsuz etsin Ethem! Çocukların, torunların, hepsi çile çeksin inşallah!"

Gözyaşları sümüğüne, terine, ağzından sızan kana karıştı. Yumurtanın sarısı, ağzından akan kan ve durduramadığı sümüğü, iyice yükselen güneş yüzünden yol yapıp kurumuştu ellerinin üzerinde.

Eve vardı.

Bostandan topladıklarını mutfağa bıraktı. Fistanını değiştirdi. Çeşmeye gidip elini yüzünü temizledi bol suyla. Ayaklarını yıkadı, saçlarını ıslattı. Tekrar eve döndü. Annesinin yattığı odadaki sırı bozuk, kırık ayna parçasında yüzüne baktı. Ağlamaktan kızarmış gözleri ve bir dişi düşmüş ağzıyla yüzünü pek çirkin buldu. Çirkinliğine ağlamaya başladı bu sefer de.

O gece düğünde bir kenarda durup seyretti olup bitenleri. Pembe, lastik ayakkabısı ayağındaydı. Ethem'i gördüğünü hiç kimseye söylemedi. Ablası gelinliğinin içinde ağladı. Samire durduğu yerden ablasına bakıp ağladı.

O kadar uzun zamandır sevilmiyordu ki...

(2003)

Yetenekleriyle sınanıyor insan... Bir hediye oysa onlar... Olağan bir parçasıymış gibi kabul ettiği bu sıra dışı özelliklerinin bir başkasında olmamasını şaşkınlıkla karşılayıp "Anlayamıyorum bu insanları, ne var ki bunda?" dediğinde kişi, ya da "Nasıl yapamazlar böyle bir şeyi?" cümlesini kurduğu ilk anda kendine yeni bir sınav alanı açmış oluyor belki de...

Lorin farkında olmadan bir sınav kapısı mı açmıştı o gün? "Sabırlıyımdır ben, beklerim. Beni çok zorlamaz," diye düşündüğünde, kuşkusuz istemeden yapmıştı bunu. Kibir bir virüs gibidir. Bünyede bekler. Kendine güven, cesaret, güç, dik başlılık hatta tevazu bile içerir en başta. Onun ne vakit kibre dönüştüğünü taşıyan anlayamaz kimi zaman.

Elbette gücünü kaybetmiş bünyedeki en zayıf düşmüş anı bekler kendini göstermek için. Sinsice bekler. İş ki sen onunla baş edebilesin.

Kendisiyle ve hayatla ilgili geniş zamanlı cümleler kuranların virüsü üremek için en sevdiği ortamlara sahiptir. Oraya girer ve bekler. Mutlaka bir gün patlayacağı şimdiki zamanlı bir cümle vardır.

Yo hayır, hayır! Asla! Lorin için kibirli diyemem. Kesinlikle... O dünya üzerindeki kişisel sınavların zorlu, kederli, iyi kalpli öğrencilerinden...

Lafı uzattım: Lorin *beklemeye* başladı o gün...

Mannheim'daki toplantısından çıkmış, direkt Frankfurt Havaalanı'na giden trene binmiş, yol boyu Marakeş'teki büyük toplantısına hazırlanmıştı. Önce Kazablanka'ya uçacak, ertesi gün Marakeş'e geçecekti. Uzun, yorucu bir yolculuk vardı önünde.

Lorin o tarihte 32 yaşında, sakin, sabırlı, dayanıklı bir kadındı. Çalıştığı şirkette iyi bir konuma gelmişti. Tartışmaktan ve yüksek sesten hoşlanmıyordu. Kavga sevmeyen yapısı yüzünden aile hayatında kendine dair her şeyden kolayca vazgeçiyordu.

İşi dışında! İşi onun en büyük gücüydü. İşinde başka birine bürünürdü. Çalışkandı. Hedeflediği şeyi mutlaka başarırdı.

O gün, dünyanın en büyük havaalanlarından birinde beş saat beklemek zorundaydı. Havaalanında bir bölümden diğerine geçmek dakikalar aldığından erkenden orada olmak işine gelmişti Lorin'in. "Dünyanın dört bir yanından akan bu renkli insan kalabalığı ve mağazalar içinde oyalanabilirim," diye düşündü. Beklemek, sabır yeteneğinden dolayı, onu çok zorlayan bir eylem değildi sonuçta.

Havaalanının merkezindeki büyük ilan tahtasında uçuş saatine ve kapısına baktı. Sonra tekerlekli bavulunu çekerek alandaki kafelerden birine oturup kahve söyledi. O sırada cep telefonuna bir mesaj geldi: "Anneannem yine dişlerini yaptırmak istiyor."

Lorin tebessüm ederek içini çekti. Telefonu masaya bıraktı. Lorin'in annesinin bir huyu vardı: Her iki yılda bir bütün dişlerini sil baştan yaptırıyor fakat bir türlü istediği dişlere kavuşamıyordu. Lorin de her sabırlı, itaatkâr evlat gibi annesinin dediklerini yapmakla yükümlü hissediyordu kendini.

Ama *hayır* demeyi öğrenmesi gerekiyordu artık.

"Hayır, anne! Hayır, bak bu sefer çok iyi oldular. Gerçekten. Ve inan bana, bunlar bir servet. Her defasında hem çok yoruluyoruz hem çok masraf çıkıyor, lütfen anne! Bu sondu, artık diş yaptırmıyoruz," demeliydi. Ama diyemiyordu bir türlü.

Annesiyle ilişkisi, o daha çok küçük bir çocukken kibirli bir mesafe koymuştu aralarına. Lorin, yaşamına erişkin bir kadın olarak devam ederken bile annesinin geçmişte belleğine kazıdığı 'iyi evlat olma' kuralını silip atamıyordu bir türlü.

Tek yapabildiği, annesinin çocukken koyduğu mesafeye sığınarak o soğuk iklimde kendini olabildiğince korumaya almaktı. Annesinin, onu yönetme arzusunu böyle engellemeye çalışıyordu. Kolay beğenmez, onaylamazdı annesi Lorin'i. Güzelliği, dikkat çekici özellikleri rahatsız ederdi onu.

O sırada yan masaya bir adamla kadın oturdu. Kadın hamileydi. Güzel mavi gözleri ve sapsarı saçları vardı. Adam, kadına, "Ne istersin canım?" diye sordu Türkçe.

Kadının bu basbayağı Kuzey Avrupalı görünümüne karşın Türkçe, "Süt olabilir mi sevgilim?" diye yanıt vermesine şaşırdı Lorin.

Kadının kocası, siparişi geldikten sonra masadaki kahverengi şekerlerin neredeyse tamamını süte döktü. Kendisi karıştırıp kadının önüne doğru sürdü fincanı yavaşça. Sonra kalktı, kadının uzun saçlarını ustaca atkuyruğu yaptı. Lorin garip bir kıskançlık hissetti. Bakışlarını görmeniz lâzımdı. Yani bakmayan bakışlarını... Gözlerini dikmeden izliyordu onları. "Ben hiç böyle sevildim mi?" diye düşündü.

Tam o sırada kafenin önünde bir adamın peşinden koşturmakta olan şişman bir kadın, peşi sıra sürüdüğü bavuluna takılıp düştü. Kadın mahcubiyet içinde yerinden kalkıp, kendisine yardımcı olmaya çalışanlara kırık dökük bir iki kelimeyle teşekkür etti ve adamın peşinden koşturmaya devam etti. Adamsa hiç oralı değildi. Aldırmamış, dönüp bakmamıştı bile. Kendini evrenin merkezi sayan, bencil adamlardan nasıl nefret ettiğini düşündü Lorin.

"Çok şükür, şu duruma da hiç düşmedim. Nasıl yapabilir bir kadın kendine bunu?" diye geçirdi aklından.

Cep telefonuna bir mesaj daha geldi: "Diş konusunda ısrarlı, haberin olsun!"

Her ailede seçilmiş biri olur. Ailenin, cefa çekmek için seçilmiş bireyi olduğunu düşünüyordu Lorin. Her şeye yetişmesi gereken... Her duruma el koyması gereken... Hep çalışması gereken... Her faturayı ödeyip her sorunu çözmesi gereken...

Boynundaki ağrının yoğunlaştığını fark etti. Önünde uzun bir yolculuk, katılması gereken toplantılar vardı. Boyun ve mide ağrısına gelmeyecek önemde işlerdi bunlar.

O tarihlerde başlamıştı işte kanatlarının tüyleri tek tük dökülmeye...

Notlarını çıkardı. İlk kısmı atlatmıştı ama önemli olan ikinci bölümdü. Birden durdu. İşten koptu. Kişisel sorunları arka arkaya dizilmeye başladı kafasında...

"Dönüşte yeni bir diş faslı... Her iki eve de tadilat gerekiyor. Amaan... Evin içinde yine onlarca usta! Bankada yeterli param var mı peki? Sağlık sigortaları için iyi bir aile indirimi istemek gerek."

Durdu. Kaleme, kâğıda, yazdıklarına baktı. Yalnızlığını derinden hissetti...

Gözlerini kapadı. "Sevilmek istiyorum," diye düşündü. "Sadece birazcık sevilmek istiyorum! Birisi de bana, *sen merak etme, ben hallederim*, desin, ne olur Allahım! Sadece bunu istiyorum. Beni sevsin. Saçımı toplasın. Sütüme şeker koysun. Vergileri, ustaları, boyacıları ben düşünmeyeyim artık. Anneme, *hayır*, desin biri. Sigorta indirimi derdim olmasın. Önümüzdeki yıl okul taksitini tek başıma düşünmeyeyim. Allahım ne olur, birisi beni azıcık sevsin!"

O kadar uzun zamandır sevilmiyordu ki Lorin... Belki yüz yıldır sabah ona sarılan bir kolu, gece yatağa yattığı vakit bacaklarına dolanmış bir başka bacağı, yastığında kalacak kendi kokusu dışında bir kokuyu bekliyordu. Tekliğe alışmış, sevişmeyi unutmuş gibi görünse de kalbinin çekirdeğinde bir gün çok sevileceğine dair o umudu canlı tutmayı başarıyordu. Kendine belki ancak romantik bir filme ağlarken itiraf edebildiği gizli bir inancı vardı: Bundan çok emindi, aşktan soluğunu kesecek o adam mutlaka çıkıp gelecekti bir gün. İçinde birikmiş bütün sevilme özlemine karşılık verecek o adam dünyanın bir yerinde mutlaka yaşıyordu şu anda. Zaman, karşısına çıkaracağı en doğru an için alıkoyuyordu o sevgiliyi. Sadece sabretmesi gerekmişti. Çocuğunu büyütmüş, işlerini de yoluna koymuştu sonunda. Evet, artık aşk çalabilirdi kapısını…

Bir adamı sevmeyi özlüyordu en çok. Sevilmeyi özlediği kadar özlüyordu.

Kadın duaları!.. O dualara ne çok gözyaşı karışır. Ve ah, o gözyaşları! "Bir damlanın ağırlığı ne olabilir ki?" diye düşünür insan. Oysa tartıya gelmez ağırlıktadır bazıları.

İnsanı gerçekten anlamak, tanıyabilmek için doğduğu âna dönmek gerek. Bir anlatıcı, zihinde gezen bir tanık, meraklı bir hikâyeci için bu daha kolay elbette... Bir insanın doğum anına gitmek... Onu doğuran ananın gözyaşlarına kendi gözyaşlarının karıştığı o âna… Bebek, ciğerine hava dolduğu anda ağlamaya başlar. Anlar ki, dünyadadır artık…

Yaşı ne olursa olsun, insan her anladığında bir kez daha ağlar. Ağladıktan hemen sonra en güzel suretine bürünür. Yıkanır çünkü. Temizlenmektir ağlamak. Yıkandıkça başladığı yere, masumiyetine döner. Yıkandıkça, ağladıkça, yer açılır yeni iç savaşlara. Nefis ile gönlün büyük meydanında dövüşmeye güç toplar.

İnsan kendine daha cesur meydan okur. Ya nefsin ya gönlün, ikisinden birinin mutlaka kaybetmesi gereken bir parça daha vardır zira...

Doğum, anneyle bebeğin yaşamla ilk ortak mücadelesi, ağlaya ağlaya başladıkları ilk sefer...

Lorin'in öyküsü, Samire'nin geçtiği yollardan geçiyor. İşte bu yüzden şimdi sıra Yaşar'da. Yaşar'ı da anlatmalıyım sana...

Acı, yola çıkmış, gümbür gümbür geliyordu

(1971)

Tunceli'de... Ebe üç buçuk kiloluk, kara saçlı bebeği, poposuna vurup "Maşallah, pek güzel olacak bu!" dedikten sonra annesine göstermek istedi. Doğumda çok acı çekmiş olan Yaşar'ın, bebeği görmeye tahammülü yoktu: "İstemiyorum şimdi. Bebek görmek istemiyorum," dedi.

Ebe, "Ah yavrum, daha çok gençsin, ilk doğumun bu. Maşallah, bu da pek hırpaladı seni, belli ki pek zorlu bir şey olacak. Baksana nasıl bağırıyor. Alışacaksın güzel kızım, alışacaksın evladım," diyerek yıkamaya gönderdi bebeği.

Hiçbir şeye alışmak istemiyordu Yaşar. Hiçbir şeye dayanmak, göğüs germek istemiyordu. Bu bebeği istemiyordu. Anne olmak istemiyordu. Daha gencecik bir kadındı. Gözlerinden dökülen yaşların farkında bile değildi. Anlıyordum; korku doluydu içi. Dudaklarını ısırdı acıyla.

"Hepimiz doğurduk kızım. Alışacaksın inşallah," dedi ebe tekrar.

Yaşar'ın gözlerinden dökülen yaşlar geceliğini sırılsıklam etmişti.

Odada üç kadın daha vardı. "Geçmiş olsun, Allah analı babalı büyütsün," dediler yeni anneye.

Hiçbirine cevap vermedi. Bacaklarını temizlediler. Duvar kenarına yatırdılar. Ardından kundağa sarılmış bebeği getirdiler. "Aç göğsünü," dedi bebeği getiren kadın, "Bakalım emecek mi?"

Yaşar yorgunluk ve isteksizlikle açtı şişmiş göğsünü. "Ben şimdi nasıl bakacağım buna?" diye düşündü. "Bu çok küçük. Ya ölürse..."

Küçük bebek iştahla saldırdı memeye...

"Babası geldi mi?" diye sordu kadına Yaşar.

"Yok, gelmedi daha..."

Yaşar kendini anneden saymazken kocasının babalığına sığınıyordu belli ki bu acıda.

Bir an önce gelmeliydi bu bebeğin babası. Bir an önce gelmeli, karısını bu sıkıntılı acıdan ve bu yabancıların içinden çekip çıkarmalıydı. Yaşar tek başına daha fazla katlanamazdı.

Bebek, iri meme ucunu küçük ağzına sığdırmaya çalışıyor, başaramıyordu. Bebek ağlıyor, anne ağlıyordu. Kadınla birlikte üçlü bir mücadele içinde ter döküyorlardı. Sonunda bebek yorgun düşüp uyudu.

"Çok da güzelmiş, maşallah. Allah analı babalı büyütsün," dedi bebeği kucağında tutan kadın.

Oysa hiç güzel bulmuyordu Yaşar, bebeği. Çirkin ve karaydı işte. Bayağı çirkin bir şeydi hem de.

"Bu büyüyecek, insan olacak, öyle mi?" diye düşündü tekrar.

"Ağlama artık," dedi Ebe içeri girip. "İlk çocuğun, daha çok gençsin, hepimizin başından geçti. Alışacaksın." Yaşar hem ağlıyor hem anlamaya çalışıyordu, zihni karmakarışıktı.

Ne istiyordu bütün bu insanlar? Neden sürekli, "Alışacaksın," diyordu bu ebe kadın? Neye, kime alışmaktan bahsediyordu?

Her şey çok ama çok çabuk olmuştu! Önceleri sadece bir yuvası olsun istiyordu aslında. Sofrasını kursun, kitaplarını okusun... Onu sevmeyen annesinden çok uzakta kendisine ait bir düzeni, yatağı, fırını, kitaplığı, yemek masası, radyosu, kocası olsun istiyordu. Fakat sonrasında öyle bir şey olmuştu ki, sadece kendisini sevmeyen annesinden uzaklaşmak istemişken, çok sevdiği ve asla uzak kalamayacağını düşündüğü babasından da ayrı düşmüştü. İlk defa ama tam karşı çıkmıştı babasına. Çünkü ilk defa o kadar sevilmiş, ilk defa âşık olmuştu. Üstelik henüz bilmiyordu ama, Yaşar aslında aynı zamanda son defa âşık olmuştu.

Kocası ve o... Gencecik iki devlet memuru. İdealisttiler ikisi de. Amaçları, hayalleri vardı. İkisinin de ilk tayin yeriydi Tunceli. Nasıl da güzel bir gündü onu gördüğü o ilk gün. Kapıdan içeri girmişti. Bıyıklı, uzun boylu, esmer. "Hoş geldiniz," demişti. Sonra hiç yalnız bırakmamıştı Yaşar'ı. Küçük yer...

Birden, burnunu çeke çeke mezuniyet gününü hatırladı Yaşar. Beyaz muslin kumaştan, bebe yaka bluz dikmişti kendine. Altına da siyah krep etek. Bütün notları tamdı. İftihar listesine girmişti.

"Tebrik ederim!" demişti diplomasını veren öğretmeni. "Sizler şimdi Türkiye'nin dört bir yanında Cumhuriyet'imizin yeni neslini büyütecek, şekillendirecek, Türk köylüsünü bilinçlendirecek evlatlarımızsınız. Onlara yeni hayatı sizler öğreteceksiniz. Muvaffakiyetler dilerim değerli talebelerim."

Elinde kırmızı kurdeleli diploması, merdivenlere dizilmiş diğer kızlarla birlikte okul yıllığı için poz vermişti Yaşar. Bir gün önce açık hava sinemasında Belgin Doruk'la Ayhan Işık'ın filmini izlemişlerdi. Yemekhanede son kez eğlence tertip etmiş, birbirlerine adreslerini vermişlerdi. Gözyaşları yatakhaneye gidene dek kurumuş, pijamalarını giyerken Ayhan Işık'ın mı yoksa Göksel Arsoy'un mu daha yakışıklı olduğu üzerine tartışmaya başlamışlardı. Amerikalı öğretmenlerden birinin ayak sesi koridorda yankılandığında hepsi yataklarına kaçışmışlardı. O gece son kez talebeydi hepsi. Tavana bakarken istikballerinin hayalini kuruyorlardı... Nihayet okul bitmişti işte...

Babası diploma törenine gelmiş, tören boyunca durmaksızın akan gözyaşlarını silmişti. Elinde, diplomasını almaya hak kazandığı için kızına vereceği hediyeyi tutuyordu gururla. Annesi elbette yoktu yanında. Elbette... "İyi ki gelmedi!" diye düşündü Yaşar sonra. Büyük ihtimalle babası getirmemişti; oraya yakışmayacağı için, Cumhuriyet'e uygun bir kadın olmadığı için... Gelse, ikisini de utandırırdı... Yaşar, babasının elindeki pakete baktı.

Biliyordu o hediye paketinin içinde ne olduğunu. Altı yıldır bunu bekliyordu. Babasına diplomasını uzattı. Babası sarı bıyıklarına dökülen gözyaşlarını sildi.

Elindeki hediye paketini kızına uzattı. Diplomayı aldı. Kucaklaştılar.

İkisi de yıllardır bekledikleri mucizelerin kurdelelerini çözmeye başladılar. Önce baba çözdü. "Ethem kızı Yaşar Yanılmaz bu diplomayı almaya hak kazanmıştır" yazısını okudu yüksek sesle.

Sonra kızı çözdü paketin kurdelesini. İşte sonunda elindeydi! Siyah rugan kayışlı, altın bir saat...

Babası, saati Yaşar'ın koluna kendi elleriyle taktı.

"Ben seni erkek bekledim ama sen kız geldin. Adını Yaşar koydum adınla yaşa diye. Ama sen erkek gibi kız çıktın. Bu aileye ilk meslek diploması senden geldi. Çok yaşa kızım! Bin yaşa kızım! Adınla yaşa kızım!"

Sonra kura çekmek için salona doğru yürüdüler.

Kura salonuna girmeden önce babası sordu: "Neresi çıkarsa çıksın, gidip vazifeni yapacak mısın?"

"Yapacağım baba. Bu benim vatanıma, okuluma ve hocalarıma borcum."

Salona girdiler. Yaşar heyecanlıydı, gururluydu. İşte başarmıştı. O, annesi gibi, çok sevdiği babaannesi gibi olmayacaktı. O, genç Türkiye'nin diplomalı yurtsever genç kadınlarından biriydi. Kendi parasını kazanacak, kendi yuvasını kuracak, kadınları, erkekleri aydınlatacaktı.

Adı okundu.

"Baba," dedi. "Hadi kuramı sen çek."

Babası yerinden kalktı. Gururla ilerleyip sahneye çıktı. Kutuya uzandı ve bir kâğıt çekip okul müdürüne uzattı.

Okul müdürü mikrofondan okudu: "Yaşar Yanılmaz... Görev yeriniz Tunceli."

Yaşar oturduğu yerde düşünmeye başladı. "Tunceli... Tunceli..."

Coğrafya dersinde en güzel haritayı ezberden çizerdi Yaşar. İdrak etti: Doğu Anadolu!

Babasının yüzü kararmıştı. Yanına geldi, oturdu. "Gidecek misin?" diye sordu.

Yaşar başını salladı. "Gideceğim baba."

Bütün bunların hepsi bir buçuk yıl önce olmuştu. Hepi topu bir buçuk yıl! Ve ardından, o bir buçuk yıla ne çok şey sığmıştı... Aşk, evlilik, babasıyla arasındaki o büyük dargınlık, şimdi de işte bir bebek... Üstelik artık babası da yalnız bırakmıştı onu... Babasını özlemişti.

Yaşar'ın yanına yatırdıkları bebek ağlamaya başladı. Tekrar kucağına verdi ebe. Meme ucunu bulup çekiştirdi bebek.

Yaşar başını ebeye çevirip "Süt gelmiyor ama!" dedi. Ebe, "Bir de diğer memeyi deneyin," dedi. "İstemiyorum ben bu bebeği," diye ağlamaya başladı Yaşar. "İstemiyorum..."

Bunu böyle söylerken, ta içinde bir yerde bir acı duyuyordu. Patladı patlayacak, eli kulağında bir acıydı bu. Hissediyordu... O acı, yola çıkmış, gümbür gümbür üzerine geliyordu...

Yaşar böyle ağlarken kucağındaki güzel, o her şeyden habersiz hayata tutunmaya çalışan bebeğe çok üzülmüştüm. Yıllar sonra yoksul bir zenci mahallesinde, üstelik bir kilisede karşılaşacağım gözü yaşlı o kadının bu bebek olacağı kimin aklına gelirdi?

Binlerce kelebek basmıştı her yanı
(1991)

Lorin'in, yani titreyerek ağlayan ve anasının memesinde bir yudum süt bulmaya çalışan o bebeğin hayatında 1991 yılının önemi büyük olmuş... Bunaltıcı bir sıcak varmış o yaz. O sıralar Paris'te yaşıyormuş Lorin. Evliymiş. Yaz okulunda öğretmeni olan yabancı bir adamla evlenerek annesinden kaçmış. Aralarında çok yaş farkı varmış. Küçük yaşta verdiği evlilik kararından çok pişmanmış. Çok mutsuzmuş. Evlendiğinde evliliğin ne olduğunu bilmiyormuş. Doğru dürüst öpüşmemiş bile. Evcilik oyunu gibiymiş ve nasılsa ailedeki kadınların hepsi çocuk yaşta evlenmiş. Bir yabancıyla mutlu sona doğru gitme fikri masal gibi gelmiş Lorin'e. Annesi hiç itiraz etmemiş, hatta memnun olmuş bu erken evlilik kararına. Ama yürümemiş işte. Çünkü eşini, yarı babası saymaya başladığını fark etmiş bir gün. Böyle birini kocası gibi görmek bir süre sonra zor gelmiş ona. Hata yapmak istemiyormuş ama evliliğin ahtapot kollarından kurtulmak istedikçe çırpınıyor, çırpındıkça da evliliği daha büyük bir kâbusa dönüşüyormuş. Bütün bunlar ona o kadar ağır gelmiş ki, evliliğine dair her şeyi daha evliyken unutmuş.

Kısanın da kısası bir 'geçmiş zaman' özeti... Lorin, ben onu tanıdıktan sonra da yıllar boyunca hiç ardına dönüp bakmak istemedi bu konuyla ilgili. Fakat o yılın anılar sayfasında bir gün var ki, çok önemli...

Yolda yürürken kafasında söyleyeceklerini toparlıyor, "En kolay nasıl anlatabilirim?" diye düşünüyordu. Midesi bulanıyordu. Açlıktan ve az sonra yapacağı konuşmanın heyecanından kaynakladığını biliyordu bunun.

Cebinde Türkiye'yi arayıp kısacık bir konuşma yapabilecek kadar parası vardı. Bir peynirli sandviçe bile yetmezdi. Kısa ve net konuşmalıydı. Bir kez daha cümleleri toparladı. Temmuz sıcağı kavurucuydu ama Lorin üşüyordu. Çocukluğundan beri ne zaman annesiyle önemli bir şey konuşması gerekse, üşümeye başladığını fark ettim. Sonunda cesaretini toplayıp telefon kulübesine girdi.

Saat farkını hesaplamıştı. Annesi işyerinden dönmüş olmalıydı. Büyük ihtimalle evdeydi şu anda. Programını asla değiştirmezdi.

Numarayı çevirdi. İkinci çalışından sonra annesinin sesini duydu. Bir an kapamayı düşündü. Ama parayı atmıştı bir kere kumbaraya ve konuşmak için son şansıydı.

"Anne, merhaba, benim."

"Merhaba, nasılsın?"

"İyiyim anne. Sana bir şey söylemem gerekiyor."

"Biliyorum," dedi Yaşar. "Alex aradı beni, yarım yamalak bir şeyler anlattı." Lorin'in bir şey söylemesine fırsat vermeden ekledi: "Ne yaptın o çocuğa bilmiyorum ama çok üzgündü, ben seni böyle yetiştirmedim. Şimdi derhal evine dön ve ondan özür dile. Kesinlikle ve kesinlikle boşanmak diye bir kelime duymak istemiyorum. Çocuk oyuncağı mı bu? Ne sanıyorsun sen evliliği? Böyle bir saçmalık olamaz. Her beraberlik sorun taşır. Bunu kafana iyice yaz: Ayrılmak yok! Eğer böyle bir kararın varsa küçük hanım, sonuçlarına kendin katlanırsın. Benim yanıma dönmek yok, anladın mı? Bu aile başarısız bir evlilik görmeyecek. Sen artık başka bir evin kadınısın. Senin yerin orası. Asla ve asla burası, benim yanım, Türkiye değil! Anladın mı beni?"

Lorin söyleyecek tek bir kelime bulamıyordu.

Harfler, heceler boğazında taş olup dizilmişti.

Annesi bir kez daha sordu: "Duydun mu beni? Şimdi dön evine ve kocandan özür dile."

Yaşar'ın son cümlesi, "Yeniden ücretlendirmezseniz görüşmeniz bitmek üzeredir" uyarısıyla birbirine karıştı.

"Duydum anne!"

"Tamam o halde!" dedi annesi ve görüşmeleri kesildi.

Lorin telefon kulübesinden çıktı. Dünya üzerinde gidebileceği hiçbir yeri ve kimsesi yoktu. Kocası Alexandre dışında. Alex ondan önce davranmış, annesini aramış işte. Alex… Hayattaki her şeyiydi. Ağabeyi, arkadaşı, öğretmeni… Ama kocası olamıyordu. Annesi, "Nedir sorunun?" diye sormayınca bunu bile anlatamamıştı. Hayatları boyunca bütün konuşmaları bu telefon konuşması kadar kısa ve kesin olmuştu hep. Sıcaklık, şefkat taşımaz, bir derinliği olmazdı konuşmalarının.

Yürümeye başladı. Amaçsızca. Annesine içindeki her şeyi anlatabilmeyi ne çok isterdi...

Brezilyalı, dansçı arkadaşı Ceila'nın annesi nasıl da dinliyordu onları... Ceila bir keresinde banyodan çıkmış, kahve içtikleri mutfağa gelmiş, önlerinde havluları yere atıp çırılçıplak heyecanla bir şeyler anlatırken, annesi, kızının yere attığı havluları toparlamış, Ceila'nın anlattıklarına gülmüş, hatta eksik olduğunu düşündüğü yerleri kendisi tamamlamıştı. Lorin ilk defa böyle bir anne kız ilişkisi görüyordu.

Annesi, Ceila'nın kıvırcık saçlarına kakao yağı sürerken kendi çocukluğu gelmişti Lorin'in gözünün önüne. Saçlarını çekiştirerek tarayan annesini düşünmüştü. Onun o soğuk ve donuk gözlerini. Hep aynı boydaki ve renkteki küt, kâküllü, plastik bebek saçlarını. Çok küçükken annesinin onu yıkamasını hiç istemediğini anımsamıştı sonra. "Neden?" diye düşünmüştü gece boyu. Sonra uykusunun arasında anımsamıştı. Annesinin parmakları şefkatsizdi. Kollarını çok sıkar, tırnaklarını geçirirdi daima. Annesiyle yalnız kalmaktan korkardı Lorin.

Ceila kendisiyle aynı durumda olsaydı annesi koşulsuzca, soru bile sormadan, "Gel," derdi kızına.

"Gel, ben buradayım... Kim üzdü seni, neden, ne oldu?"

Dinleyecekti kızını. Anlatmasını bekleyecekti. Konuşmasını kesmeyecekti. "Sen haklısın," diyecekti, haksız bile olsa. Belki de haksızlığını, hatalarını, doğruyu ona saçlarını okşayarak öğretecekti. Asla yalnız bırakmayacaktı, asla.

Şimdi bu cehennem sıcağında Lorin bir başına bulmak zorundaydı sığınacağı gölgeyi.

Doğruları bulana kadar milyon tane, zirilyon tane hata yapacaktı.

Ah, ne kadar çok günah işleyecekti belki de.

İçinde şimşek gibi çaktı inadı. Pes etmesini bekleyecek-lerdi hepsi ama etmeyecekti! Etmemeliydi!

Ayakları Ceila'nın evine götürdü Lorin'i. Bir çatı katında yaşıyordu Ceila. Zili çaldı. Kimse yoktu. Evin karşısındaki parka oturdu. Ne çok kelebek vardı o yaz. Binlerce kelebek basmıştı her yanı.

Midesi çok bulanıyordu.

Bir yolunu bulmalıydı. Anlaşıldı, dönmek yoktu. Annesi bu evliliğin, nasıl acıtıcı bir zulme dönüşeceğini bilmiyordu tabii. Sevemediğini, sevildiğini hissetmediğini bilmiyordu çünkü. Bunları bilse ne yapardı, Lorin bunu bile bilmiyordu. Çünkü annesi sevmenin ne olduğunu zaten bilmiyordu. Hayır, bütün bunlara geri dönemezdi.

O halde hiçbir yere dönmeyecekti. Bambaşka bir istikamet çizmeliydi kendine.

Güneş battı. Gelen giden yoktu. İçine bir korku düştü Lorin'in. Ya Ceila yoksa, ya tatile gittiyse, ya Brezilya'ya döndüyse? Karanlık bastı. Hayır, Alex'e dönmeyecekti. O eve, binlerce hata yaptığı, üzdüğü, üzüldüğü, üzüleceği ve üzeceği o eve dönmeyecekti. Çok gençti daha ama hatanın bir başka hata ile temizlenmediğini, temizlenemeyeceğini biliyordu. Alex'in hayatına da, annesinin çizdiği katı kurallara da dönmeyecekti.

Derken, Ceila'nın apartmanının girişinde bisikletli bir karaltı belirdi. Oturduğu banktan fırladı Lorin. Gelen Ceila'nın erkek arkadaşı Arnold'du. Ceila geç gelecekti eve, ne olmuştu böyle, çok kötü görünüyordu Lorin...

Yukarı çıktılar.

Arnold, Lüksemburglu bir sosyal hizmetler çalışanıydı. Lorin'in anlattıklarını tipik bir göçmen hikâyesi olarak dinledi. Ve derhal buna uygun bir plan hazırladı. "Tamam, dönmüyorsun. Göreceği toplumsal ve ailevi baskı yüzünden ülkesine dönemez, diye yeni bir düzenleme isteyeceğiz. O zaman baştan başlıyoruz. Sen yeniden okula gidiyorsun."

Lorin yatağa yattığında kararlıydı: İstenmediği ve istemediği hiçbir yere dönmeyecekti. Bu kadar istenmemeyi, istememeyi ne kadar kaldırabilirdi ki bir yürek?

Fakat Lorin'in bilmediği bir şey vardı. 'İstenmemek' Lorin ile Yaşar için aynı anlamı taşımıyordu. Pek çok kavram, pek çok eylem onlar için aynı değildi. O yıllarda birbirlerini anlayabilmeleri imkânsızdı. Yaşar anne, Lorin ise evlat olarak çok genç ve tecrübesizdi...

Lorin, Yaşar'ın hayatındaki çürük noktayı da bilmiyordu, Yaşar'ın içinden geçtiği yılları da...

Kuşlar gibi çırpına çırpına...
(1950)

Kapadokya... Gizemli, rüzgârlı, güneşli günler... Yaşar, kerpiç duvara gömülü radyonun altındaki beşikte yatıyordu. Çok çelimsizdi, çok küçüktü. Annesi hamileyken besleyememişti hiç Yaşar'ı. İki aylık bir bebekti daha. Dedesi ve babaannesi başında dua ediyorlardı. Yaşar'ın en küçük amcasını askere göndermişlerdi o sabah. Babasıyla annesi ise Ankara'ya gitmişti. Annesinin sütü yoktu. Sütü de yoktu, Yaşar'a bakacak hali de...

Ankara'da doktora götürecekti babası, annesini. Zaten evleri de orada olacaktı. Ama hasta annesi bakamaz diye dedeyle babaanneye emanet bırakılmıştı Yaşar. Yeni doğum yapmış olan halası emziriyordu onu. Babaannesi pek sevmişti bu küçük bebeği. Çok acımıştı haline. Ağlamalarını bastırmak için pörsümüş memesine bal sürüyor, küçücük ağzına veriyordu. Bal daha çok yakıyordu Yaşar bebeğin içini. Daha çok ağlıyordu. O ağladıkça babaanne daha çok bal sürüyordu memeye. Oysa susuzluktan ağlıyordu Yaşar bebek.

Dede dayanamadı, okuduğu Kuran'ı öpüp başına koyarak yerine astı.

"Ne ağlatıyon bebeyi sen yaaav kadın?" diye çıkıştı. "Bal yidirilir mi bebeye? Bana virsen ben yanarım. Su içir yavruya, su içir kavruldu garip!"

Babaanne, "Nasıl akıl edemedim ben!" diyerek fırladı yerinden. Bebeği dedenin kucağına verdi. Dede torununa sevgiyle baktı. İçi sızlıyordu bebeğin bu çaresiz ağlamaları karşısında. Anasına bir hal çare bulaydı oğlu keşke. Oğluna güvenirdi. Şehre gitmiş, iş kurmuş, para tutmuş ilk çocuğuydu Ethem. Babası gidip görmemişti ama onun anlattıklarına inanıyordu. Yalan söylemezdi oğlu.

Babaanne toprak kapta su getirdi. Pamuk ıslatıp bebeğin ağzına sürdü, küçük dudaklarını aralayıp dilinin üzerine biraz damlattı. Bebek, su dudaklarına değer değmez ağlamasını kesti. Küçücük ağzını araladı. Babaanne ve dede gülüştüler.

"Unutmuşum be çocuk bakmayı!" dedi yaşlı kadın sevinçle. Birkaç damla daha su sıktı.

"Bayram askerden dönsün, bayram edelim e mi?" dedi.

"Olur," dedi dede.

Ağlayası geldi yaşlı adamın. Kadının yanında gözyaşları görünsün istemiyordu ama tutamıyordu kendini.

Radyoyu açtıkları vakit, bir hasret türküsü çıktı mı hele... Babaanne doya doya ağlardı ama o hep dışarı kaçardı ağlamak için.

Ethem'in küçüğü askerde ölmüştü. Sağ gönderip tabutta almışlardı gencecik evlatlarını. Kadınlar kuşlar gibi çırpına çırpına ağlamışlardı kapının önünde. Kolay mı bir babanın evladını kucaklayıp yıkaması!.. Kolay mı be kefenleyip toprağa koyması!.. Kadınlar dövüne dövüne ağlamıştı da, dede ciğeri yana yana, "Allah verdi Allah aldı. Ya Rab, sen ver sabrını!" demişti ilk kürek toprağı atarken.

"Bayram dönsün askerden Allah'ın izniyle, bayram edelim," diye mırıldandı dede gözünün yaşını silerken.

"Bu Yaşar bebek yaşarsa vermeyelim Ethem'e. Biz bakalım. Bize can yoldaşı olur. Anası hasta bunun. Bakamaz buna. Biz bakalım, ha?"

Babaanne sevinçle, inanmaz gözlerle baktı.

"Essah mı diyon sen, essah mı diyon yaaaa? Biz bakalım he? Biz bakalım. Bakamaz onlar, doğru diyon. Hasta bunun anası. Sütü yok zağar. Büyütürüz, yaşatırız. Essah mı diyon sen yaaa?"

"Essah diyom!" dedi dede dizine vurup.

Çok sevindi babaanne. Çok! Başörtüsünü çıkarıp bir daha doladı sevinçle.

"Yaşar'ım, sen babaannenin kuzusu mu olacan yavrum?" dedi beşiğe yatırdığı bebeğe bakıp. Yaşar kocaman gözleriyle baygın baygın onlara bakıyordu. Suyu içtikten sonra rahatlamış, gözleri kapanmaya başlamıştı.

Bebeğin uyuduğunu gören dede, "Haydi, bulgur yiyelim," dedi.

Babaanne mutlulukla kalktı yerinden. Bir gençlik gelmişti üzerine. Bir göz odanın içinde mutfak olarak kullandıkları köşeye geçti. Tel dolabı açıp toprak güveci çıkardı.

"Soğanı çok doğra ha!" diye seslendi dede. Babaannenin elleri uçuşuyordu. Bol soğanlı kavurdu bulguru. Yoğurt koydu yanına. Kara turp doğradı. Yufka ekmeği ıslattı. Örtüyü serdi dedenin önüne. Bakır siniye pilavın fokurdadığı güveci koyup getirdi. Tahta kaşıklarıyla sevinçle giriştiler bulgura.

"Vermeyelim Yaşar'ı! Bayram gelsin, bayram edelim!" dedi babaanne.

Dede sofra bezine gözünün yaşını sildi.

Ona seslenmemiş; geleceğinin adını tekrarlamıştı

(2003)

Bir şeyi çok istemek... Bıçağı biler gibi o arzuyu bilemek!..

Lorin sevilmeyi çok istedi. O kadar çok istedi ki, isteği kendisini kanatacak kadar keskinleşti...

Frankfurt'ta saatler süren bekleyiş ve Kazablanka'ya uçuşun ardından, önünde uzayan pasaport kuyruğu gözünde daha da büyüdü Lorin'in. Artık nefes alamıyor, bir an önce oteline ulaşıp dinlenmek, ertesi gün için hazırlanmak istiyordu. Ayağındaki ayakkabıya ve üzerindeki cekete tahammülü kalmamış bir halde gişelerden birini seçip sıraya girdi.

"Merhaba, ne kadar dalgınsınız ki selamımı fark etmediniz," dedi birden yanında beliren genç bir adam.

Lorin sesin sahibine döndü.

Nasıl yakışıklı bir adamdı bu böyle!

Uzun boylu, çok tanıdık gelen bu adama bir an bakıp gülümsedi ama kim olduğunu anımsayamadı. Yine de iş dünyasından biri olduğu ihtimaline dayanarak "Ah, merhaba, nasılsınız? Çok affedersiniz. Gerçekten o kadar yorgun ve telaşlıyım ki, hakikaten görmemişim. Çok çok özür dilerim," dedi.

Genç adam, yüzünde anlayışlı bir ifadeyle, "Anımsayamadınız, değil mi?" diyerek elini ceketinin cebine atıp kartını çıkardı. Uzatırken kendini tanıttı.

"Doruk ben. Geçen yıl sizin şirketin verdiği bir davette tanışmıştık."

Lorin kartı alırken adamı hayal meyal anımsamıştı. Karta baktı. Zaman zaman karşı karşıya kaldıkları büyük bir hukuk firmasının üst düzey yöneticilerinden biriydi.

"Hayırdır? İş mi, tatil mi?" dedi.

Doruk bembeyaz şahane dişlerini gösterip bütün yakışıklılığı ile gülümseyerek "Tatil için aslında en güzel sezon ama iş tabii ki..." dedi. Sonra da, "Ya siz? Yine hangi büyük şirketi Türkiye'ye transfer ediyorsunuz?" diye sordu.

Lorin'in birden canı sıkıldı. Türkiye'de yatırım yapmayı planlayan bir şirket, elbette sadece kendileriyle görüşmeyecekti. Hazırlıksız yakalanmıştı. Adam ağzından laf almaya çalışıyordu sanki.

"Küçük bir toplantı. Burada değil zaten. Marakeş'te. Küçük bir ön görüşme daha çok," dedi. Adam gülümsedi yine.

"Ne tesadüf! Ben de Marakeş'te olacağım. Yarın mı toplantınız?"

Lorin giderek sinirleniyordu. Başkalarının da bu işten haberdar olduğunu ve kendileriyle aynı aşamaya kadar geldiğini bilmiyordu. İş yaşamında her ne kadar güçlü dursa da, şu anda duygusal yanı daha hızlı çekmişti tetiği. Korkuları hızla dolduruyordu özgüven havuzunu. "Ya bir başkası da senin gibi hazırsa, ya bir başkası gelip işini elinden alırsa, ya gelen senden daha iyiyse, ya rüzgâr ters eserse, ya her şey bir anda aleyhine dönerse?.."

İçindeki olumsuz, kötümser ses son darbesini vurdu: "Bu iş bitti. Hiç boşuna yorulma. Git oteline, yat uyu. Bu adam şu sakin duruşuyla bile ikna eder insanları. Bir de... Sen aynaya bile bakma şu anda, berbatsın!"

Lorin içini saran sıkıntıdan kurtulmaya çalışırken adamın bir şeyler söylediğini fark etti.

"Ne anlatıyor bu adam?" diye sıkıntıyla başını kaldırıp yüzüne baktı.

O anda...

İşte o anda...

Bütün görüntüler hızla silinmeye başladı. Pasaport kuyruğu silindi. İnsanlar silindi. Floresan ışıkları silindi. Havaalanı silindi. Her şey gitti. Silinen bütün o görüntülerin altında bir başka hayat saklıydı sanki.

Lorin, içinde bulunduğu anın gerçekliğinden çıktı.

Önce...

Renkli ışıkları gördü. Kırmızı, mavi ve mor...

Bir lunaparkın ışıklarıydı bunlar. Işıl ışıl bir dönme dolap yavaş yavaş dönüyordu. Sesler yoktu. Sadece görüntüler vardı. O dönme dolabın tepesinden baktığında uzun, ağaçlı bir yol gördü. Yolun sonunda şehrin üzerine rengini düşüren lacivert-mavi bir gökyüzü kaplıyordu her yanı ve adamla ikisi o dönme dolabın en tepesindeydiler. Lorin sanki kanatlıymış gibi, bir bedenden uçmuş bir ruh gibi, kendilerini seyrediyordu. Şahane bir yağmur yağıyordu. Adamla birbirlerine sarılmış, ellerindeki fotoğraf makinesini yukarı kaldırmış, kendi fotoğraflarını çekiyorlardı. Sonra adam eğilip elini öpüyordu Lorin'in. Çok ıslanmışlardı ama yağmura aldırmıyorlardı. Kendilerinden başka kimse yoktu o dönme dolapta. Boşlukta sallanan sorumsuz bir mutluluk resmiydi ikisi…

Derken, aniden siliniverdi bu görüntüler. Havaalanı bütün gri tozlu gerçekliği ile geri geldi. Uğultusu, havasızlığı ve suratsızlığı ile 'hayat' yeniden başlamıştı. Lorin birden ürperdi. Elleri titremeye başladı.

Çocukluğundan bu yana ilk defa yaşıyordu böyle bir şeyi. Geleceği en son on üç yaşındayken görmüştü.

Başı döndü, müthiş bir mide bulantısı geldi peşi sıra. Başını eğdi yere çaresizlikle. Doruk, Lorin'in sendelediğini görünce telaşla kolundan yakaladı.

"Ne oldu size Allah aşkına? Neyiniz var sizin?" Çantasını yere bıraktığı diğer eliyle Lorin'in belini de tutmuştu.

"İyiyim, iyiyim. Kusura bakmayın, yorgunluktan sanırım."

Başının dönmesine, midesinin bulanmasına engel olması, kendini kontrol altına alması gerekiyordu.

Sonrası sisli bir bulutun içinden geçer gibi geçti Lorin için. Adam bavulu alırken de yanındaydı, taksiye binerken de, oteline giderken de... Lorin neredeyse hiç konuşmuyordu çünkü biliyordu, artık hep birlikte olacaklardı.

Görmüştü. Evet görmüştü. Bu yüzden bakamıyordu adamın yüzüne.

"Doruk..." diye mırıldandı takside.

"Efendim?" dedi Doruk.

Oysa ona seslenmemiş, kendi kendine geleceğinin adını tekrarlamıştı.

Odasına çıktığında yatağın üzerine oturup kaldı bir süre. Ayakkabılarına baktı. Sonra aynadaki aksine. Sonra bavuluna. Sonra banyo kapısına, sonra dolaba... Yataktan kalktı, soyunup banyoya girdi. Doruk aklından çıkmıyordu.

Dönme dolaptaydılar. En tepesinde! Yağmur yağıyordu. Fotoğraf çekiyorlardı. Çok mutluydular. Doruk onu çok seviyordu.

Düğümlenmiş bir yün çilesi hayat

(1977)

Bir gün, albümleri toparlıyordu Yaşar. Görev yaptığı yerlerde çekilmiş fotoğrafları düzenliyordu dikkatlice. Köy köy, kasaba kasaba dolaşmış, köylüyü medeniyetle buluşturma vazifesini, adanmış bir ruhla tamamlamıştı.

Saçlarını tıraş etmiş çocukların. Sümüklerini temizlemiş. Bitlerini ayıklamış. Önlük dikmiş onlara. Tezekle sınıf sobası yakmış. Sicimlere düğüm atarak kemer yapmayı, harfleri, ellerini yıkamayı ve matematiği öğretmiş çocuklara. Annelerine konserve yapmayı, babalarına Cumhuriyet'in ilkelerini anlatmış.

Kız çocukları yetiştirmiş, genç kadınlar yetiştirmiş...

Hayatı öğretmiş onlara. Kendi de çok şey öğrenmiş onlarla birlikte. Kafası karışmış zaman zaman. Sorgulamaya başladığı vakit, önünde uzanan yolun çetrefilleşeceğini gördüğünde, "Kurallar böyle," demeyi tercih etmiş. Dayanma sebebi saymış kendine kuralları. İnsani yaşama düzeni ancak kurallarla belirlenebilir gerçeğine bütün kalbiyle inanmış çünkü.

Kar yağdığında kucağında taşımış hasta çocukları. Bütün çocuklarının yatılı okulda lise okuması için ikna etmiş vekil öğretmenlik yaptığı köylerdeki hanelerin babalarını.

Ne dağdaki kurttan korkmuş Yaşar, ne de kendini sindirmek isteyen ağadan.

Bu yüzden hep sevmişler ve çok saymışlar Yaşar'ı.

Ağlamayan bir 'Erkek Hoca Hanım'mış o.

Kızının adını koyan Tuncelililerin şivesi ile "Khoca Hkanım"...

Sonunda eğitmenler yetiştirmek üzere İstanbul'a tayini çıkmış.

1970'lerin ortası... Pazardan alınmış ve eve gelene dek iyice düğümlenmiş bir yün çilesi hayat... Kışları kar basan köyde küçük kızıyla daha mutlu ve korkusuz Hoca Hanım Yaşar. İstanbul'daki yeni düzen önce zor gelmiş ona. Okuldan birlikte mezun olduğu bazı arkadaşlarıyla bağını mektuplar sayesinde koparmamış önceleri. Ama İstanbul'a gelişiyle birlikte içlerinden birkaçıyla görüşmeme kararı almış. Siyaseten bunun doğru olduğunu bildirmiş kendilerine.

Öykülerine tanıklık ettiğim insanların hafızalarında kimi yılların böyle hızla dürülüp bükülmüş çamaşırlar gibi, kimi günlerinse gümüş çerçeve içinde bir fotoğraf gibi saklandığını görmüşümdür hep. Kimileri de bir gazeteden kesilmişçesine, unutulmamayı bekler gibi bir kenara konmuştur...

Yaşar'ın anılarını kaldırıp yerleştirdiği günlerden biriydi. Mevsimlerden bahardı. Yıl 1977...

İstanbul o güne dek düşünmediği, düşünmeyi ertelediği pek çok şeyi getirip koymuştu kucağına. Bu büyük şehir küçük, korkak ve yalnız hissettiriyordu kendini. Anadolu köylerindeyken hepsinin en güçlüsüydü Yaşar Hoca Hanım... Ama İstanbul'da... Geceleri sokaktan gelen silah sesleri, kızının endişeyle bakan yüzü, şehrin insanları... Hepsi hepsi hepsi... "Yalnızsın, yapayalnız ve tek!" diyordu Yaşar'a. Oysa o, güçsüzlüğü sevmiyordu. Üstelik kızına çok iyi bakan bir anne olma gayretindeydi hep. Babasının yokluğunu hissettirmemeliydi. Kendisi de küçük yaşta yatılı okula gitmişti ve dünyada yüz binlerce çocuk kimsesiz büyüyordu sonuçta. Gereksiz duygusallıklara yer yoktu yaşamda. Kızının iyi bir eğitim alması için çabalamalıydı artık. Her şeye yetişmeye çalışıyordu. Öte yandan sokaktaki silah sesleri kapısına dayandı bir gün. Bir tercihte bulunmasını istiyordu sanki sokak. Bulundu da... Hiçbir şeyden korkmayan Yaşar, sadece bilinmez şeylerden, belirsizliklerden çekinirdi çünkü.

Soru soruluyorsa yanıt verirdi. Soru soruyorsa yanıt isterdi.

Kan dökülsün istemezdi lakin. Silahlı eylemde yoktu!

Adil ve eşit bir mücadelede, evet, söz hakkı isterdi.

Doğru; duygusallık gereksiz bir yüktü hayatta.

Buna inancı sonsuzdu.

Lakin...

Kızı...

Kızı çok duygusal bir çocuktu.

Ama sonuçta çocuktu.

Duygusal ve tuhaf bir çocuk.

Kendi kendine konuşuyor, gülüyor, kimse ona okuma yazma öğretmediği halde kâğıtlara bazı harfler, heceler karalıyordu. Karaladıklarına çok dikkatli baktığı vakit bazı isimler ortaya çıktığını fark etti bir gün Yaşar.

Kız üç yaşındayken uykudan uyanıp gördüğü rüyaları anlatıyor, bebeğiyle oynarken, "Kapı çalacak şimdi, Nermin teyzeler gelecek," diyordu.

Anlattığı rüyalarla söyledikleri bire bir gerçekleşiyordu.

Kimseden korkmayan Yaşar, kızı Lorin'den korkuyordu.

Kimseye söyleyemiyordu ama onunla yalnız kalmak ürkütüyordu Yaşar'ı.

Her zaman iyi bir öğrenci, babasına iyi bir evlat olmuş, vazifelerini eksiksiz yerine getirmiş... Namuslu, disiplinli ve katı bir kadın olan Yaşar ailesinde ve çevresinde herkese gücü ölçüsünde yardımcı olur, 'gereken neyse' yapmaya çalışırdı. Çevresindeki herkesten de aynısını beklerdi. Aşırı sevgi gösterileri, sarılmalar, gözyaşları rahatsız ederdi onu.

Dindar olmak da bir ölçü meselesiydi.

Aşk gibi.

Mutluluk gibi.

Mutsuzluk gibi.

Yemek yemek gibi.

Her şeyin fazlası zararlıydı.

Ama bu çocuk...

Bu çocuk doğduğu günden beri her şeyin fazlasını taşıyordu üzerinde. Fazla neşeli, fazla hareketli, fazla sevgi isteyen, fazla duygusal...

Rüyaları onu ürkütse de her sabah, "Dün gece ne gördün rüyanda bakalım?" diye sormayı ihmal etmiyordu. Ve çocuk genellikle kötü haberler veriyordu.

"Senin bir tane beyaz bıyıklı amcan vardı ya. Onu gördüm ben, uyuyordu odasında. Çok uyuyordu. Sonra senin baban geldi onun odasına. Ağladı onun yanında. *Kalk Bayram*, dedi. *Kalk*, dedi ama senin amcan uyanmadı bir daha."

O zaman anlıyorlardı ki Bayram amcadan kötü bir haber var.

Yaşar dayanamıyordu bunları duymaya...

Mümkün olsaydı da onu günlerce yıkasaydı ve çocuk bütün bu tuhaf huylarından arınmış olarak çıksaydı ortaya.

Elinde değildi, çocuğun gözyaşlarına tahammül edemiyordu.

Bir bayram günü kendi babasına götürdü Lorin'i. Ethem dedesi çok seviyordu torununu. Bir elindeki külahta badem şekeri, diğerinde kavrulmuş badem, torununu bekliyordu bahçe kapısında. Eve girdiklerinde asıl sürprizle karşılaştı. Dedesi bir de kırmızı plastik oyuncak telefon almıştı. Lorin çok sevindi dedesinin hediyesini görünce. Boynuna sarıldı.

"Hadi bakalım, kimi arayalım?" diye sordu Ethem dedesi.

"Senin babanı arayalım."

"Ama benim babam öldü."

"Olsun arayalım, ben konuşurum onunla."

Dedesi koltuğa oturdu, Lorin'i kucağına aldı, rastgele numaraları çevirdiler. Lorin telefonu kulağına götürdü. Ahize elinde, uzun bir süre dinledi.

"Ne diyormuş babam?" diye sordu Ethem dede gülerek.

"Diyor ki, sen yumurta yemeyecekmişsin, ben de yemeyecekmişim. Ama sen hiiiiiç yemeyecekmişsin. Sen bir de karnına bakacakmışsın, burana bakacakmışsın," dedi Lorin, dedesinin karnını işaret ederek. Hepsi gülüştüler.

"Vay seni kerata, yumurtadan kaçış öyle mi, ben niye yemeyecekmişim?"

"Çünkü tavuk, horozun gözünü oymuş ya, seni hasta ediyormuş yumurta. Karnında bir yer siyah oluyormuş, yara oluyormuş."

Ethem dedenin gülüşü yüzünde donakaldı.

O bayram sabahından iki üç yıl sonra...

Bir gün ağlayarak uyandı Lorin. Artık daha iyi ifade edebiliyordu gördüklerini. Çok korkmuştu rüyasında.

Salonda hıçkırıklarla ağlıyor, "Anne gel, gel anne, gel!" diyordu bir yandan da.

Yaşar kahvaltı hazırlıyordu. Hışımla girdi salona. "Ne var?" diye bağırdı "Ne var yine?"

Masanın üzerinde, teksir makinesiyle basılmış, mor harfli bir tomar bildiri duruyordu. Öğretmen arkadaşlarıyla birlikte derneğe üye olmuştu. Taraf olmaksa mesele, elbette taraftı. Kalbinin kimseye açmadığı, açamayacağı bir köşesine de bağlı kalıyordu böylece... Ama yapabileceğinin hepsi buydu. Mitingde bildiri dağıtacaktı. Kahvaltısını yaptırdıktan sonra çocuğu alt kat komşusuna bırakıp dernekten öğretmen arkadaşlarıyla mitinge gidecekti.

Çocuk, "Çok insan var anne! Ama çok insan!" dedi. "Duvarları tekmeliyorlar. Silahlar var, anne. Yüksek bir yer var. Pencerede bir adam silahla insanlara ateş ediyor. Polisler var. Bugün beni bırakıp gitme anne! Ne olursun gitme!"

Yaşar gitti… Lorin'i bıraktı... Söz vermişti. Sözünü yere düşürmezdi o.

Taksim meydanında on binlerce kişi vardı. Ve daha on binlerce insan dört bir yandan akmaya devam ediyordu. Saatler ilerliyordu. Yaşar emanet bıraktığı kızına gitmek istiyor fakat miting henüz başlamadığı için bir yere kıpırdayamıyordu. Sonra ne olduğunu anlayamadılar bile... Sadece sesleri duydu Yaşar. Silah seslerini ve çığlıkları. Gerisi bir uğultuydu... Bir insan denizinin içinde savruluyordu. Ezilenleri, kaçanları, polisleri bir duman içinde görüyordu. Yavaşlamıştı sanki dünya. Kaçmaya çalışabilirdi. Ama o birden hayatın anlamını düşünmeye başladı.

Neden buradaydı? Anımsamaya çalıştı; neden buradaydı? Bir polisin, çocuk sayılacak bir genci copla dövdüğünü, bir kadının da aynı polisin sırtını yumrukladığını gördü. Yaşar'ın göz bebekleri büyümüş, o uğultu içinde gördüklerini anlamlandırmaya çalışıyordu. Neden dövüşüyorlardı? Başını kaldırdığında elektrik direğine tırmanmış bir adamın tek eliyle silahını kalabalığa doğrulttuğunu gördü. Aynı anda bir başkası bacaklarına sarılarak düşürdü onu.

Biri kolundan çekip sürüklüyordu Yaşar'ı. Her şey ne kadar da yavaştı... Düşünüyordu Yaşar. Hayatın anlamı neydi?

Zihninin bu kadar berrak, algı kapısının bu kadar açık olduğu başka bir an hatırlamıyordu. Korku, damarlarından hızla beynine ulaşan bir uyarıcı gibi düşüncelerinin etrafında yıllardır kapalı duran bütün pencerelerini açıyordu adeta. Neydi sahi hayatın anlamı? O anda hemen bir yanıt bulması gerekiyordu bu soruya sanki. Uğrunda çaba harcanacak bir amaç sahibi olmak mıydı? O büyük karmaşa içinde, birkaç saniye sonrasında ne olacağını bilemediği bir anda hiç tanımadığı bu insanlarla kurduğu, kurmaya çalıştığı bağ mıydı? Babasına, sisteme, kaderine karşı tepkisini seçme özgürlüğü müydü?

Karnını doyurmak mı? Çocuğunu büyütmek mi? Âşık olmak mı? Mutlu olmak mı? Kısa cümlelere sığan bir son mu? Ölmek mi? Hayatın anlamı ne? Başının belada, ölümün ensesinde olduğunu anladığı o dakikada kızı geldi aklına. Lorin'in "Gitme!" diye yalvaran yüzü...

Yere düşmüş bir genç kadının üzerine basıyordu kaçanlar. Yaşar, kadını kaldırmak istedi. Kadın baygındı. Kolundan tutup çekiştirdi birisi... Bir kalabalığın içinde sürükleniyordu Yaşar. Hayatın anlamı neydi?

Bir otobüs durağında oturmuş, kanayan burnunu silerken yavaş yavaş uyandı sanki. Bütün o karmaşa, kaçış ve çığlıklar içinde korkuyla beynini ele geçiren o aydınlık çekilmiş, yerini her zamanki sıradan puslu griliğe bırakmıştı. Anlam... Anlamı mı sorguluyordu? Anlam... Ölene dek belirlenen ödevleri yerine getirmekti. Verilen çekiçle o çiviye hiç bıkmadan her gün vurmak... Vurmak, vurmak, vurmaktı...

O gece Yaşar, kızının yatağına girdi ve ilk defa sıkı sıkı kucakladı onu.

Lorin'in doğduğu gün geldi aklına. Aradan geçen altı yıl, geride bıraktığı o kara deliği daha da büyütmüştü... Ömrü boyunca kızına sığındığı iki andan biriydi bu.

Takvim o gün, İşçi Bayramı'nı kutlamak için yüz binlerce kişinin Taksim meydanında toplandığı, otuz dört kişinin öldüğü, yüz otuzdan fazla insanın yaralandığı kanlı 1 Mayıs 1977'yi gösteriyordu.

Üçü baş başa vermiş, oturuyorlardı
(1948)

Samire'nin bir dişi yoktu artık. Kıvırcık, uzun saçlarını iki örük yapıyor, beyaz bir yemeniyle kapatıyordu. Kara saçlarını kimse görmesin istiyordu. Göğüsleri mandalina kadar olmuştu ve ilk âdetini görmüştü. Ablası gittiğinden beri evin yükü hepten onun üzerindeydi. Kardeşlerine de o bakıyordu, erkeklerin ayakkabılarını da o temizliyordu. Yufkayı incecik açan da oydu, bakır kazanları külle ovan da.

Samire çok konuşmuyordu.

Çünkü Samire'nin ağzından çıkan her cümle, her bir kelam gerçek oluyordu.

Kim onun canını yaksa dakka şaşmıyor; ya eşekten düşüyor, ya tarlasını su basıyordu. Güneş cayır cayır yaksa da, Samire, "Yağmur yağacak," der demez tepelerine iniyordu damlalar. Misafirin adını duymadan yemeğini pişiriyordu artık. Çünkü yola gölgeleri düşmeden, gelecekleri malum oluyordu Samire'ye. Kimin neyi kaybolsa onun kapısındaydı; eliyle koymuş gibi buluyordu Samire. Ama kimselerle konuşmak istemiyordu. Kimseler onunla arkadaşlık etsin istemiyordu. Kimse soru sormasın, kimse onu kızdırmasın istiyordu. İstemeden ağzından bir şey çıkarsa diye ödü patlıyordu...

Samire en çok kara tavuktan korkuyordu. Kara tavuk Samire'yi takip ediyordu. Ne yana gitse peşinden koşturuyor, nerede karşılaşsalar boynunu çevirip ona bakıyordu. "Bakamaz tavuk len!" diyordu ağabeyi ama Samire biliyordu; kara tavuk sabah akşam onu izliyordu. Samire kara tavuğu görünce yavaşlıyor, yönünü değiştiriyor, aniden hızlanıyor, koşuyor, saklanıyor, tavuğu kandırmaya çalışıyordu. Ama kara tavuk yine de buluyordu onu.

Samire durunca kara tavuk da duruyordu.

Birbirlerine bakıyorlardı.

Samire kümese girdiğinde kafasını çevirip gözünü dikiyordu Samire'ye.

Bir gün kümeste yumurta toplarken horoz ansızın ötüverdi. Samire çok korktu. Sıçrayıverdi. "Senin gözün çıksın inşallah e mi!" dedi.

Horoz anlamış gibi, inadına bir daha öttü suratına suratına.

Sabahına bir baktılar ki, kara tavuk, horozun gözlerini oymuş.

Samire'nin aklı çıktı.

Horozla tavuğu ayırdılar. Horozu ahıra koydular. İyi de yumurta nasıl olacaktı şimdi? Samire kendinden biliyordu artık bütün olup biteni. Allah'ın bir laneti miydi, neydi bu?

Ne etmiş de bu cezayı bulmuştu? Niye kaçı kaçıveriyordu ağzından bu laflar?

Kara tavuktan mı korksun, kara saçlı kendi suretinden mi korksun, karar veremedi.

"Susayım ben en iyisi, hiç konuşmayayım bundan kelli. Rabbim, sen büyüksün," dedi.

Kimselere diyemiyordu bu büyük derdini. Karşı damın orada oturan Nevzat'ın bacısı Şehriban'a, dayısı kızı Hacer'e, bir de ablasına çok ilenmişti vaktiyle. Çocuktu ama o zaman. Nereden bilsindi şu kara dilinin bu kadar güçlü olduğunu?

En çok ablasına yanıyordu. Ya tutarsa bedduaları diye!

Ethem'in geldiğini de dememişti zaten. Ne ablasına ne de bir başkasına.

Pek ağladıydı ablası. El kadar, arkası bayraklı bir aynası vardı. Samire çok imrenmiş, çok yalvarmıştı o zaman. Giderken verivereydi o aynayı ne olurdu... Samire de ablasının ardından, "Boyu devrilesice, kanlar kusasıca!" demeyeydi...

Demeyeydi iyiydi ya... Demişti artık bir kere.

İçi çok çekiliyordu Samire'nin. Korkudan, sıkıntıdan, olup bitenlerden...

Diyorlardı ki; düğün gecesi Ethem'in babası, oğlunun önüne yatmış boylu boyunca.

"Eğer," demiş, "düğünden kızı kaçıracaksan," demiş, "Önce beni vur!" demiş. "Bir evlat gömdüm ben," demiş, "Kara topraklara," demiş, "bir tane daha veremem!" demiş.

Ethem boyun bükmüş babasına. Yapamamış hiçbir şeycik. Basamamış babasının boyu posu üstüne.

"Yapamaz elbet uğursuz! Onun gücü anca Samire gibi küçücük kızlara yeter. Alamadı, yetişemedi ki Nariye ablama! Var ya, çok kahır çekecek o Ethem… Bak kimseye değil ama o Ethem'e var ya, o Ethem'e!.. Çok ahım var ona benim! O kırdı benim yumurtamı! Gün yüzü görmesin, gülmek nedir bilmesin onun kızları! Ne kızları, ne de karısı! Soyu sopu, ocağı batsın!"

Samire gaz lambasını ovuyordu. Anası girdi o sıra içeri. "Ablan hastaymış çok," dedi. "Seni bekliyormuş."

Yüreği hürp etti Samire'nin. Hasta mı? Ablası? Eyvah! Yoksa?..

"Nesi var ana? Ne olmuş ki ablama?"

"Ne bileyim ben gı. Git bak, neyi varmış."

Koşarak yola düştü Samire. Dualarını okuya okuya bir yürüdü, bir koştu: "Ona verme Rabbim, kurban olduğum Rabbim. Ablamı sakın, sakla Rabbim! Daha gencecik gelin benim ablam, ben bilemedim, sen koru ablamı Rabbim!"

Ablasının evine vardığında yanaklarından ateş çıkıyordu. Canını istese verecekti Samire: "Al Nariye'm, al ablam. Al senin olsun, kurban olayım ablam!"

Kapıyı itti.

İçeride kimse yoktu.

"Abla?" diye seslendi. "Abla!" diye bağırdı bir daha.

"Gel, içeri gel!" dedi ablası yatakları koyduğu odadan.

Samire yatak odasında girdiğinde küçük dilini yuttu.

Ablası, Ethem ve eniştesi... Üçü baş başa vermiş oturuyorlardı.

"Gel," dedi ablası. "Gel Samire..."

Samire bir adım bile atamadı. Eli ağzında, bakakaldı...

Kendini gerçekleştiren kehanet, derler...

(2003)

Lorin nihayet beklediği o güzel güne uyandı. Geldiğini anladığı mutluluğun coşkusu yanaklarında, gözlerinde, kirpiklerinde ışıldıyordu...

Doruk onu oteline bırakmış, ayrılırken ertesi sabah Marakeş'e birlikte gitmeyi teklif etmişti. Eğer yanında olursa kendisini daha iyi hissedeceğini söylemişti. Kabul etmişti Lorin. Varsın aynı iş için mücadele etsinler, kimin ne kazanacağı hiç belli olmazdı.

Sabah otelin kırmızı güllerle donatılmış lobisine indiğinde, ahşap oymalı kapıları, kırmızı kadife koltuklarıyla sıra sıra küçük telefon kabinlerini görünce İstanbul'u aramayı düşündü. Oğlu açtı telefonu. Şaşırdı.

"Ne oldu oğlum, niye evdesin sen?" diye sordu ama Kaan sorusuna yanıt vermek yerine hızla kendi dertlerini sıralamaya başladı.

"Anne, bak sana son kez söylüyorum. Ben anneannemle bir daha aynı evde kalmam, bu bir! Babam telefonlarıma çıkmıyor; çok gıcık oluyorum, bu iki! Yaz okulu ne olacak, bu da üç... Sen de yanıt yazmıyorsun, sana da gıcık oluyorum!"

Gülümseyerek yanıt verdi Lorin: "Sen bana gıcık olamazsın, bu bir! Böyle kelimeler kullanma diyorum, bu iki! Ah, ben o anneannenden neler çektim bir bilsen, bu da üç... Çocuğum azıcık sabret, cep telefonu çekmiyor burada doğru düzgün. Babanı da biliyorsun işte... Yaz okulunu hiç dert etme, ben gelir gelmez ödemesini yaparım. Niye büyütüyorsun ki bu kadar? Hangi yıl gitmedin o okula Kaan?"

"Ya anne anlamıyorsun! Anlamıyorsun işte! Ben senin değil, babamın ödemesini istiyorum."

"Kaan... Allah aşkına konuyu uzatma! Baban çok meşgul ve başka dertleri var. Ayrıca sen niye şu anda okulda değilsin?"

"Anne burada hayvan gibi kar yağdı, tamam mı? Okullar tatil ve ben anneannemle evde kaldım. Ölücem burada!"

Lorin'in gülesi geldi bir an.

"Oğlum, lütfen öyle hayvan mayvan deme, çok rica ediyorum. Haklısın, evde sıkılmışsındır. Yarın dönüyorum ben, yaparız bir program, telafi ederiz. Olur mu canım? Ne olur anlayış göster bana azıcık. Tamam mı aşkım? Bir şey iste alayım sana... Hadi söyle, buradan getireyim..."

"İstemiyorum bir şey ya... Bize oradan bir ev al, orada yaşayalım. Ama bu gidişle alamazsın söyleyeyim sana. Yine diş yaptırtacakmış. İstemiyormuş bu dişleri. Hepinizin bütün paralarını anneannemin dişleri yiyecek."

Lorin kahkahasını tutamadı bu sefer.

"Kaan..."

"Ne?"

"Hep böyle tatlı kalır mısın güzel oğlum?"

"Kalmam anne. Kalamam. Ben bu anneannemle yaşarsam kalamam. Kaçarım bu evden söyliim sana. Bir an önce gel. Niye benim Türkçe konuşan bir babam yok yaaa..."

"Ahhhh, benim güzel oğlum, ah benim güzel Kaan'ım! Çok haklısın. Dönünce ana oğul şöyle baş başa bir vakit geçiririz. Tamam mı canım? Hadi kapatıyorum şimdi, yarın görüşürüz oğlum."

"Anne... Çabuk gel!"

"Peki oğlum, peki."

Lorin telefon ahizesini yerine koydu. Kırmızı koltukta bir süre oturdu, etrafını izledi. Bu eski yapı, bu eşyalar, duvarlar, tablolar, dokumalar, bu gül kokusu... Kim bilir kimlerin anılarını, izlerini taşıyordu. Telefon kabininden çıktı.

Birkaç adım atmıştı ki, Doruk'un lobide kendini beklediğini gördü. Eski ahşap döner kapının önünde, üzerinde bir takım elbise ve arkasından vuran ışıkla nasıl da bu atmosfere uygun eski bir film yıldızı gibi duruyor, diye iç geçirdi Lorin. Doruk bütün yüzünü kaplayan gülüşüyle selamladı Lorin'i.

"Nasıl oldunuz? Çok iyi görünüyorsunuz," dedi dışarı çıkması için yol verirken.

Siyah lüks bir cip bekliyordu onları kapıda. Doruk arabanın kapısını açtı. Lorin'i binmesini bekledikten sonra kendisi diğer kapıdan yanına geçip oturdu. İngilizce konuşuyordu şoförle. Yola çıktılar.

"Dün gece sizi otele ben bırakmamış olsam hayatta inanmazdım aynı kişi olduğunuza! Ne oldu size birden? Size baktıkça kendiliğinden gülümsüyor insan. Ne var sizde Allah aşkına?"

Lorin'in içi mutlulukla doldu. Doruk'un sesi, dudakları, gözleri, her biri ayrı ayrı mutluluk sebebi olabilirdi. O gözlerin içinde ışıklar; gri, lacivert yapraklar doluydu.

"Her zaman böyle olmuyor, bakmayın. Alıştığımız ortamın dışında olmaktan kaynaklanıyordur belki... Büyüleyici geliyor bana bu topraklar. Sizin ilk gelişiniz mi?"

"Hayır, daha önce de birkaç kez gelmiştim. Türkiye'deki müşterimiz buradan bir işadamı ile İspanya'da ortak inşaat işine girecek. Üç ortağın arasında anlaşma sağlayana kadar mekik dokuyoruz işte böyle. Fena da olmuyor ama."

Lorin rahatladı. Kendi operasyonuyla adamın hiçbir ilgisi yoktu. Korkularından korku türetme alışkanlığını bırakamıyordu bir türlü. Önlerinde dinlenebileceği, sohbetin keyfini çıkarabileceği iki üç saatlik bir yol vardı.

Ülkeden, kalkınmasından, zenginlerinden, limandan, duvarların ardındaki şaşırtıcı bahçelerden, binaların eskiliğinin güzelliğinden konuştular bir süre.

"Otellerin o sihirli, sanki yüz yıldır el değmemiş gibi duran tarihi dokusu ve renkleri müthiş etkiliyor beni. Sabah lobiye indiğimde telefon kabinlerine takıldı gözüm.

Hep eski filmlerde görürdüm ve çok hoşuma giderdi. Çocuk gibi, girdim, Türkiye'yi aradım. Oğlumla konuştuk..."

Doruk güldü. "Haklısınız, ben de çok etkileyici buluyorum buraları. Oğlunuz kaç yaşında? Tahmin ediyorum ki çok sıcak bir ilişkiniz var?"

"Yakında on bir yaşına basacak. Arada kapıştığımız oluyor elbette. Biraz sıkılmış. Kar varmış İstanbul'da... Okul tatil edilince evde mahsur kalmış. Anneanneden şikâyetçi. Annem çok disiplinli, çok kontrolcüdür. Bunaltmış olmalı."

"Babası ilgileniyordur mutlaka..."

Lorin 'mutlaka' kelimesinden büyük bir rahatsızlık duydu. İsimlendiremediği, tanımlayamadığı bir hoşnutsuzluk yerleşti içine.

"Babasıyla oğlum doğmadan ayrıldık. Hem okudum hem de onu tek başıma büyüttüm..."

Doruk şaşırmıştı. "Şaka yapıyorsunuz! Bir Türk kadını olarak hem de! Aileniz çok desteklemiş olmalı o halde."

Doruk'un yüzündeki memnuniyet ifadesi gözünden kaçmadı Lorin'in. Ama o '-meli, -malı' ekiyle biten cümleden hoşlanmadı.

"Hayır. Babamı hiç tanımadım. Annem Türkiye'deydi. Ben Paris'teydim. Eşim Türk değildi. Ailem de hiç destek olmadı."

"Yaaa? Ya, hay Allah! Affedersiniz. Sizi üzmedim umarım? Birbirimiz hakkında hiçbir şey bilmeden ne çok fikir sahibiyiz aslında. Ve konuşacak ne çok şey var..."

Yanıt vermedi Lorin... Bir süre sessizce yolu izlediler.

Doruk, "İşiniz çok uzun sürer mi?" diye döndü Lorin'e. "Benimki üç dört gibi biter diye düşünüyorum. Eğer uygun olursanız bu akşam yemeği birlikte yesek? Güzel bir kadını bu ülkede tek başına bırakmak gibi bir aptallık yapmayacağım. La Mamounia'da yeriz. Sonra da barında otururuz. Çok şahane bir caz üçlüsü vardı geçen geldiğimde. Bilmiyorum, hâlâ çalıyorlar mı… Hatta şöyle yapalım mı?.. İşimiz biter bitmez orada buluşalım. Yemekten önce bahçesinde laflarız biraz. Ne dersiniz?"

Lorin tatlı bir dalgınlık içinde Doruk'u izliyordu. İşte başlıyordu. Çok özlediği o şey…

"Hiç tanımadığın bir adama neden ayaküstü ömrünün kısa özetini geçtin?" diye düşündü. Belki de her kehanet kendini işte böyle gerçekleştiriyordu. Önce diliyor, sonra bekliyor, sonra çağırıyordu insan. Ve sonunda hayata geçiyordu. Doruk'un soran gözlerle baktığını fark etti.

"Neden olmasın? O kadar yoruldum ki günlerdir… Çok da mutlu olurum," dedi, dudağına yerleşen kelebeği saklayamadan.

Bir kadına en çok yakışan aşk işareti… Durmaksızın, nedensiz tebessüm etmesine neden olan o dudak kelebekleri… İki yanda, arsız, tazecik, güzeller güzeli iki kelebek… Bir kadın sevildikçe daha çok kanat çırpan kelebekler…

Yol çabucak bitti. Marakeş'e girdiler. Kızıl sarı evler, develer, palmiyeler, bahçeleri saklayan yüksek uzun duvarlar, motosikletler, kamyonetler ve büyük bir gürültü içindeydiler artık. Önce Lorin'i bıraktı Doruk. Saat dörtte La Mamounia'da buluşmak üzere sözleştiler.

Lorin, bir süredir Türkiye'ye yatırım yapmayı düşünen ama ülkedeki ekonomik kriz sonrası bu düşüncesini rafa kaldıran büyük bir ailenin gündemine tekrar Türkiye'yi getirmek ve olası Türkiyeli ortaklarla görüştürmek için gerekli düzenlemeleri yapmakla görevliydi. Düşündüğünden çok daha kolay, çok daha çabuk bitti toplantı. Lorin, üzerinde Doruk'tan alıp taşıdığı ışıkla kendisini dahi şaşırtan bir hızda bitirmişti görüşmeyi. İkram edilen nane çaylarını içerken, Fas'ta beklenen uluslararası ticaretle ilgili değişikliklerden ve Türkiye'deki yeni hükümetten konuşmaya başlamışlardı. Ailenin, şirket başkanı da olan babası, akıcı Fransızcasıyla önümüzdeki birkaç yıl içinde Lorin'in pek çok Arap ülkesinde, pek çok büyük grupla görüşme olanağının artacağını, Kazablanka'daki yeni limandan sonra Fas'ta çok şeyin değişeceğini söyledi. Ardında da, Boğaz'ın güzelliğinden söz edip İstanbul'da kendileri için yapılacak büyük operasyonların hayırlara vesile olmasını diledi. İstanbul'da yapacakları görüşmenin tarihi belirlendi.

Yemeğe kalması için çok ısrar ettiler. Normal şartlarda ilişkileri pekiştirecek bir aile yemeğini asla geri çevirmezdi Lorin ama aklı Doruk'taydı. Saatine baktı. Kırk beş dakikası vardı... İzin istedi.

Marakeş'in güneşi yüzünü ısıtırken Doruk'a hazırlanmak için yola çıktı.

Arabada gözlerini kapadı. Hayır, hiçbir görüntü, hiçbir ses yoktu. Zihnini zorladı. Hayır, hiçbir şey... İyi ya da kötü, hiçbir şey söylemiyordu habercileri. Sadece, kalbi çok çarpıyordu. Sakin olmalıydı. Bu sadece bir akşam yemeği olacaktı.

Ama Lorin görmüştü bir kere; Doruk'la ikisi dönme dolaptaydılar. Çok mutluydu o anda Lorin. Doruk, dudağındaki kelebekleri öpüyordu.

Bir gün, kim bilir yine hangi hikâyenin peşinde dolaşıyordum... Kış bitmiş, bahar başlıyordu. Önümde kilometrelerce uzanan sahilde dalgalar kumsala vuruyor, güneş ışıl ışıl dans ediyordu denizin üzerinde. Yürüyordum.

Birden kalp şeklinde çakıl taşları gördüm. Yüzlerce... Yüzlerce... Yüzlerce... Yüzlerce...

Neydi onlar sanıyorsun? Sevilmemekten taşa dönmüş minik kalplerdi. Sahile bırakılmışlardı. Tek tek topladım onları, kucağıma aldım, güneşe karşı oturdum.

"Aşk nedir?" diye sordum. "Sen anlat," dediler.

"Bu hale gelmeden önce kim bilir neredeydiniz, neydiniz?" dedim. Sustular...

Kalbi taşa dönmeden çok önce...

(1956)

Yaşar da bir garip çocuktu elbette. 1956 sonbaharında sessiz sedasız, dedesiyle babaannesinin dibinde yaşıyordu. Amcası Bayram askerden döneli çok olmuştu. Evdeki, köydeki herkes bayram etmişti evin küçük oğlu sağ salim döndü diye. Hemen evlendirdiler Bayram'ı. Davullu zurnalı bir düğün yaptı dede. Kulaklarının iki yanından kırmızı süsler sarkıtılmış atlarla getirdiler gelini. Sabahın erken saatinde zurna sesiyle meydana toplandı hepsi. Renkli kumaş parçaları sarınmış bir adam elindeki tahta kaşıklarla döne döne gerdan kırıyor, dans ediyordu. Yaşar'ın gördüğü ilk düğündü bu. O gün babaannesi etli pilavı kendi elleriyle yedirmişti Yaşar'a. Şimdi de Bayram'ın karısı hamileydi, hep birlikte bebeğin gelmesini bekliyorlardı artık.

Bayramın evi, dedenin evinin sağında, Yaşar'ın sütannesi ve halası Hediye'ninki solundaydı. Dede, babaanne ve Yaşar da tam ortada, bir göz oda evin içinde mutlu mesut yaşıyorlardı. Bir tek Ethem ve karısı Ankara'daydılar. Düğüne geldiklerinde Bayram'ın karısına kalın bir altın bilezik takmışlardı. Bayram'a da bir tomar para vermişti Ethem. Yaşar'ı kucağına almış, öpmüş, sonra da kardeşiyle karşılıklı oyun oynamıştı.

Yaşar bir köşede bütün olup bitenlere kayıtsız kalan annesini izlemişti uzaktan. Yazdan yaza köye gelen bu genç kadına hiç yaklaşmıyordu. Hiç konuşmuyordu onunla. Her yaz kucağında bir türlü kardeşi belleyemediği o bebeklerle çıkıp gelen annesi de Yaşar'ı hiç öpmedi.

Ama babası çok seviyordu Yaşar'ı. Hediyeler getiriyordu ona Ankara'dan. Yaşar hediyeleri sevinçle alıp açıyor, kurcalıyor, sonra ebesine veriyordu, saklasın diye. Babaannesine 'ebe' diyordu Yaşar. Hiçbir oyuncağıyla oynamıyordu. Oyuncakla nasıl oynanacağını bilmiyordu çünkü. Eşeğe biniyor, kayalara tırmanıyor, toprakla, çamurla oynamayı daha çok seviyordu. Çamurdan fırın, küp, güveç yapıp kurutuyordu.

Ankara'dan geldikleri vakit babasıyla annesini bir yabancı gibi karşılar, bir an önce gitmelerini beklerdi. Annesinin kıyafetleri, saçları, ayakkabıları değişik geliyordu ona. Annesi güzel mi, değil mi, karar veremezdi bir türlü. Ebesi, halası gibi değildi. Değişikti. Korkutucu bir şey vardı sanki onda. Gözlerini gözlerine diktiği vakit ödü patlıyordu Yaşar'ın.

Kadın, sabahları çocuklarını iki yanına koyar, teker teker ağızlarına birer lokma yemek verip hepsini beslerdi. Ama hiçbir zaman Yaşar'ı çağırmıyordu sofraya. Çağırsa da Yaşar gitmezdi ki...

Büyürken de hiç düşünmedi, "Beni neden çağırmıyor?" diye. Lise çağına dek düşünmedi diyelim...

Çocukluğunda olağan gelirdi ona bu yabancılık. Bu evin misafirleriydi bu kadın ve çocukları. 'Bu kadın'dı annesi. Ve 'o kadının çocukları'ydı kardeşi olduğu söylenenler.

O zamanlar çok da umursamadığı bu ayrıntı, elli yaşındayken bir gece aklına gelmiş ve içini çok sızlatmıştı Yaşar'ın. Artık kendisini bile şaşırtan değişiklikler vardı zihninde.

Daha duygusal birine dönüşüyordu. Apansız çocukluğu geliyordu aklına. Hiç anımsamadığı, bir kenara kaldırıp attığı ayrıntıların nasıl olup da oralarda kaldığına, bunca yıl nasıl da böyle sinsi sinsi saklandığına inanamıyordu.

Kemik erimesiyle mücadele ediyordu kırk beş yaşından beri. Dişleri hiçbir zaman çok sağlıklı olmamıştı. Doktorlar bebekken iyi beslenememiş olmasına, geçirdiği ateşli hastalıklara bağlıyorlardı durumunu.

1956 kışı, Yaşar'ın okuma yazma öğrendiği güzel günlerin anısını taşır.

Yaşar'ın dedesi güzel adamdı. Kendi kendine tütün sarar, kendi kendine konuşur dururdu: "Dedesinin gurur kaynağı Yaşar, Gazi Kemal Paşa'nın meşale taşıyan kızlarından biri olur muydu be? Olurdu, niye olmayaydı?"

O böyle kendi kendine konuşurken onu duyan babaannenin aklı çıkıyordu. Böyle bir şey hakikat olursa, Yaşar'ın onları bırakıp gitmesi demekti bu.

Babaanne gece gündüz söyleniyordu dedeye.

Yaşar giderse ne yaparlardı onlar? İki ihtiyar, burada bir göz odada ölsünler miydi be? Yalnız yalnız? Ne yapacakmış ateş taşıyıp elinde? Gazi Paşa çoktan rahmetli olmuş hem. Yaşar'ı görüp de başını mı okşayacakmış? Ne sokuyormuş böyle şeyleri küçücük çocuğun aklına ya...

Küserdi babaanne, dedeye. Köşeye geçip ağlardı. Yaşar giderse diye çok korkardı ikisi de. Nohut kavurur, darı haşlarlardı. Yeter ki Yaşar mutlu olsun. Ah ne tatlı iki ihtiyardı onlar! Namaz kılarken, dudakları fısır fısır, Allah'a güzel günler için yakarırken, tarhana ve ekmek kokardı evleri. Mutluydu Yaşar onlarla. İkisinin ortasında yatardı geceleri. Dedesinin eli yanlışlıkla babaannesinin koluna, omzuna, saçına değmeye görsün! Aman aman! Hemen engel olur, ayırırdı ikisini. İki ihtiyar gülüşürdü bu tatlı müdahaleye.

Yoğurt yapmayı öğrettiler Yaşar'a. Yufka açmayı kendiliğinden öğrendi. Tarhana kurutmayı, salçayı damda pişirmeyi... Bostanda nöbet tutmayı çok seviyordu. Altı yaşındaydı ama çok becerikliydi küçük elleri.

"Öyleyse... Biz bunu köyün okuluna verelim," dedi dedesi.

Babaanne bu fikre razı geldi. "Tamam, bu olur. Ama ondan ötesi olmaz. Deyim sana. Öyle elinde ateş taşıma felan yok. Başını açmak, koşmak, koşturmak yok, ona göre!"

Zehir gibi akıllıydı Yaşar.

Köyün genç öğretmeni çok sevdi Yaşar'ı. "Bu çocukta başka bir ateş var dede," diyordu. "Sen bunu okutmalısın. Bu çok büyük adam olur. Bir şeyi bu çocuğa bir kere söylüyor, bir daha söylemiyorsun. O dakika anlıyor, o dakika!"

Dinlemiyormuş gibi yapıyor ama her şeyi dinliyordu Yaşar. Çok mutlu oluyordu biri kendini övünce. Ama yüzü hiç gülmüyordu. Duymamış gibi yapıyordu.

Erişkinliği boyunca da çok güler yüzlü bir kadın olmadı.

Aile, eğlence, piknik, grup fotoğraflarında tebessüm etmedi. Yakışmadığını düşünüyordu. Ne yüzüne, ne kişiliğine, ne de kaderine... Gülmesi çok zaman aldı. Çok uzun zaman…

Yani… Kalbi taşa dönmeden çok önce küçük, güzel ve sevilen bir çocuktu Yaşar.

Hikâyenin kanı kendi damarları içinde akarken...

(1984)

Lorin'in kontrol edemediği geleceği görebilme yetisi, annesi Yaşar'ı korkutuyordu ve bu korku, Lorin'i hem yalnız hem de çaresiz bırakıyordu.

1984 yazı... Leylaklar o yıl her zamankinden erken açmış. Bütün ağaçların, baharın ve yazın acelesi varmış sanki... Günlerden bir gün, Lorin eve gelen Fransızca öğretmeniyle ders çalışırken...

Fakat o güne gelmeden önce olanları aktarmam gerek. Bütün arkadaşları tatil yaparken o, evde, günde üç saat Fransızca çalışmak zorundaymış çünkü o yaz annesinin beklediği karneyi getirememiş. Takdirname alacağını hesaplamış ama Fransızca dersinin beklediğinden bir puan düşük geleceğini bilmiyormuş. Karnesini alıp eve geldiğinde kapıyı annesi açmış. Aslında pek açmak sayılmazmış, şöyle hafifçe aralamış.

Kapı aralığından Lorin'i süzüp tahminde bulunmaya çalışır gibi bir süre beklemiş. Sonra beklediğini alamayacağını anlamanın asabiyetiyle, "Sonuç?" demiş boğuk bir fısıltıyla.

"Teşekkürname aldım," diye yanıt vermiş Lorin, terleyerek. Nasıl da korkmuş Yaşar'ın bakışlarını görünce. Annesi hiçbir şey söylememiş önce. Buz gibi bakmaya devam etmiş. Sonra yüzünde tiksinti dolu bir ifade belirmiş. Lorin yıllar sonra annesinin o yüz ifadesini anımsadığında, "Karşısındaki, bir insan değil de, sanki evinin kapısına bırakılmış, temizlemek zorunda kaldığı bir çöp yığınıydı," diye düşünmüştü.

Yaşar fısıltıyla, "İlçe müdürüyle karısı burada. Onlara senin takdirname aldığını söyledim. Kimseye yalancı çıkaramazsın beni. Şimdi git nereye gidersen. Oyalan. Misafirler gitmeden sakın eve gelme!" demiş ve kapıyı küt diye kapamış. Lorin hiçbir şey söyleyemeden, şaşkınlık ve utançla kalakalmış kapıda. Hayal kırıklığı ve öfkeyle... Çaresizlik ve haksızlığa uğramışlığın büyük acısıyla... İçindeki bütün duygular bir balon gibi şişiyor ve nefes aldırmıyormuş. Kapının önünde dikilmiş bir süre. Elleri terliyormuş ve buz gibi olmuşlar; yine çok üşüyormuş. Hem terliyor hem üşüyormuş.

Lorin, bunu her anımsadığında aynı şekilde üşüyüp terliyordu. İnsan bazı anılarını nasıl olup da böyle bozulmadan saklayabiliyor?

Keşke konuşabilseydi annesiyle. Eğer konuşabilseydi...

Bütün notları çok iyiydi. Sadece Fransızcası... Sadece Fransızcası biraz düşüktü, o kadar. Bir kırığı bile yoktu ki... Konuşabilse ve bunları söyleyebilseydi...

Çaresizce merdivenleri inmiş, hayal kırıklığı içinde sokağa çıkmış ve sırtında okul çantası, bir parkta havanın kararmasını beklemiş. Öfkesi, içinde bir kara balon olmuş, ciğeriyle kalbi arasında sıkışmış kalmış. Uzun yıllar orada asılı kalmış. Pek çok insanın göğüs kafesinde bir kara balon vardır.

Varlığını fark edip onu salıverebilen ne şanslı... Ama hayatın bir yerinde, çoğumuz o balonu patlatan birine denk geliriz... Ya çok sevdiğinden sarar sıkıştırır ya da öfkeyle doldurur içini, yer bırakmaz başka duyguya...

Şimdi bütün yazı Fransızca öğretmeniyle geçiriyordu Lorin. Mükemmel olmak için. Çok iyi bir çocuk olmak için. Annesinin kıyasladığı bütün arkadaş çocuklarından daha iyi olmak için.

Yanaklarının içini ısırıyordu.

Öğretmeni sinirlice parmağını masaya vurdu. "Dikkatini buraya ver" demek istiyordu. Ama hava çok sıcaktı. Sokaktan çocukların, arabaların, köpeklerin, kuşların sesleri geliyordu. Koca yaz geçip gidiyordu.

Yaz geçerken Lorin'i de bir genç kıza çeviriyordu.

Bedeni büyüdükçe kalbiyle ciğeri arasındaki o kara öfke balonu da büyüyordu.

Annesine dayanabilmek her geçen gün daha da zorlaşıyor, kendisini bu denli zorlayan bir anneyi anlayabilmek, ergenliğe geçen bu çocuğa imkânsız geliyordu. İçindeki iyi parçalarla ruhunun sabırlı yanı teselli ediyordu onu. O anlarda küçük bir inanca tutunup devam ediyordu annesinin zorlu maratonuna. Evet, elbette onun güzel geleceği için istiyordu annesi bunu ama ya dışarıda geçip giden yaz, o ne olacaktı peki?

Öte yandan annesi, Lorin'in hızlı gelişmesinden de son derece hoşnutsuzdu. Renkli giyinmesini, saç uzatmasını istemiyordu. Kızı güldükçe dişileşiyor, bu da Yaşar'ı çok rahatsız ediyordu. Onun bir anne olarak fark ettiğini dışarıdaki insanlar, erkekler, gönlü gözü karalar fark etmez olur muydu? Nasıl koruyabilirdi bu kızı? Acaba okulunu değiştirmeli miydi?

Genç kız, annesinin baskısı altında iyice eziliyordu. Huzursuz olmasın diye onun her dediğini yapmaya çalışıyor, ani sorularıyla bunalmamak için yanındayken neredeyse hiçbir şey düşünmüyordu.

Lorin sıkıntıyla Fransızca öğretmeninin söylediklerini tekrar ediyordu ki...

Birden gözünün önüne sümüğünü çeke çeke ağlayan, ağzı kan içinde, tek dişi olmayan bir kız çocuğu geldi. Kıvırcık, kara saçları vardı küçük kızın. İki gözü iki çeşme ağlıyordu. Ne dediğini anlayamıyordu bir türlü Lorin, bir şey söylüyordu kız, bir şey anlatmaya çalışıyordu sanki. Ama duyamıyordu Lorin. Kızın kına yakılmış küçük avcunu gördü. İçinde bir yumurta vardı. Gözlerini kapadı. Kızı duymaya, anlamaya çalışıyordu. Fransızca öğretmeni, "Ne oldu?" diye sordu. "Bir saniye," dedi öğretmeninin kolunu tutarak. Gözlerini kapadı.

Kara, kıvırcık saçlı kız karşısındaydı: "İstemedim ben böyle olsun, bilemedim... İlenmezdim yoksa ben. Beddua etmezdim hiç. Sen şimdi Ethem'e börek yap. Gidecek çünkü Ethem. Gitmeden yesin. Yolu var artık onun. Dedim ya ben ona vaktiyle… *Yiyeme inşallah*, dedim ben!"

Şimdi biraz daha uzaktaydı çocuk. Ağlıyordu. Yumruklarıyla gözlerini, yanaklarını siliyordu.

Lorin daha net görüyordu küçük kızı. Tozlu, taşlı bir yolun kenarında duruyordu. "Hadi, Ethem gitmeden yetiş sen ona. Ben bilmiyordum böyle olacağını!"

Lorin de ağlamaya başladı.

Anlamıştı…

Ethem dede bir yıldır pankreas kanseriyle mücadele ediyordu. Son günlerde artık bütün umutlar tükenmişti. Hastaneden çıkarmışlardı. Evde yatıyordu. Dedesinin gitme vakti gelmişti demek. İçinde büyük bir rüzgâr çıktı Lorin'in.

Küçük, kara kızla birbirlerine baktılar. Rüzgârda saçları uçuştu ikisinin de…

Lorin gözlerini açtı.

"Öğretmenim," dedi ağlayarak, "devam edemeyeceğim dersimize, çok özür dilerim. Annem işten gelene kadar bekleyemem. Dedeme gitmem gerek… Dersi sizin bitirdiğinizi söyleyebilir miyiz, ne olur? Çok kızar bana sonra. Galiba dedeme bir şey olacak! İçimde büyük bir sıkıntı var. Bana izin verseniz, dedemi görmeye gitsem, olur mu öğretmenim?"

Öğretmen, ergenlerin her türlü sıkıntısına ve tepkisine alışkındı ama bu denli içten dökülen gözyaşları karşısında, "Tamam kızım, elbette," dedi kitabı kapatarak. Dersi kestiler. Öğretmen çıktı.

"Ethem dedem gidiyor!" diye ağlıyordu Lorin...

Ağlaya ağlaya mutfağa girdi. Annesinin işe giderken mutfağa bıraktığı parayla yufka aldı, ağlaya ağlaya dedesine yumurtasız börek yaptı. Ağlaya ağlaya yola koyuldu. Kimseye haber vermek istemedi, ne annesine ne bir başkasına. Dedesiyle yalnız vedalaşmalıydı. Böreği yetiştirdi dedesine...

Artık bir damla su bile içemez haldeydi Ethem dede. Elinde yemek kabıyla Lorin'i baş ucunda görünce, "Sen mi geldin bahar kokulum?" dedi.

Lorin ağlaya ağlaya bir lokma uzattı dedesine. Ethem dede kıramadı torununu, ağzını açtı, çiğneyemedi, yutamadı, su istedi...

Yetiştirdiler, bir yudum su içti. Yine yutamadı ama çıkarmadı o son lokmayı ağzından...

Dede torun bakıştılar. Lorin ağlıyor, dede gülüyordu. Dede elini tuttu Lorin'in. "Çok küçüktün... Bir gün elini karnıma koydun. Burada yara olacakmış dedin. Nereden bildin? Sen bütün bunları nereden bildin?"

"Bilmiyordum ki dede... Hiç bilmedim ki... Bana söylediler hep."

Sonra ağlaya ağlaya kulağına eğildi. Fısıldamaya başladı: "Sana haber yolladı biri dede. Küçük bir kız. Kara, kıvırcık saçları var. Diyor ki... Hiç istemezmiş! Böyle olacağını bilse hiç öyle şeyler söylemezmiş!"

Ethem dede elini zorlukla kaldırıp Lorin'in saçlarına götürdü. Zorlukla fısıldadı: "Sen de ona söyle... Eğer bir daha görürsen... Eğer gelirse yine... Söyle, dert etmesin. Herkes ektiğini biçer."

Ethem dede o gece öldü...

Lorin'i karşılıksız, koşulsuz kucaklayan, seven biricik insan gitti.

Lorin erişkin bir kadın olana dek bir daha ne geçmişten ne de gelecekten haber aldı. Ne gelen oldu ne de giden...

Her hikâye biriciktir, biliyorsun. Ama her hikâyenin kanı kendi damarları içinde akarken başkalarının rüzgârını, yağmurunu ve ne yazık ki kurşununu da isabet alır kimi zaman...

"Ayrılmak istemezsin dünyadan ama..."
(1997)

Lorin kendince yapacağı en doğru şeyi yapmış, Yaşar'dan kaçmıştı. Erken evlilik kararını anlamak çok da güç değildi. Lakin anne baba evinde mutsuz olup evliliğe can simidi gibi sarılan gencecik güzel kızların daha da mutsuz devam eden öykülerini düşününce... Üzülmeden edemiyor insan... Lorin şanslıydı. Çünkü bir şekilde hayatta kalmayı, itiraz etmeyi öğrenmişti. Direnmiş ve başarmıştı...

Güzel, güneşli bir günde kaldırıma atılmış masalardan birine oturmuşlardı oğlu Kaan'la birlikte...

Kaan beş yaşındaydı o gün. Lorin okulunu bitirmiş, çocuğunu büyütmüş ve artık bir karar verme noktasına gelmişti. Dönecekler miydi, yoksa kalacaklar mıydı?

Bu büyük kararı tartışmak için Kaan'la birlikte dışarı çıkmışlardı.

Kaan güneşin torpiliyle dondurma yiyordu. Annesi kahve içiyordu. Sokaklardaki mutlu turist kalabalığını, hızla dolup boşalan masaları, servis yapıp para üstü veren beyaz önlüklü garsonları ilgiyle izliyordu.

Kaan, tam bir kedi yavrusu gibi duruyordu güneşin altında. Dondurmayı da doğru düzgün yiyemiyordu. Lorin ise çok zayıftı. Hemen hemen hiçbir şey yemeden yaşıyor olmalıydı.

"Evet, beni dinlemeye hazır mısın Kaan?"

Kaan başını salladı.

"Şimdi... Artık okulumuz bitti. Yani benim okulum. Burada kalabiliriz. İstediğim gibi bir iş bulabilmem biraz zaman alabilir. Küçük evimizde oturmak zorunda kalırız yine. Ve okula giderken yaptığım gibi, seni yine kreşe bırakıp eski işime devam etmem gerekebilir."

Kaan yoldan geçen arabalara bakıyordu. Lorin oğlunun ilgisini çekmesi gerektiğini düşündü.

"Kaan... Biliyor musun buraya kimler geliyormuş?"

"Kimleğğğ?"

"Hani bir kitabım vardı benim. Yeşil kapaklıydı. Sen adını sormuştun. Ben de sana *İhtiyar Balıkçı ve Deniz* demiştim. Sen, *ne anlatıyor*, diye sormuştun. Ben de sana hikâyesini anlatmıştım. Hatırladın mı?"

"Eveeeet, büyük balık!" dedi Kaan, ellerini iki yana açarak. İki yana açılan o tombik elleri yemek isteyebilirdiniz. Lorin çok mutlu oldu oğlunun parlayan gözleri karşısında.

"İşte o kitabı yazan büyük yazar ve onun gibi yazar arkadaşları buraya gelir, burada oturur, önemli konuşmalar yaparlarmış. Şimdi biz de seninle burada onlar gibi önemli konuşmalar yapacağız."

"Kimmiş o yazağğlaağğğ?" diye sordu Kaan, bir kaşık dondurmayı ağzına denk getirmeye çalışırken.

Lorin, bileğinden yavaşça tutup kaşığı ağzına iterek yardımcı oldu oğluna. "Hemingway mesela," dedi.

"Hemimmeeyyy," dedi Kaan, ağzından dondurmayı fışkırtarak.

"Sartre var sonra..."

"Sağtığğ," diye tekrar etti Kaan, yalanarak.

"Ben seni çok seviyorum Kaan!" dedi Lorin, gözleri dolu kahkaha atarak.

"Men de," dedi Kaan, ağzı burnu dondurma içinde.

"Şimdi gel konumuza dönelim annecim... Ben Türkiye'de güzel bir iş buldum kendime. Orada daha büyük bir evimiz olabilir. Hem akrabalarımız orada. Anneanne orada."

"Ama baba buğğdaa!"

Lorin dudaklarını ısırdı.

Evet, baba buradaydı ama Kaan doğduğundan beri sadece üç kez görmüştü oğlunu. Alex, ayrılma isteği Lorin'den geldiği ve boşanma sırasında hamile olduğunu söylemediği için hiçbir zaman affetmemişti onu. Öfkesini de Kaan'ı görmeyerek, oğluyla ilgili hiçbir sorumluluğu almayarak gösteriyordu. Birkaç kez konuşmaya, Kaan için bir uzlaşma yolu bulmaya çalışsa da başarılı olamamıştı Lorin.

Sonunda bir çocuğu babasına haber vermeden dünyaya getirme kararı almanın hatasını kabullenmiş ve Kaan'ı tek başına büyütmenin bütün sorumluluğunu, ne olursa olsun tek başına omuzlamaya karar vermişti.

Yaşar bütün bu gelişmeler karşısında kızını değil, eski damadı Alex'i haklı bulmuştu. "Kararı tek başına verebilecek kadar cesursan, uygulamaya da gücün vardır," demişti.

Zor bir hamilelik geçirmişti Lorin. Tek başına, parasız ve çok ama çok çalışarak. Önünde sonunda yılacağını ve Alex'e döneceğini düşünüyorlardı.

En çok da Yaşar... Bir şekilde yenileceğine emindi. Damadıyla ikisi, Lorin'i yalnız bırakırlarsa, sonunda paşa paşa evine döneceğine ve uysallaşacağına inanıyorlardı. Bu beklenti Lorin'i daha da hırslandırıyor, daha da güçlendiriyordu.

Biricik arkadaşı Ceila'nın desteği ve içindeki tutunma hırsıyla başardı.

Çok zorlandı. Çok uykusuzluk çekti. Okulun yanı sıra ağır ek işlerde çalıştı. Kötü koşullarda yaşadı. Ama başardı. Üstelik Kaan'ı sekiz ay sadece anne sütüyle beslemeyi de ekledi bu başarıya.

Oğlu için varlığı belli olmayan bir baba, üstelik intikamcı bir eski eş uğruna buralarda kalmanın, aynı zorluklara katlanmanın bir anlamı olup olmadığını düşünüyordu artık.

Yorulmuştu. Kurulu bir düzen istiyordu. Daha konforlu bir hayat kurmak istiyordu. Güven istiyordu, memleketini istiyordu. Türkçe uyanmak, Türkçe kavga etmek istiyordu. Yeni olasılıklar istiyordu. Artık azınlık olmak, yabancı sayılmak istemiyordu. Bunca yıllık çabasının bir karşılığı olsun istiyordu.

Alex, ayrılıklarının hemen ardından yeniden evlenmiş, arka arkaya çocuk sahibi olmuştu. Alex'in Kaan'a hiçbir şey vermeyişinin, onunla hiç ilgilenmeyişinin, kendi hatasının bir cezası olarak sunulmasına karşı yutkunmak zorunda kalmak istemiyordu Lorin artık. Zoruna gidiyordu.

Sonuçta dayanamadığı, tahammül edemediği birleşmelerden kaçmak için boşanmak istemişti. Kendi bedenine sahip çıkabilmek için almıştı bu kararı.

Kendi bedeniyle ilgili kararı kendisi verdiği için bir kadını çocuğu üzerinden cezalandırmak, bu kadar ağır bir bedeli masum bir çocuğa ödetmek hangi vicdana sığardı? Ama söyleyecek hiçbir şey yoktu. Bütün kulaklar tıkalıydı.

Kaan'a bu dönüş kararını güzelce anlatmak gerekiyordu: "Baba burada kalacak."

Lorin derin bir nefes aldı.

"Kaan, kocaman bir evimiz olsa, belki sana bir köpek alırdık. İster miydin?"

"Hememinvey koyalım mı adını?"

"Çok daha başka isimler koyarız bence. Daha komik öyle güzel isimler biliyorum ki..."

Kaan, "Bi düşünücem bu konuda," dedi.

Lorin güneş altında Paris'e bakarken vatanını özlüyordu.

"İstanbul... Mor salkımlar vardır şimdi," diye düşündü. "Sokaklarda mısır haşlanır. Kaan sokakta kedi sevmeyi, simit yemeyi, ağaca tırmanmayı öğrenir. İstanbul mutsuz yatsan da sabah bir mucizeye uyanabileceğin bir şehir. Kim bilir, belki sevebileceğim biri de çıkıp gelir..."

Öte yandan, bütün kavgası boyunca onu hiç yalnız bırakmamış tek arkadaşı geride kalacaktı: Ceila... Ama o da bu gidişi destekliyordu. İstanbul'a dönme kararını Ceila'ya söylediği gece, arkadaşı, yeşil etekliğini kalçasına sıyırıp ahşap sandalyesine oturarak "Kimseye bağlanma bu hayatta Lorin, kimseye! Çocuğuna bile. En sevdiğin seni bir gün bırakıp gidecek. Bak dünyaya... Ne diyordu senin şair? Nâzım? Sen söyle..." demişti.

Sonra kırmızı bir bezle kapadığı mutfak tezgâhının altından bir şarap çıkarıp kadehe doldurmuş, Lorin'e dönüp "Hadi söyle bu akşam için!" demişti.

Lorin tane tane Fransızcaya çevirmişti şiiri. Türkiye'yi, İstanbul'u her özlediğinde kelime kelime şiir çevirdiği eski akşamlardaki gibi.

"Ayrılmak istemezsin dünyadan

Ama o senden ayrılacak..."

Ceila kap kacak, eskicilerden toplama tabak, rengârenk kavanoz, çeşit çeşit bitki dolu mutfağında, eski küçük masasında yeşil etekliği, elinde kırmız şarap kadehi, kara kabarık saçları ve gözleri dolu dolu yüzünde kocaman bir gülümseme ile kadeh kaldırmıştı arkadaşına.

"Ben seni artık hiç sevmesem sen ne kaybederdin senliğinden? Haydi, güle güle git Lorin... Dünyanın her yeri senin zaten. Her yer senin evin. Ben nerede olursam olayım, hep bıraktığın yerdeyim. Sadece dönüp bakman yeterli... Chiquitita..."

Ceila'nın annesi, Lorin ve Kaan için alışveriş yapmıştı onlar yola çıkmadan önce. Sonra güzel bir yemek hazırlamış, gözyaşları içinde bütün gece Kaan'ı öpüp koklayarak yeni yaşamları için öğütler vermişti.

1997 yazında son kez dolaştılar ana oğul Paris sokaklarında...

Başka birinin hikâyesi gibi

(2003)

Lorin öyle taze tutuyordu ki aklında 2003'teki o günü...

Marakeş... Güzel, güneşli bir akşamüstüydü... İstanbul kar altındaydı ama Marakeş'te hava şeker pembeydi... Kavrulmuş kahve, taze nane ve gül kokusu vardı sokaklarda.

Görüşmeden çıkıp Doruk'a gittiği o kırk beş dakikaya bir ömür sığdırmıştı Lorin. Oteline uğramış, üzerini değiştirmiş, ömründe hiç görmediği renkte güvercinlerin uçtuğu, kobra yılanlarının kaval seslerine uyup kıvrılarak dans ettiği, maymun oynatıcılarının, dövmecilerin, hokkabazların, sucuların, rengârenk giyimli satıcıların bir arada bağrıştığı şehrin en eski meydanından geçmiş, baktığı herkese, her şeye tarifsiz neşesini bulaştırmıştı. Lorin, sihirli bir elin, geçeceği bütün yollara yıldız tozları serptiğini düşünüp gülümsedi... Kendi kendine, "Bir masal anı bu, asla unutmamalıyım," dedi.

Hotel La Mamounia'nın dillere destan bahçesinin önünde altmışlı yıllardan kalma eski bir taksiden indi. Otelin göz kamaştırıcı bir işçilikle süslü ön binasındaki kapıda fesli, beyaz celleba giymiş iki adam başlarını yere eğerek selamladılar Lorin'i. Başlarını kaldırmadan ellerini kapıya doğru uzatarak buyur ettiler.

Lorin, kristal avizelerin aydınlattığı ilk girişte Doruk'u, kendisini beklerken buldu. Takım elbisesini çıkarmış, keten bir pantolon ve ceket giymişti. Eli cebindeydi onu ilk gördüğünde. O masal gibi günde, hiç unutmayacağı Doruk fotoğraflarından biri olarak kaldı Lorin'in hafızasında.

Sözleştikleri gibi yemekten önce bahçedeki barda biraz oturmayı teklif etti Doruk.

"Gün batmadan içeri girmeyelim. Yemekten sonra yorgun olmazsanız, belki biraz müzik dinleriz."

Büyük bahçede birlikte attıkları adımlara bakarken yüzyıllar kadar uzun bir zamandır kimseyle böyle yürümemiş ya da bir yürüyüşe böyle sevinçli bir anlam yüklememiş olduğunu düşündü Lorin...

Lacivert saten minderlerin üzerine oturdular. Doruk, Lorin'e bakarak gülümsedi ve "Ne içelim?" diye sordu. Dünya yine yavaşladı...

"Bilmem, siz seçin."

"Peki. Şarap sever misiniz?" diye sordu Doruk, gülümsemesi hiç dağılmadan, eksilmeden. Lorin'in kafası darmadağın olmuştu çoktan.

"Sevecek kadar ayırt edemem açıkçası."

"O zaman sizi seveceğiniz biriyle tanıştırmak istiyorum," diyerek garsona döndü Doruk. Sonrasındaki her aşamayı tadını çıkara çıkara izledi Lorin. Doruk'un şarabı seçişi, sipariş edişi, garsonla şakalaşması, şişenin gelişi, açılışı, şarabın denenmesi... Etraftaki insanlar, çok yaşlı palmiye ağaçlarının boyu, kusursuz bir servis veren garsonların giysileri, mükemmel Fransızcaları ve İngilizceleri... Bir çello sesi geliyordu otelin içinden... Bir piyano eşlik ediyordu ona...

"Dünya tarihine geçmiş filmlere imza atan yönetmenlerin gözleri de böyle dolaştı buralarda demek," dedi Lorin.

Doruk, Lorin'e kadehini uzattı.

"Onların gözlerine şükranla, onlara selam, bize merhaba!" dedi ve kadehini kaldırdı. Lorin de kaldırdı...

Sonra Lorin'i izlemeye başladı. Şarabı yudumlamasını, ellerini, saçlarını, boynunu... Doruk bir yudum daha içti. Yüzünde kendinden memnun bir ifade ile konuştu: "1994 doğumlu bir Lafite-Rothschild yudumluyoruz. Bordeaux şaraplarının en efendisi ile sizi tanıştırmaktan mutluluk duymaktayım. Fas'ta bir Fransızla karşılaşmak şaşırtıcı değil elbette... Ama sizin gibi dünyaya Fransızca meydan okuyan bir güzele ancak bir Fransızla el uzatabilirdim!"

Lorin elini yüzüne götürerek bir kahkaha attı.

"Bütün bunları birbirine nasıl bağladınız bilemiyorum ama birden bir film karesinin içindeymişim de, size yazılmış bir senaryoyu okuyormuşsunuz gibi geldi, özür dilerim."

"Şahane! Ben sizi etkilemek için bu kadar uğraşayım; siz komik bulun..."

"Yok, yok... Olur mu hiç... Yani bir an, bilemedim... Sanki gerçek değilmiş gibi geldi."

"Şaka yapıyorum. Rahat olun Allah aşkına. Nasıl geçti gününüz? Tamam mı, bağladınız mı işi?"

"Eh, galiba... Olumsuz bir görüşme değildi diyelim neticede. Siz ne yaptınız?"

"Doğrusunu isterseniz pek hatırlamıyorum. Bazen masa üzerinde duran o kâğıtlar, üzeri çizilen satırlar, sürekli gidip gelen anlaşmalar o kadar boğuyor ki beni, başka şeyler düşündüğüm oluyor. Bugün o günlerden biriydi. Başka şeyler düşündüm..."

Lorin gülümsedi. Yanakları kızardı. "Ne düşündünüz?" diye soramadı. Akşam kızıl bir sessizlikle inmeye başlamıştı şehrin üzerine. Hava serinlemişti bir parça.

"Üşüdüyseniz içeri girelim. Her ne kadar Fransız şarabı açtırdıysak da, bu gece geleneksel yemek yiyelim, derim. Siz ne dersiniz? Ben Fas mutfağı için yer ayırttım size sormadan ama hemen değiştirebilirim..."

"Tamam, fark etmez," diye yanıtladı Lorin. Doruk ne önerse 'tamam' diyecekti zaten. "Ama yemek vaktine kadar oturalım burada, üşümedim ben."

Doruk bir sigara yaktı.

"Bir şeyi çok isterseniz olurmuş derler, biliyor musunuz," diye döndü Lorin'e.

Hop etti kalbi Lorin'in...

"Nasıl yani?" dedi.

Doruk güldü, şarabından bir yudum içti. "Anlatırım bir gün. Ama şimdi değil... İş hayatında tuttuğunu koparan kadınla şu anda karşımda oturan prensesin arasındaki tek benzerlik bu güzel, kara gözleri mi acaba? Oysa ne kadar ürker rakipleriniz o gözlerden!"

"Bilmem, öyle mi? Çok kavga etmek zorunda kaldım ben işim için. Belki o yüzden öyle düşünüyorsunuzdur. Yoksa özel hayatımda hiçbir şey için ısrarcı olmam. Çok sabırlıyımdır. İş yaşamımda hayatta kalmak için sarf ettiğim enerji ve gösterdiğim çaba sanırım beni böyle yaptı. Arkadaşlığım, annelik halim böyle iş dünyasındaki gibi değildir, bakmayın. Rahat olun siz."

"Peki... Rahat olmayı seçiyorum o halde. *Siz* demekten vazgeçiyorum şu dakikada. Ben, *Lorin* diyorum, sen de *Doruk,* diyorsun bana."

"Tamam, Doruk..."

"Lorin... Lorin ne güzel bir isim. Anlamı ne?"

"Avuntu... Ninni... Aydınlık... Avutmak için söylenen ninni... Annem ve babam görev gereği Doğu'dayken... Annemin doğum sancıları geldiği sıra babam arazideymiş. Keşfe çıkmış. Koşullar çetin, haberleşmek imkânsızmış neredeyse... Bir şekilde haber ulaştırmışlar babama. Doğuma gelmeye çalışırken kaza geçirmiş ve ölmüş. Annem bana isim bile koymak istememiş. İsimsiz kalmışım bir süre. Babamı kurtarmaya çalışan köylüler iyi haber getiremedikleri genç kadına ve bebeğe çok üzülmüşler. Dedem gelene kadar onlar ilgilenmiş bizimle. O isimsiz bebeğe de *Lorin* demişler. Onlar koymuş bu ismi bana. Tunceli'den bir hatıra yani... Dedem de çok sevmiş bu ismi. Bütün bildiğim bu kadar."

Doruk'un yüzünde içtenlikli bir üzüntü belirdi. Elindeki kadehi sehpaya bırakıp öne doğru eğildi. İşte o andan itibaren Doruk, üzerinden bir kabuk çıkarıp koydu kenara...

"Çok ama çok üzüldüm. Bu kadar güzel bir ismin bu kadar hüzünlü bir öyküsü olduğunu bilsem, yemin ederim sormazdım."

Lorin doğal bir tavırla omzunu kaldırdı. "Bu beni şu anda çok da üzen bir öykü değil. Belki derinlerde bir yerde izi vardır da benim haberim yoktur, bilemiyorum. İnsan bildiği bir şeyin yoksunluğunu hissedip acı duyar sanırım. Babamın sadece bir fotoğrafını gördüm bugüne kadar. Annemle nikâh defterini imzalarken çekilmiş. Başka yok. Babamın ailesiyle hiçbir zaman bağ kurmadık. Babamın adı bile geçmez... Annem bu konuda konuşmayı, konuşturmayı sevmezdi. Hiç tahammülü yoktu 'yetim' kelimesine; birinin bana, bize acımasına. Ne ağladığını ne de çok güldüğünü gördüm. Fevkalade güçlü bir kadındı. Sanırım fazla güçlüydü."

Doruk ses çıkarmadan dinliyordu. Hava kararmıştı.

"Nasıl böyle sıradan, başka birinin hikâyesi gibi anlatabiliyorsun bunu?" diye sordu, elini çenesine koyarak.

Lorin giderek daha yakın hissediyordu Doruk'u kendine.

"Çünkü hep öyle yaşadım. Başka birinin hikâyesi gibi. Annem hiçbir duyguyu içselleştirmeme, hiçbir duygunun benim olmasına izin vermedi ki... Birisi bana bayram harçlığı verecek olsa, babası olmayan başka çocuklara vermemi isterdi. Bizim yokluğumuz, yoksulluğumuz olamazdı. Biz tamdık. Biz eksik değildik ona göre. Bu acıklı hikâye bizim değildi."

Doruk ilk defa karşılaştığı bir çiçeğe hayranlıkla bakan bir doğa kâşifi gibiydi.

"Ama bir konuda çok başarılı olamamış annen. *Hiçbir duygu* diyerek anneni zan altında bırakma bence. Eşsiz bir sevinci, insanları etkisi altına alan bir sıcaklığı içselleştirmişsin işte bak... Hadi gel, annenin şerefine içelim!"

Garson masalarının hazır olduğunu, restorana geçebileceklerini söyledi. Kalktılar. Tahta oymalarla çevrili küçük bir odacığa girdiler. Üç tarafı ipek kadife sedirle kaplı odacığın ortasında bir masa ve sadece ikisi vardı. Doruk birkaç çeşit yemeği paylaşmayı önerdi Lorin'e. Böylece hem daha çok lezzet tatmış hem de artık bir yemeği paylaşmış iki insan olacaklardı. Önemli bir meseleydi yemek paylaşmak, ona göre! Lorin kabul etti...

Garson uzaklaştığında, "Bugüne dek işimin bana tanıdığı olanakların, sıradan hayatımı çizgi dışına çıkardığını ve beni özel kıldığını düşünürdüm," dedi Doruk. "Oysa şimdi, sıradan hayatımın en özel şeyi seninle burada böylesine şahane konuşabiliyor olmak mı acaba, diye düşünüyorum... Hoş mu geldin, ne?"

Lorin güzel gülmekle kalmayıp bir de güzel bakan bu adama ne diyeceğini bilemedi bir an.

"Bilmem... Hoş mu geldim gerçekten?"

Doruk bir süre Lorin'e baktı. Gülümsedi yine.

"Anlatayım da bil o zaman. Bu akşama dek... Sen hoş gelene dek ben nasıl boş geçtim... Bilmek ister misin, ben kimim?"

Lorin gözlerini aça aça, "İstemez miyim? Anlat hadi!" dedi.

Doruk, Lorin'e iyice eğilerek anlatmaya başladı: "Bildiğimiz, ortalama bir ailenin üç çocuğundan biriyim. Çok güzel yemekler pişiren, her yaptığıma bayılan ev hanımı bir annem, benden hiçbir zaman yeterince memnun olmayan tüccar bir babam var. Ailemin tek oğluyum. Kolej molej okumadım. Annemin itmesiyle, babamın dershane zoruyla Anadolu Lisesi'ne gittim. Sonra Boğaziçi'ni kazandım. Londra'da bir şirkette iş buldum okul sonrası. Şanslıyımdır çok. Şansımı iyi kullanırım. Hiç evlenmedim. Çocuğum yok. Seninle aynı yaştayız. Ben senden altı ay büyüğüm hatta. Aynı takımı tutuyoruz. *Mavi Ay*'ı ben de çok severdim, saçları vardı o vakitler Bruce Willis'in. Kızlar bayılırdı. Ben sadece Duran Duran sevmezdim. Alphaville dinlerdim..."

Lorin hayretle bakıyordu Doruk'a.

"Nereden biliyorsun bütün bunları?" diye sordu.

"Geçen yıl şu Fransızlarla Türk inşaatçıları birleştirdikten sonra bir yemek vermiştiniz. Adını çok duyuyordum. *Uluslararası hukuk tecrübesi olmayan bir kadın kısa sürede nasıl bu kadar yükselebilir*, diyordum sürekli. *Gel, gör, tanı, anla bakalım*, demişti ortak bir arkadaşımız. Krizde sizinle çalışmıştı. Onunla gelmiştim. Biraz meraktan, biraz da haset vardı, itiraf ediyorum!"

Lorin sevincinin üzerinde küçük bir düş kırıklığı yaşar gibi oldu bir an. İş dünyasında erkekler bir yandan, kadınlar bir yandan, ne çok insana karşı savunmak zorunda kalıyordu başarısını...

"Sence başarımı savunmalı mıyım şu anda? Hiç istemiyorum çünkü. Ya da başarının nedenleri sürekli açıklanıp bir kabahatmiş gibi özür mü dilenmeli?"

Doruk telaşla söze girdi: "Lütfen, beni yanlış mı anladın acaba? Haklısın, genel bir önyargıdan, bir yanlıştan bahsediyor olabilirim ama niyetim kesinlikle başarın için seni iğnelemek filan değildi. Aksine bunu çok seksi, çok dayanılmaz buluyorum. Yani... Aslında seni bütünüyle öyle buluyorum. Öyle buluyorum derken, başarılı yani... Başarılı ve dayanılmaz. Seksi olarak dayanılmaz. Çok güzel olduğun için. Vay be! Toparlayamıyorum sanırım..."

Lorin, Doruk'un bu telaşı karşısında kendini tutamayıp güldü. Doruk çaresizlikle Lorin'e bakarken garson yemeklerini getirdi. Toprak tajinlerin kapaklarını açıp iki yeni âşığı yemeklerle baş başa bıraktı.

Lorin tabağına yemek alırken, "Hatırlayamadım tam o geceyi. Seni, yüzünü anımsıyorum ama o geceden mi, onu çıkaramıyorum," dedi.

"Sen hatırlamazsın tabii. Çok meşguldün. Biz de çok kalmamıştık zaten. Çıktıktan sonra aklımda hep senin yüzün vardı... Sonra seninle ilgili detayları öğrenmek pek de zor olmadı. Rakip de olsak ortak tanıdığımız çok."

Lorin tekrar o geceyi düşündü. Hafızasını zorladı. Yuvarlak masalarda oturanlar, büyük masada oturanlar... Derken flaş patlaması gibi bir an gelip gitti zihninde. Evet, evet o gece oradaydı Doruk...

Lorin'in yüzündeki ifade hoşuna gitti Doruk'un.

Kadehini kaldırdı: "Bence hoş geldin!" dedi.

Lorin'in kalbinde ışıklı bir dönme dolap yükselmeye başladı.

Aşkta mesele şu ki… O dönme dolap, adı üzerinde, dönüyor… Yükseliyor… Alçalıyor... Ama sen hep en tepedeki halini anımsıyorsun…

"Kararım kati... Gidiyor buradan!"
(1961)

Lorin... Lorin'in oğlu Kaan... Kaan'ın anneannesi Yaşar... Yaşar, katı kurallarıyla onları canlarından bezdiren o kadın olmadan çok önce, 1961 yılında dedesinin eşeğiyle dere tepe gezen, kara saçlı bir kız çocuğuydu.

Ethem o yaz sonu tek başına çıkageldi. Yalnız gelmesini dedeyle babaanne pek hayra yormadılar. Babaanne elini kalbine koydu Ethem'i yolun başında görünce. Yoksa kötü bir haber mi vardı? Yaşar'ın anasına mı bir şey mi olmuştu yine? Ölüp kalmış mıydı yoksa? Savaş mı çıkmıştı, neydi? Askere mi gidecekti Ethem yine? Niye yalnız gelmişti şimdi bu? Yoksa... Yoksa Yaşar'ı mı götürecekti!

Ethem adım adım yaklaştı eve. Ayaklandılar. Hepsi birbirinden tedirgin, birbirlerini süzerek tek tek içeri girdiler.

Sırayla yerlerini aldılar hiç konuşmadan. Babaanne bir köşeye geçti, cebindeki tespihi çıkarıp Ethem'e engel olsun diye Rab'bin isimlerini saymaya başladı içinden. Dede diğer köşeye geçti, bir dizini kırdı oturdu, tütün sarmaya koyuldu. Ne Ethem'e bakıyor ne de karısıyla konuşuyordu. Odadaki karasinek vızıl vızıl bir duvardaki lambaya, bir ocağın yanındaki çömleğe konuyordu.

Ethem annesiyle babasının tam karşısına geçti, bağdaş kurdu. Fötr şapkasını çıkarıp yanına koydu. O da konuşmuyordu.

Babaanne biraz bekledikten sonra, "Ne oldu Ethem'im, hayırlar olsun kuzum? Hoş geldin. Aç mısın yavrum?" dedi.

Ethem lafı fazla uzatırsa içinden çıkamayacağını biliyordu.

"Sağ ol ana, aç değilim. Geldim... Çünkü Yaşar büyüdü. İlkokulu bitirdi. Bakın bu çocuk okuyacak. Belli. İkiniz de biliyorsunuz bunu. Ben kararımı verdim. Kızımı okutacağım. Yatılı mektebe vereceğim."

Dede tütünü sararken durdu birden. Başka hiçbir şeycik yapmadı. Duruverdi.

Babaannenin gözleri büyüdü.

"Vay!" dedi kısık sesle.

İşte yıllardır başlarına konan bir karasinek gibi kovaladıkları, o çok korktukları vakit gelmişti sonunda demek.

Sesi titreyerek "Yapma Ethem!.. Çok küçük bebe bu! Ne yapsın o koca mektepte bir başına? Yapma kurbanın olayım yavrum, yoluna köle olayım kuzum, alma Yaşar'ı bizden!" dedi.

Ethem kararlıydı. Yaşar'ı götürecekti. Babaanne ayağa kalktı. Oğlunun yanına gitti. Karşısında dizlerinin üzerine oturdu. Ellerini tuttu. Ağladı, bağırdı, dövündü, sütünü helal etmemekle tehdit etti, kendini yerlere attı ama Ethem, Nuh dedi peygamber demedi.

Yaşar her şeyi sessiz sessiz seyretti kenarda. Ebesi ağladıkça Yaşar da ağladı. Ama hiç sesini çıkarmadı. Tırnaklarını avuçlarına batırdı, yanaklarını ısırdı. Babası, "Yeter anam, yapma artık! Beni de kendini de üzme daha fazla! Yarın sabah gün doğmadan çıkacağız yola. Kararım kati... Gidiyor buradan! Kaydını yaptırdım. Tatillerde getiririm görürsünüz torununuzu. Ana yeter haaa! Ağlama daha yeter!" dedi, kestirip attı.

"Vay!" dedi babaanne, dizine vurarak bir daha, "Vay benim emeklerime vay!.."

"Ne olmuş emeğine?" diye bağırdı Ethem sonunda. "Okuyacak, eli ekmek tutacak, sana bakacak!"

Babaanne oracıkta Ethem'e küstü. Birden ayağa kalktı. Koşarak odadan çıktı. Yüzünü yıkadı. Başını bağladı. Su kaynattı, bir kalıp yeni sabun kesti, Yaşar'ı iyice yıkadı. İnce uçlu tarağıyla saçlarını uzun uzun taradı. Bütün bunları yaparken ağlaması hiç kesilmedi. Gece koynunda yatırdı, öpmelere doyamadı torununu. "Ah yavrum, kenarıya konmuş kıymetlim!" diye diye sabahlara kadar sevdi.

Memesine bal sürdüğü geceyi düşündü, ağladı... Minik ağzına su damlatışını düşündü, ağladı...

Gün akşam oldu, geceye döndü. Yaşar gözleri açık, tomrukların dizili olduğu tavanı izleyerek yatıyordu.

Dede ise bütün gece hiç uyumadı... Olup bitenlere sessiz kalmış, elinde sardığı son cigara, karalar bağlamıştı çaresiz... Ne Ethem'e destek çıkmış ne karısına, *sus,* demişti.

"Yaşar'ı bir daha görür müyüm?" diye düşünüyordu. "Ömrüm yeter mi acaba?"

Gün doğarken karısının uçları kınalı bembeyaz saçlarıyla Yaşar'ın kara saçlarına baktı. İkisinin de yüzlerini okşadı.

Kalktı, bir cigara daha sardı. Ethem doğrusunu yapıyordu. Türkiye Cumhuriyeti'nin çocuğuydu bunlar. Artık radyo vardı her evde. Meşale taşısa kız iyiydi tabii ya... Akıllıydı, cin gibiydi ama çok küçük, çok çelimsizdi daha.

Tek başına yatılı mektepte ne yapardı?

Cigarasını içerken Ethem geldi yanına.

"Baba, gönülden rızanı vermezsen rast gitmez işimiz, anamın da helalliğini al mutlaka."

"Tamam oğlum, sen merak etme."

Yaşar'ı uyandırdılar. Yufka ekmeğe domates doğradılar, taze soğan, maydanoz koydular. "Yaşar öyle seviyor, benim kıymetlim!" diyerek kendi eliyle yedirdi babaanne.

Yaşar yerken dede ve babaanne seyretti, hiçbir şey yemedi ikisi de...

Sonra gitme vakti geldi.

Siyah lastik ayakkabısını giydi küçük kız. İkisinin de elini öptü, çiçekli şalvarıyla çıktı köyünden.

Yolda dayanamadı, dönüp arkasına baktı. Babaannesi yere çökmüş, dedesi ellerini arkasına kavuşturmuş, gidişini seyrediyorlardı evin önünde.

"Ağlıyordur şimdi onlar, bensiz ne yaparlar, çok yaşlılar, bensiz yalnız kalacaklar, keşke okumasaydım, keşke kalsaydım yanlarında," diye düşündü.

Boğazına bir yumru oturdu.

Ayakları terledi. Yoldan kalkan beyaz toz, siyah lastiğinin içine dolmaya başlamıştı bile. Küçük ayaklarını lastik ayakkabılarının içinde sağa sola oynattı.

Babası, "Sana deri ayakkabı alacağım, önlük alacağım, çanta alacağım," dedi. Yaşar hiç sesini çıkarmadı.

"Onlar bensiz ne yapacak şimdi?" diyordu içinden sürekli. Birden durdu.

"Ne durdun?" dedi babası.

"Gitmeyeyim baba, ben kalayım burada," demek istedi. Ama sesi çıkmadı boğazından. Geri dönsün, koşup babaannesinin boynuna atlasın, "Kalıyom ebe!" desin. Ebesi de "Yavrum!" diye sarsın sımsıkı onu. Dedesinin eşeğine binsinler. Bostana gitsinler. Kavun karpuz kessinler. Akşam bostanda yatsınlar.

Kalsın Yaşar, burada kalsın. Onlara baksın. Onlar için yaşasın...

"Ne durdun!" dedi babası bir daha.

Başını tekrar çevirip bir kere daha arkasına baktı Yaşar.

Babaanne ayağa kalkmıştı umutla. Dede ellerini çözmüş, kaşlarını çatmıştı. Ne olduğunu anlamaya çalışıyorlardı.

"Yaşar yavrum, korktun mu kuzum gitmekten? Korkma babasının kuzusu... Sen büyük adam olacaksın. Burada kalıp buranın kadınlarından mı olmak istiyorsun? Anan gibi mi olacaksın sen Yaşar?"

Yaşar kararsızca başını kaldırıp Ethem'in yeşil gözlerine baktı.

Dik dik baktı. Uzun uzun baktı. Hiçbir şey söylemedi. Başını yere eğdi. Sonra birden yürümeye başladı. Bir daha da arkasına bakmadı.

1961 yazı bitiyordu…

Ömrü, büyük yanlışlardan örülü bezden bir kaleydi

(1984)

Ethem dedenin cenazesi çok kalabalık olmuş. Kızı Yaşar'ı çoğu insan ilk defa ağlarken görmüş. Şu hayatta iki adamı sevmiş Yaşar. Biri babası, diğeri de kocası. Birine âşık olduğunda diğerini kaybetmeyi göze almışken üstelik. Kader işte… Ya biri ya diğeri demiş hep...

Yaşar'ın hayatındaki tek adam: Babası...

Giderken bıraktığı vasiyetler yine biçip bıraktığı bir hayatmış aslında.

Yaşar her şey mükemmel olsun istemiş. Hiçbir şeyi kardeşlerine bırakmamış. Zaten Ethem dede de hastalığı iyice ilerledikçe durumu anlayıp en güvendiği çocuğu Yaşar'a bir bir yazdırmış neyi nasıl yapacağını. Adanmış bir asker gibi, herkesi ürkütüp devirerek cenaze töreninin düzenlenmesine ve ardından da mezarlığın yapımına kendini o kadar kaptırmış ki, Lorin, çocukluğunun en özgür günlerini yaşamış.

Ethem dedesinin bahçesindeki baygın kokulu yedive-ren güllerini, domates fidelerini, vişne ağaçlarını sevebil-meye, o bahçede sırtüstü yatıp gökyüzünden yavaş yavaş akıp giden beyaz bulutları izlemeye, gelecek hayalleri kur-maya, anneannesinin yağlı böreklerini rahat rahat yeme-ye vakti olmuş hatta. Ethem dedesi giderken yazın kalan günlerinden bir nefes hediye etmiş aslında torununa. Gül-lerin bu kadar büyüyebilmesi, zambakların bu kadar aça-bilmesi, patateslerin bu kadar lezzetli olabilmesi şaşkınlık vermiş Lorin'e. Dedesi annesine bağışlamadığı bahçeleri Lorin'e açmış sanki...

Evet, gelelim benim tanıklığıma... Her şeyden sonra ve diğer her şeyin başlangıcında...

Taziye ziyaretlerinin ardından Ethem dedenin odasını ve eşyalarını toparlamak için bir araya geldikleri bir gece...

Ethem dedenin bütün çocukları toplandılar. Lorin o gece annesi ve anneannesinin 'konuştuklarını' ilk defa gör-dü. Bu, aslında bir konuşmadan çok bir karşılaşmaydı.

Anneanne, dedesinin odasına kimseyi sokmak istemi-yor, Yaşar ise, "Babamın bana vasiyetini harfiyen yerine ge-tirmekle yükümlüyüm. O odaya ben gireceğim, dolabını ben açacağım ve kasadakileri ben dağıtacağım, bu kadar!" diyordu.

İkisinin arasındaki soğuk ve uzak yılların birikmiş bütün hıncı, elektrik yüklü iki siyah bulutun çarpışması gibiydi. Ailenin geri kalan bütün üyeleri üzerine su dökülmüş bir resmin şekli bozulmuş parçaları gibiydiler. Silik, belirsiz, kaybolmaya meyilli...

Evin büyük salonunda kimsenin çıtı çıkmıyordu.

Anneanne, "Ben onun 35 yıllık karısıyım!" dedi öfkeyle.

"Ben de 34 yıldır kızıyım!" dedi Yaşar.

"Ne biçim konuşuyorsun sen benimle böyle acılı bir günümde?"

"Ben babamın kızıyım. Bana öğrettiği, benden istediği şekilde konuşuyorum. Senin gibi olmamı istemedi babam. Olmadım. Odasını ve kasayı bana emanet etti. Kalanları taksim yapacağım."

Anneanne aldığı sözlü darbenin şiddeti karşısında bedenen sendeledi. Masaya tutundu. Küçük kızı yerinden fırladı. "Abla nasıl konuşuyorsun annemle böyle? Yapma Allah aşkına!" dedi.

Yaşar, "Ne yapma Allah aşkına? Hakkınızı savunuyorum şu anda. Benim yanımda olacağınıza yine ananızın eteğine yapışıyorsunuz!" diye yanıtladı soğukkanlılıkla.

Oda buz kesti. Kimse kıpırdamıyordu.

Anneanne, "Ne hali varsa görsün!" dedi başını çevirerek. Koltuğa yığıldı.

Yaşar zafer kazanmış bir edayla babasının odasına girdi. Kapıyı özellikle ardına kadar açık bıraktı. Gözleri dolmuştu. Yanaklarını ısırdı. Yatakhanede yediği ilk dayağı getirdi aklına.

"Ağlama sakın Yaşar!" dedi kendi kendine. "Sakın ağlama!"

Küçük erkek kardeşine seslendi: "Dolabı ve kasayı açarken yanımda siz de olun!"

Önce kestane ağacından yapılma dolabı açtılar. Plaklar, dosyalar, hesap defterleri, ajandalar, üç tane eski deri cüzdan, güneş gözlükleri, numaralı gözlükler, sigaralıklar... Sonra kasayı açtı Yaşar. Bir sarı zarf, iki tane de anahtar vardı. Hepsini alıp salona geçtiler. Yemek masasının etrafına oturdular.

Yaşar zarfı açtı. İçinden Ethem dedenin elyazısı ile yazılmış bir mektup çıktı. Yaşar okumaya başladı:

Evlatlarım,

Size kalacak olanlar zaten bellidir. Taşınmazlardaki paylarınızı sağlığımda dağıttım. İstedim ki, benim ölümüm çocuklarımın daha da dağılmasına, birbirlerinden uzaklaşmasına neden olmasın.

Ben toparlayıcı bir baba olamadım. Hepinizi çok sevdim, bundan emin olun. Her birinizin doğumu bir bayramdı benim için. Belki çok gösteremedim bunu. Belki eşit davranamadım size. Babalık zamanla öğreniliyormuş, tıpkı insanlık gibi. Tam öğrendim diyordum, artık iyi bir insan, iyi bir baba olabilirim, hatalarımdan sonra doğrularım kaldı geriye diyordum ama vakit yetmedi. Öğrendiklerimi size anlatmak için bir hakkım daha olsun isterdim. Hayatın böyle bir oyunu var işte. Sana aslında neyin lazım olduğunu öğreniyor, idrak ediyorsun ama o son gün gelmiş oluyor ve işine yaramıyor. Çok gecikilmiş oluyor.

Hastalığımdan çok önce fark ettiğim bir hakikati bilmenizi isterim: Ömrüm büyük yanlışlardan örülü bezden kaledir. İhtişamlı gibi görünür uzaktan. La-

kin ben bilirim ki, sağlam bir kayadan oyamadım o kaleyi. Taştan yapamadım.

Çok insan üzdüm. Çok canım yanmıştı vaktiyle. Yaşadığımın en büyük can acısı olduğunu sanacak kadar gençtim. Can yakarsam içim soğur sandım. Ama kendimden soğuttum. Almak istedim, alamadım. Yapmak isteyip yapamadım. Muktedir olamadım pek çok şeye. Serde delikanlılık, cahillik de vardı elbette. Çok kalp kırdım. Çok ah aldım. Zannediyorum ömrüm hepsini toparlamaya yetmedi.

Geç kalmak hiçbir şeye benzemez...

Kasada bulduğunuz anahtarlar bir bankadaki iki ayrı kasaya aittir.

Birinci anahtar annenizindir. Ömrünü büyük bir suskunlukla bana adamış, her türlü kahrımı çekmiş ve beni yürekten sevmiş olduğuna inandığım sevgili eşime hiçbir zaman hakkı olanı veremedim. Vermedim. Ömrümün son on yılında hatalarımı telafi etmeye çalıştıysam da haklı olarak bana çok kırgındı. Yine de bana hiçbir zaman saygısızlık etmemiştir. Birinci anahtarı kendisine verin.

İki numaralı anahtara gelince...

Bunun hikâyesi biraz uzuncadır...

Anneniz bu hikâyeyi biliyor. Büyük suskunluğu içinde benimle ilgili bilip de söylemediği, yüzüme hiçbir zaman vurmadığı onlarca gerçekten biridir bu. Belki bilmenizi hiç istemezdi ama sizlerin de helalliğini alabilmek için anlatmak gerektiği kanaatindeyim. An-

nenizle evlenmeden önce Ankara'da bir başka hanımla birlikteydim. Benden birkaç yaş büyük bir radyo sanatçısıydı. Bu hanımın eşi, kendisi hamile iken kadıncağızı terk etmişti.

Kendisini Ankara'daki bir radyo konserinde dinlemiş, çok etkilenmiştim. Pek zarif, pek iyi bir kadındı. Çok güzel bir kız çocuğu vardı. Askerden sonra köye dönmek istemedim. Sanayi mahallesinde önce bir nalbur dükkânı açtım. Sonra yavaş yavaş işimi büyüttüm. Fakat ne olursa olsun ben bir Anadolu delikanlısıydım. Ailem bir köyde yaşıyordu. Bu genç hanımla ilişkim ilerlemişti. Kendisine vaatlerde bulunmuştum lakin gerçekleştirebilmem mümkün değildi. Üstelik Ankara'ya askere gelmeden önce ilk delikanlılık çağlarımda köyümdeki dünyalar güzeli bir kızda kalmıştı aklım. Ankara'da askerlikten hemen sonra iş kurma şansı yakalayıp bir de güzel para kazanınca kendi gücümün sarhoşluğuna kapılmıştım. Her şeyi yapabilirim sanıyordum. Ama gizliden gizliye korkuyordum. Korkum her gün daha çok büyüyordu.

Sonra bir gece, ne yapıyorsun Ethem, dedim kendi kendime. Ben anama babama ne derim? Dul bir kadın, hem de çocuklu, hem de şarkıcı... Olmaz bu iş, dedim. Kayboldum ortadan. Köye gittim. Delikanlılığımın ilk sevdası oradaydı. Ama sevip de ardımda bıraktığım kızın nişanlandığını hatta gittiğim gün düğünü olacağını öğrendim. Belki son şansımdır dedim. Kaçırıp Ankara'ya götürmeyi düşündüm. Rahmetli ba-

bam niyetimi anladı. Çok üzüldü. Sakın yapma, dedi. Büyük yeminler verdirdi. Babamın sözünü dinledim, zira haklıydı... Bir deliliği başka bir delilikle telafi etmeye kalkışıyordum.

Ankara'ya döndüm. O şarkıcı hanımın kapısını çaldım bir gece vakti. Neredeydin, demedi. Sarıldım, ağladım, anlattım. Dinledi, teselli etti. Belki yuvam orasıdır, dedim. Çocuğu bana çok bağlıydı. Çok güzel bir kadındı. Ama bir kurt kemirip duruyordu yüreğimi. Durmadan geleceği düşünüyordum. Sonumuz nereye varacak, diyordum. Ben bu kadını nasıl köyüme götüreceğim?

Fakat bana hudutsuz sevgi veren kalbine karşı büyük mahcubiyet duyuyor, mutlu olduğum vakitlerde geleceğe dair tutamayacağım sözler veriyordum. Lakin belirttiğim gibi, yapamayacağımı biliyordum. Bir akşam evinin önüne gittim. Penceresini seyrettim uzun uzun. Beni bekliyordu, biliyordum. Onun yanına gitmek yerine, bastım köye kaçtım yine... Bir daha da kapısını çalmaya cesaretim olmadı. Karşısına hiç çıkmadım.

Radyoda sesini duyduğum her vakit pek derin bir acıyla ve utançla kanamıştır içim. Bazı geceler vicdan azabı içinde evinin önünde ışığını seyrettiğim olmuştur. Bu ikinci anahtar işte o hanımın kızı içindir. Kendisi hayatta. Annesine bir eş adayı olarak verdiğim sözlerin hiçbirini tutamadım. O küçük kızın beni görünce kollarıma atılışını her hatırladığımda içim sızlar. Ne kendi evlatlarıma ne de söz verdiklerime yetebildim. Ama sizden son dileğim bu anahtarı da o hanıma iletmenizdir. Kahverengi defterimde adı ve adresi yazılıdır.

Dilerim, hepiniz benim olamadığım kadar bahtiyar olursunuz. Her biriniz alnımın akı oldunuz. Sizleri ihmal ettiğim, eksik bıraktığım ve artık telafi edemeyeceğim yıllar için beni affediniz!

Gözlerinizden öperim evlatlarım.

Yaşar mektubu masanın üzerine bıraktı.

Herkes şaşkınlık içindeydi. Lorin'in anneannesi pencereden dışarı bakıyordu.

Çocuklarına döndü. "Lemide Hanım... Ankara'da yaşıyor," dedi…

Kimse kimseyi sevmiyordu
(1998)

Lorin ve Kaan... 1998 yılında, İstanbul'da, salonu Bostancı İskelesi'ne bakan, iki oda bir salon, kutu gibi bir ev tuttular. Yaşar'a çok yakındı evleri. Kaan'a söz verilen köpeği alamadılar ne yazık ki. Ama Kaan o kadar anlayışlı bir çocuktu ki, bunu hiç mesele yapmadı, annesini hiç üzmedi. Babasıyla ilgili soruları birkaç ay devam etti. Zaman zaman aklına geliyor, geldikçe aramak, konuşmak istiyor, kırık, kısa telefon görüşmelerinden sonra sandalyede bacaklarını sallayarak oturup yere bakıyordu. O anlarda Lorin'in ciğeri parçalanıyordu adeta. Büyük bir sorumluluk duygusu altında kahroluyor, Kaan'ın o ayaklarını sallayarak yere bakan mahzun halini yok etmek için kendini paralıyordu. Kaan çocuk taklidi yapan erişkin bir melekti sanki. Lorin'in üzülmesine asla dayanamıyordu. O üzüntünün sebebinin kendisi olduğunu küçücük yaşına rağmen hemen anlıyor, o da annesini oyalamaya çalışıyordu.

Sonunda birbirleriyle dolu hayatlarını İstanbul'da yeniden kurmaya başladılar. Lorin büyük bir umutla, tatlı bir heyecanla yerleştirdi evini. Birkaç eski arkadaşı bu yeni başlangıçlarında onları zaman zaman kendi evlerine davet ederek, zaman zaman da anne oğulun eksiklerini tamamlamaya çalışan küçük hediyelerle ziyaretlerine gelerek desteklediler. Arada bir de olsa evin içinde başka çocuklar görmek ve eski bir arkadaşıyla dertleşmek iyi geliyordu Lorin'e.

Çok eşyaları yoktu. Kendine ve Kaan'a birer yatak, bir yemek masası, bir de açılıp yatak olan bir kanepe almıştı salona. Kocaman bir karton kutuyu üzerine güzel bir masa örtüsü sererek sehpa yapmıştı. Çiçeklerini ve kitaplarını da yerleştirdikten sonra ana oğul kucak kucağa dans ederek yeni evlerine yerleşmelerini kutlamışlardı.

Hem öyle güzel deniz görüyordu ki salonları... Ve bu, Lorin'i o kadar mutlu ediyordu ki...

Akşam gün batarken adaları, vapurları ve martıları Kaan'a göstermek, onunla bu turuncu manzaraya bakarak tavada kızarttıkları ekmekle peyniri yemek dünyanın en mutlu annesi yapıyordu onu. Annesinin mutluluğu Kaan'a yetiyordu zaten. O mutlulukla ikisi de besleniyordu.

Lorin nasıl olup da içinde bu kadar büyük bir yaşam sevinci taşıyabildiğine kendisi de şaşırıyordu. Her sabah erkenden kalkıyor, Kaan'ı hazırlıyor, kreşe bırakıyor, dolmuşla Taksim'e geçiyor, daha Paris'ten ayrılmadan gönderdiği başvurusuna hemen yanıt veren şirketteki işine koşuyor, kahvesini alıp büyük bir hevesle çalışmaya başlıyordu.

Ne iş verseler yapıyor, yüzünden tebessümü, dilinden güzel sözcükleri düşürmüyordu: "Tamam, hallederiz, hemen olmuş bil!" cümlesi Lorin'in ağzından kolayca çıkıveriyordu. Özlem dolu gelmişti ülkesine. Yapamayacağı hiçbir şey yoktu. İnançlıydı, kararlıydı. "İnsan yeter ki istesin," diyordu sürekli.

Çok sürmedi, birkaç hafta içinde bütün angaryalar, vazifesi olmayan bütün işler bu 'fazla iyi', 'fazla sempatik', 'fazla rahat' kadının üzerine yığılmaya başladı.

Önceleri farkında değildi.

Ama bir süre sonra kendisine sanki yurt dışından çok başarılı bir diploma ile dönmüş, iki dil bilen, işinin uzmanı biri değil de, ofiste staja gelmiş herhangi bir yeniyetme gibi davranılması, kendinden yaşça çok küçük çalışanların dahi samimiyetle laubaliliği ayırt edemeyen halleri, ofisin erkek çalışanlarının tavırlarındaki lakaytlığı canını sıkmaya başladı.

Bazı sabahlar ofise gelirken yoldan aldığı çiçekleri arkadaşlarıyla paylaşmasının veya yan masadaki arkadaşına da kahve getirmesinin ofiste 'kendisini sevdirmek için yaptığı aşırı hareketler' olarak değerlendirildiğini duyunca önce inanamadı. "Saçmalık bu, çocukça dedikodular bunlar!" dedi. Yetişkin insanlar gerçekten böyle şeyler mi konuşuyorlardı?

Fakat öğle yemeğinde erkek arkadaşlarıyla dışarı çıkmasının, onlarla aynı masada oturmasının en kolay yoldan hafiflik olarak yorumlandığını kendisine çıtlattıklarında nasıl bir kuyunun içinde olduğunu düşünmeye başladı.

Ne zaman, nerede ve nasıl vakit bulup konuşuyorlardı? Bu insanların düşünce biçimleri birbirini mi tamamlıyordu, yoksa birbirini mi besliyordu?

Etrafını gözlemlemeye başladı ve çok şaşırarak fark etti ki; hiç sevilmiyordu! Aslında kimse kimseyi sevmiyordu.

Herkes herkesin dedikodusunu yapıyordu.

Hastalıklı bir düşünce biçimiydi bu. Bulaşıcı, kışkırtıcı ve yok ediciydi... Sadece dışarıdan saydıklarına, son gelene, en ayrıksı olana karşı birleşiyorlardı. Sonra yine birbirlerini ve kendilerini kemiriyorlardı. Ama bu kez son gelen Lorin'di.

Üstelik onlara benzemiyordu. Benzemek de istemiyordu.

Biraz konuşabileceği, içini dökebileceği hiç kimse yoktu.

Paris'te yeni bir gösteriye hazırlanan eski dostu Ceila'ya dert yandı telefonda. Sonra da kendi kendini teselli etti: "Ah, burası Türkiye... Alışacağım. Bana şimdi bir yabancı gibi bakıyorlar. Onlar gibi olmaya çalışıyorum. Ama ne kadar onlar gibi olabilirim ki? Bu insanlara zaman tanımak gerek belki de..."

Ceila durmaksızın konuşup anlatmıştı. Paris'i, yeni gösterisini, değişen sevgilisini, aldığı son kitabı, annesinin gemi seyahatini...

Ceila'yı dinlerken eğleniyordu ama aklı kendi insanlarındaydı. Kendilerinden farklı olana zaman tanırlar mıydı?

Aradan birkaç ay geçti. Onlardan biri gibi olmaya çalıştıkça davranışları kendine yabancı geliyordu. İçine kapanmaya, her hareketini kontrol altına almaya, kimseyle fazla konuşmamaya, gülmemeye başladı. Sürekli endişeliydi. İnsanların kendisiyle ilgili konuşup konuşmadıklarını anlamaya çalışıyor, kadın çalışanlara sürekli 'ben sizden biriyim' mesajı vermeye çalışıyordu. İşe bakımsız gitmeye başladı. Neredeyse saçını bile taramıyordu. Kendini anlatmaya çalıştıkça insanlar daha da negatif davranır oldu. Ve sonunda, işyerindeki verimi de düştü.

Verimi düşünce şikâyet sesleri daha da yükseldi. Sesler yükseldikçe şevkini kaybetti. Artık ayaklarını sürüyerek gidiyordu işe. Her olumsuzluk Lorin'in omuzlarına yıkılıyordu. İşten mutsuz çıkıyor, eve mutsuz dönüyordu.

İstanbul canına okuyordu. Uzun kuyruklar, trafik, kalabalık... Çocuğu okuldan al, eve gel, yemek yap, sabah yine aynı şeyleri tekrar et... Çok daha zor koşullarda çalıştığı Paris yıllarında bir hedefi vardı oysa. O hedef İstanbul'daki bu hayat mıydı? Bu monoton günler, bu saçma sapan düşünce biçimleri ile amaçsız, mutsuz yaşayan insanlar içinde kaybolmak için miydi bütün o çaba?

Kendi kendine Türkiye'ye neden döndüğünü, bütün bunları neden yaşadığını sorguladığı günlerden birinde işten çıkışını verdiler. Beklenmedik bir anda. Pat diye. İnsan kaynaklarından aradılar, önüne bir kâğıt uzattılar, imzalamasını istediler ve ardından henüz altı ayı bile dolmadığı için hiçbir yasal talebi olamayacağını söylediler.

"İşte bu kadar, vatanına hoş geldin yavru kuş!" dedi kendi kendine, çantasını koluna takıp hışımla şirketin kapısından çıkarken.

Taksim'de Bostancı dolmuş kuyruğunda beklerken yağmur başladı. On dakika geçmemişti ki, yağmur hızlanıp sağanağa dönüştü. Bir tane dolmuş yoktu ortada. Bir tane! Otobüs durağına koştu ama otobüse binebilmesi mümkün değildi, insanlar birbirini eziyordu. Bir taksi bulabilmek umuduyla meydana bakındı. Tıkanmış trafikteki araçlar ilerlemiyor, bütün şoförler klaksona basıyor, bir tek taksi görünmüyordu. Tekrar dolmuş durağına döndü.

Sonraki bir saat otobüs, dolmuş, taksi arayışıyla geçti. Lorin sırılsıklam oldu. Kaan kreşte mahsur kaldı. Lorin, annesini aradı ama Yaşar cevap vermedi. Lorin'in ne zaman başı sıkışsa, annesine ulaşması mümkün olmazdı zaten. Sonunda bir taksi buldu. Yalvararak, ağlayarak taksiciyi Anadolu yakasına geçmeye ikna etti.

Sırılsıklam olmuştu. Titriyordu. Önce kreşten Kaan'ı aldı. Kendisini oğluyla birlikte bekleyen öğretmenden işittiği cümleler canını iyice sıktı. Ama o kadar yorgundu ki, hiçbir şey söylemeye mecali kalmamıştı.

Eve ulaştıklarında önce yıkadı Kaan'ı. Sonra da yemek yedirip yatırdı.

Çok üşüyordu, ateşi çıkmaya başlamıştı.

Sabah hafif bir karın ağrısıyla uyandı. Annesini aradı, yine cevap veren yoktu. Kaan'ı okula götürdü. Annesini merak edip evine uğradı. Her şey yolundaydı Yaşar'ın evinde. "Duymamışım," dedi kısaca, gayet sakin…

Lorin'in, "Beni işten çıkardılar, dün yağmurda kaldım, çok geciktim, Kaan kreşte mahsur kaldı," diyerek başladığı konuşmasını, "Dişlerimi yaptırmak istiyorum. Bu dişçi beceremedi, olmadı bunlar da," diyerek ağzına tıkadı adeta. Lorin başka hiçbir şey söylemeden çıktı evden.

Akşama doğru karnındaki ağrı artmaya başladı. Artık her adımda kendini hissettiriyordu. Ateşi yine yükselmeye başlamıştı. Kanepenin üzerinde iki büklüm yatıyordu. Sehpanın üzerindeki kredi kartı ekstresi ve elektrik faturasına takıldı gözü. "Pislikler!" diye söylendi işyerindekileri düşünerek. Ağlamak istedi ama ağlayamayacak kadar hastaydı...

Lorin haftalar süren hastalığı boyunca elinde avcunda ne varsa tüketti.

Acilen iş bulmak zorundaydı. Ama bir türlü iyileşemiyordu. Sonunda o kadar mecbur kaldı ki, annesinden yardım istedi.

Annesi de sözde yardımcı olmak için geldi ama Lorin'in ve Kaan'ın düzenini kısa sürede altüst etti. Lorin hiçbir sorununu onunla paylaşamadığı gibi, maddi sıkıntısını da anlatamıyordu. Kaan'ın kumbarasından ödünç aldığı parayla ekmek, süt ve gazete alıp eve döndüğü bir gün son ödeme tarihi çoktan geçmiş olan elektrik faturası önünde, elleri şakaklarında, "Ben yeniden Fransa'ya mı dönsem?" diye düşünmeye başlamıştı ki, telefonu çaldı... Arayan lise arkadaşıydı.

"Sana bir şey soracağım," dedi. "Yapmak ister misin, ilgi duyar mısın, bilmiyorum... Şimdilik küçük bir şirket, üç hukukçu yeni kuruyorlar... İçlerinden biri, çok önemli bir Fransız müşteriyi çalacak eski şirketinden. Gelgelelim, çok iyi derecede Fransızca bilen bir elemanları yok bunların. Başlangıçta çok veremeyecekler. Seyahat etmen filan da gerekecek. Küçük çocuğun var, biliyorum ama Fransızca dedikleri için sen geldin aklıma. Hem ticaret de okudun. Sen beceriklisindir, çabuk öğrenirsin. Ne dersin, bir görüşmeye gider misin?"

Lorin, bir insanın kahkaha atmak isteyerek ağzını açtığında ağlamaya başlayabileceğini ve sevincin, insanın kalbini nasıl da göğsünden söküp boğazına kadar çıkarabildiğini ilk defa o gün öğrendi.

1998'in çamurlu kışına bir güneş ışığı düştü böylece.

Gözlerinden akıyordu kadri bilinmemişlik...

(2003)

Lorin 2003'te fena takılıp kalmıştı. Zihnindeki en aşınmış koridor o yıla ait. Haksız da sayılmaz. Hayır, Doruk herkese benzediği için değil. Lorin'i sahile bırakılmış bir çakıltaşına döndürecek kadar kudretli bir sevgili olduğu için…

Marakeş'teki o buluşmanın ardından elbette bitmeyen bir telefon mesajı trafiği başladı. Liseli kızlar gibi üç haftadır elinde telefonla yaşıyordu Lorin. Yemek yerken, dişini fırçalarken, en önemli toplantılarda bile bir gözü sürekli telefonundaydı. Telefonuyla uyuyor, onunla uyanıyordu. Doruk'un mesajına iki dakika geç yanıt verse karşı taraftan en az üç mesaj üst üste geliyordu: "E, hadi ama! Gözümü telefondan alabilir miyim?"

Lorin çok mutluydu, çok… Kısa mesajlaşmalar yetmiyormuş gibi her sabah birbirinden güzel e-postalar alıyordu sevgilisinden:

Sen... Başlangıcım benim...

Az önce...

"İyi geceler," dedin bana. Her iyi geceler dediğinde sanki veda ediyormuşsun gibi geliyor. Oturup hemen yazmak istiyorum sana. Yazarsam senden kopmamış oluyorum sanki.

Sen ne güzel bir kadınsın Lorin'im... Yaptığım, yaşadığım her şeye anlam kattın. Şimdi dinlediğim şu müzik, içtiğim içki, pencereden seyrettiğim şu şehir... Hepsinde sen varsın.

Şu anda sen orada uyurken ben burada seni düşünüyorum... Seni düşünmek o kadar güzel ki... Sadece bu bile içimde bir kalbin attığını anımsatıyor bana. Unuttuğum ne çok şeyi hatırlattın sen... İyi ki geldin dünyama.

Bazen diyorum ki... Mümkün olsa da bedenimi giyinebilsen, ruhumu kuşanabilsen ve anlayabilsen seni ne kadar çok sevdiğimi. Seni bugün seviyorum ya... Yarın nasıl seveceğim kim bilir!

Seni gördüğüm o ilk an...

Seni gördüğüm o ilk gece, telaşla oradan oraya koşturmanı seyretmiştim. Hem her şeyle ilgiliydin hem de bütün dünyadan kopuk gibiydin. Dikkatsiz herifin biri sana çarptı kalabalığın içinde. Kontrol edemediği kolunu geriye doğru savurunca senin yüzüne geldi darbe. Sen hiçbir şey olmamış gibi gülümsedin, uzaklaştın adamdan. Oysa elin yanağındaydı başka birileriyle konuşurken. Yanağını tuttun uzun uzun. Karşındakiler konuşuyor, her gelen bir şey istiyordu. Sen hepsine yanıt veriyordun, bir şeyler uzatıyordun. Ama o elin o kadar uzun kaldı ki yanağında... Gözlerin daldı bir ara uzaklara. Bedenin mekânda ama aklın kim bilir neredeydi...

Bu kadın hiç yeterince sevilmemiş, diye düşündüm. Kıymeti hiç bilinmemiş. Kim bilir hangi öküzler nasıl üzdü bu kadını?

Gözlerinden öyle akıyordu ki kadri bilinmemişlik... İçimi acıttı kendi kendini teselli bile etmeyişin, edemeyişin. O yanağa dokunabilseydim eğer, inan okşayarak acını kendi bedenime çekmek isterdim! O anda seni çok sevmek istedim! Ben mutlu etmeliydim seni! Ben teselli etmeliydim! Geçmişin, geleceğin, kahramanın ben olmalıydım! Soluğunu kesmeliydim senin sevmekten! Geçmişin olmalıydım. Geleceğin olmalıydım. Hakkın ben olmalıydım senin...

Sonra birileri geldi yanıma, "Hadi gidiyoruz," dediler. Koluma girdi biri, bir başkası bir şeyler anlatmaya başladı, öteki, "Araba bekliyor," dedi. Ama aklım sendeydi o kapıdan çıkarken...

Bunları sana söylemeyi o gece o kadar yürekten istemiştim ki, Kazablanka'da yeniyetme veletler gibi heyecanlanmıştım seni görünce. Bir şeyi çok istersen oluyordu işte! Oradaydın! O gün... Havaalanında yanına geldim. Sonra sen aniden hastalandın. Nasıl korktum o anda. Sana yemin ediyorum, sana bir şey olursa ben ne yaparım, diye düşündüm o dakika. Bunu şimdilerde daha çok düşünüyorum. Sana bir şey olursa ben ne yaparım? Hele bir de sen hayatını anlattıkça, ben seni tanıdıkça... Sevgime, saygım ekleniyor. İçimde artıyorsun, büyüyorsun.

Çok seveceğim seni! O kadar çok seveceğim ki, sevilmekten yorulacaksın. "Sevme beni bu kadar!" diyeceksin.

Sen şimdi uyuyorsun...

Sabah uyandığında telefonunu açınca o bir sürü saçma sapan raporların, bildirimlerin arasından bu mektup çıksın, sana aşkla 'günaydın' desin istedim...

Artık korkma, ben varım...

Sen yalnız değilsin.

Bir daha söylüyorum güzel kadınım, yanında ben varım...

Peki, sen benim yanımda mısın?

Güzel boynundan öperim...

Lorin, okuduğu her kelimeyle daha çok seviyordu Doruk'u. İnanamıyordu başına gelen mutluluğa.

Telefonun sesiyle mektuptan koptu. Sekreteri, "Ziyaretçiniz var, randevusu yok ama… Doruk Bey..." derken yerinden fırlayıp kapıya koştu Lorin.

Doruk, elinde beyaz güller ve paketlenmemiş, sadece bir kurdeleyle sarılmış *L'Écume des jours* isimli kitapla gülümsüyordu…

Günlerin Köpüğü… Lorin şaşkınlık ve hayranlıkla baktı. Daha bir gece önce konuşmuşlardı. "Dünyanın en güzel aşk romanı *Günlerin Köpüğü*'dür," demişti Lorin...

Doruk kısa bir süre sessiz kalmış, sonra da, "Akciğerinde bir çiçek açan kadını yaşatmak için çırpınan o adamı seviyorsun sen. Ve yavaş yavaş ölen o kadını... Aşk imkânsız olursa, acıyla beslenirse aşk oluyor yani öyle mi? Ya ölüm ya ayrılık yani?" demişti.

Lorin, "Ah, tamam! Üniversiteli çocuklar gibi çekişelim hadi!" diye yanıt vermişti.

"Çekişmek için yaşlı, flört için daima hevesliyim. Sizinle bir şekilde temas halinde olmak için her fırsatı kullanırım. Çünkü sizi seviyorum. O satırları yazan adamsa aslında melankoliyi seviyordu. Melankoliyi ve Duke Ellington'ı... Ama bence bunu daha uzun konuşmalıyız," demişti Doruk. Sonra da başka konulara dalmışlardı... Üzerinden kaç saat geçmişti ki daha?

Doruk içeri girip kapıyı kapadı. Elini ceketinin sol göğsüne bastırarak "Belki benimle bu akşam bu kitabın yazıldığı şehre uçarsın diye cebimde ikimiz için bir bilet var," dedi. Sonra diğer elini ceketinin sağ göğsüne koydu: "Burada da eğer beni reddedersen ciğerimde büyüyerek beni bu hayattan söküp alacak bir nilüfer var."

Lorin, Doruk'a sarıldı. Kokusunu çeke çeke sarıldı.

"Hemen bu akşam mı gidiyoruz?"

Doruk tek kaşını havaya kaldırıp bir Amerikan polisiye filminden çıkmış gibi, "Evet... Kitapla ilgili açığa çıkmayı bekleyen gerçekler var. Adı Duke Ellington olan bir caz kulüpte züppelik yapmamız, karanlıkta baş başa verip otuzlu yılların erkeklerini ve kadınlarını konuşmamız gerek. Çok vaktimiz yok sevgilim. Hemen organize olmalıyız. Saat ilerliyor. Bu bombayı patlatıp özgürlüğümüze kavuşmak için kırmızı mı, yoksa mavi kabloyu mu keseceğiz? Henüz buna bile karar vermedik," dedi.

Lorin kahkaha attı.

"Senin yerinde olsam bu kadar rahat olmazdım bebeğim," dedi Doruk. "Şimdi eşyalarını topla ve beni takip et. Bu sana son ihtarım!"

Her âşık kadın gibi Lorin de denileni yaptı...

İnsanoğlu çabuk alışır her şeye
(1964)

Lorin'in yaşadığı bu mutluluk Yaşar'a da kısmet olsaydı eğer... Yaşar daha başka biri olur muydu acaba? Hoş, Lorin de genç kız değildi Doruk'u tanıdığında. Yetişme çağında Yaşar fevkalade fiyakalı atmıştı imzasını Lorin'in ruhuna. Doğrusu budur, diye düşünüyordu. Öğrendiği, bildiği buydu çünkü.

1964 yılında Yaşar artık Ankara'daydı. Babası Ankara'da yeni açılan yatılı kız mektebine devam etmesini istiyordu. Amerikalı eğitmenlerin geldiğini, bütün programı onların uyguladığını öğrenmişti... Yaşar bu okulu kazanırsa devlet memuru olarak çalışabilmesi ve yükselmesi de mümkün olacaktı. İsterse öğretmenlik bile yapabilirdi.

O tarihlerde Ethem'in kafasını taktığı tek şey Yaşar'ın bu imtihanı vermesiydi. Ancak Yaşar ortaokuldan sonra bambaşka bir çocuğa dönüşmüştü; iyice içine kapanmıştı. Ethem bütün bir gece okulu anlattı kızına. Yaşar hiç konuşmuyordu. Ethem derin bir umutsuzluğa kapıldı.

Yaşar eğer bu sınavı kazanamazsa ve Ankara'da kendileriyle yaşamak zorunda kalırsa evde mutlu olabilmesi mümkün değildi. Ethem onu mecburen köye geri göndermek zorunda kalırdı ki, bu, en istemediği şeydi. Anne ve babası artık çok yaşlanmışlardı. Yaşar bu kadar eğitimden sonra bir daha oralara dönemezdi, dönmemeliydi. Üstelik artık kimse kalmamıştı köyde.

Öte yandan kendisi Ankara'da iki katlı güzel bir evde otururken, kızının bir köy evinde yaşaması!.. Olacak iş değildi bu!

Ethem, anne ve babasını da yanına almak istiyordu ama yaşlı insanları ikna edebilmek mümkün değildi. Ankara'da iyi kötü bir düzen oturtmuştu artık. Karısı kendisine çok bağlıydı; sözünü dinliyor, şikâyet etmiyor, evin düzenini sağlıyor, çocuklarına bakıyordu. Çocuklar içinde bir tek Yaşar uzakta kaldığı için Ethem kendini iyi hissetmiyor, eğer onun iyi bir eğitim almasını sağlarsa bunu telafi edebileceğini düşünüyordu. Yaz boyunca bu lisenin önemini anlattı Yaşar'a. İmtihan günü baba kız birlikte gittiler okula.

Yaşar önce yazılı imtihana girecekti. Eğer başarılı olursa, bir hafta sonra mülakata çağıracaklardı.

Yaşar günlerce ders çalıştı. Yazılı imtihandan çıktığında Ethem, "Nasıl geçti?" diye sordu. Yaşar düştü bayıldı. Ethem, "Çocuğun çok mu üstüne gittim, ne yaptım?" diyerek telaşlandı. Etraftan koşanlar, yardım edenlerle yerden kaldırdılar genç kızı. Okulun revirine yatırdılar. Hemşireler, "Korkmayın," dediler. "Heyecanlandı mutlaka." Yaşar, babasına karnının aç olduğunu söylemedi.

Babasının evinde tam bir misafir gibi yaşıyordu. Evin her işine yardımcı oluyor ama asla dolabı açıp yemek yemiyordu. Alıngan bir çocuktu öte yandan. O sabah çıkarken annesi kalkıp yolcu etmemişti onları... Babası da, "Aç mısın?" diye sormamıştı. Yaşar o evde mutfağa girip hiçbir şey almaz, kendiliğinden yemezdi.

Tuzlu ayran içirdiler. Başına ıslak pamuklar koydular. Yaşar kendine gelince babası elinden tuttu. Okuldan çıktılar.

"Baba kız oturup azıcık konuşalım," dedi Ethem. Ulus'ta bir lokantaya oturdular. Yemeklerini söylediler. Ethem kendi hayallerine bakar gibi baktı kızına.

"Ben ancak ilkokulu bitirebildim kızım. Okumak hep bir heves olarak kaldı içimde. Askere çıktığımda o ilkokul diploması hayatımı nasıl değiştirdi bilsen. İşte o zaman anladım ki, okuyan adam Türkiye Cumhuriyeti'nde çok iş yapar. O dönemde tanıdığım insanlarla hiç kopmadım. Kaldım Ankara'da. Ant içtim bütün çocuklarımı okutacağım diye. Sen ilk ışığım, kınalı beşiğimsin. Erkek olursun diye daha annenin karnındayken adını Yaşar koydum. Annen çok hastalandı sana gebeyken. Biliyorsun zor hayatta kaldı. Seni dedenle babaannene bırakıp Ankara'ya Numune Hastanesi'ne getirdim. İlk sekiz, dokuz ay mecbur kaldık aslında seni onlarda bırakmaya. Annen yaşayacak mıydı, onu da bilmiyordum. Seni halanın sütü, babaannenin bakımı yaşattı. Sonra... Deden seninle hayata tutundu. Adın uğurlu geldi bize. Sen yaşadın. Annen yaşadı. Biz kendimizi topladık, annen sağlığına kavuştu ama aradan bir yıl geçmişti. Babaannenle deden vermek istemediler seni. Sen de alışmıştın onlara. Biz geldiğimiz vakit bizi yabancılıyordun... Anneni istemiyordun hiç. İtiyordun. Saçını çekiyordun, kucağında durmak istemiyordun. Annen çok ağlıyordu sen onu istemedikçe... Çok yalvardı, çok istedi ama sen anneni istemiyor, hep babaanneni arıyordun. Birkaç gün alıp götürüyorduk seni. Geceler boyu, "ebe, ebe" diye ağlıyordun. Ne bizi uyutuyordun, ne kendin uyuyordun. Hiçbir şey yediremiyordu annen sana. Sonunda çaresiz seni babaannene bırakıp döndük. Orada mutluydun. Bizi istemiyordun. Sonra zaten annen kız kardeşine gebe kaldı. Hepimiz alıştık bu düzene. İnsanoğlu çabuk alışır her şeye."

Yaşar, babasını ses çıkarmadan dinliyordu. Ne güzel konuşuyordu babası! Ne güzel anlatıyordu! "Ona bir şey olmasın, o ne isterse yaparım. Yeter ki o çok mutlu olsun," diye düşünüyordu Yaşar bir yandan da.

O yaşında hiç sorgulamıyordu elbette... Ona göre babaannesiydi onun anası. Onu bırakıp gitmelerinin beyaz bir mendile yayılan mürekkep lekesi gibi günbegün ruhuna yayılan bir kine sebep olduğunun henüz farkında değildi. Fark etseydi yine bu kadar çok sever miydi babasını?

Babasının dünyayı bu dolaysız anlatımını olduğu gibi kabul etmeye hazırdı hep Yaşar. Ethem kendisi için en iyisini isteyen, onu herkesten ayıran mükemmel bir babaydı. Çok çok yıllar sonra bir gece vakti annesine bakarken birden annesinin de babasının askerlerinden biri olduğunu düşünmüştü. Tek fark annesinin, babasının her kararına gönülsüzce boyun eğmesindeydi.

Ethem konuşmasına devam ediyordu: "Şimdi artık sen kendi hayatını kurtaracaksın. Bu okulu kazanırsan altın bileziğin olacak. Gerçi bilezik bana köyü hatırlatır. Sevmem. Sen erkek gibi kadın ol kızım. Ben sana altın saat alacağım. Sen altın saat tak. Sen bu okulu bitir, bitirdiğin gün kolunda rugan kayışlı altın saatin olacak. Senin ne bir babaya, ne bir kocaya, ne bir anaya ihtiyacın olacak. Senin bir mesleğin olacak. Senin adın yetecek kızım... Bak, çok kadın tanıdım ben. Eğer, bir kadın kendi parasını kazanamazsa mutlaka erkeğin kölesi olur. Sen köle olma kızım. Boyun eğme! Kimsenin sana acımasına izin verme. Hiçbir erkeğin seni boş vaatlerle kandırmasına göz yumma. Erkekler güzel sözler söyler. Kadınlar da güzel söze kanar. Sevilmek ister hepsi. Ama erkekler zayıftır yavrum, kolay konuşurlar. Konuşmak, söz vermek dilden çıkar, uçar gider. Bak baban söylüyor sana bunu. O yüzden benim aslan kızım; sen sen ol, hep güçlü dur. Bileğini bükemesin kimse. Muhtaç olma, olana da açma kalbini, kapını. İşin olsun, aşın olsun. Yavrunu da büyütürsün, memleketini de. Anladın mı sen beni?"

"Anladım."

"Söz mü?"

"Söz!"

Bir hafta sonra Ethem kendi gitti imtihan sonuç listesine bakmaya.

Mülakata girmeye hak kazanan yüz kırk kişinin arasında Yaşar da vardı. "Bunu başardıysa benim kızım, bu okula kesin girecektir!" dedi coşkuyla.

Eve girdiğinde, "Yaşar!.." diye seslendi, "Sana söz; o altın saati koluna takacağım kızım!"

1964 yazının bitimine yürüyordu o saatin akrebi…

Sanki yüz yıldır uyuyordu
(2003)

Tutkuyla âşık olanın ülkesi, sevdiğiyle kendinden oluşur. Doğrudur. Birbirlerinin sınırı olurlar. Her sınır mayın döşelidir öte yandan. Lorin'le Doruk da bütün bir kışı bu ülkeyi kurmakla geçirdiler. Mumlar yaktılar. Sabahlara dek konuştular. Tarihin en güzel aşk şiirlerini ve öykülerini ispatçı yazdılar kendilerine. Şehrin ışıklarını saymaya kalktılar. Sevişerek inşa ettiler saraylarını. Ve pek tabii ki dövüşçü aslanlarını sakladıkları gizli mekânları vardı her ikisinin de. Bir ülke dediğin en az iki 'el'den bir bütün. Aşkla kendi dünyalarını döndürürken Doruk elinden tutup tutup götürdü Lorin'i. Her fırsatta bir başka ülkede, bir başka kasabada, bir başka deniz kıyısında uyandırdı sevdiği kadını.

2003 yazında İtalyan adalarından birindeydiler. Gökyüzü tertemiz ve masmaviydi. Adanın arka tarafında demirli iki büyük beyaz yattan yansıyan parlak güneş ışıkları denize düşüyordu. Çarşaf gibi kıpırtısız maviliğin ortasındaki dev kayalar bir gece önce gökten dünyaya düşmüş gibi duruyordu. Kuş sesleri sanki bütün âşıkları uyandırmak için bir yükselip bir alçalıyordu. Denizin sesi yoktu, sabah esintisinin sesi yoktu, sadece kuşların birbirlerini bastıran cıvıltıları vardı. Sabahın erken saatinde kalkıp adanın daracık taş sokaklarını temizleyen işçilerin, kahvaltı masalarını hazırlamaya başlayan garsonların sesleri bile duyulmuyordu.

Rendelenmiş limon kabuğu, taze çörek ve kahve kokusu balkonun açık kapısından odaya süzülüp Lorin'le Doruk'un baş ucunda durdu.

Lorin bembeyaz pamuklu çarşaflara dolanmış bir halde ve nefes almasına engel olacak kadar sıkı sarılmış kolların arasında uyandı. Terlemişti. Hiç kıpırdamadan kubbe biçimindeki tavanda yer alan melek resimlerine baktı birkaç saniye. Sonra başını yavaşça çevirip uçuşan tülün ardındaki çam ağaçlarını ve masmavi denizi izledi bir süre. Kokular, sesler, renkler, dokular... Mutlu olmak için birden fazla sebebi vardı bu sabah da.

Doruk'u tanıdığından beri durmadan gülümsemek geliyordu içinden.

Çok güzel, çok eski bir otelde kalıyorlardı. 1920'lerin izlerini taşıyan otelin antika eşyalarla döşenmiş odası pembe begonvillerle kaplı bir terasa açılıyordu. Tavandaki el emeği melek resimleri, yer döşemesindeki mavi çiçekli taşlar, oymalı tuvalet masası, yanında yatan şu güzel adam... Bütün bu gördükleri ve sabahın güzel kokusu üstüne bir de uyanmasına neden olan kuş sesleri eklenince filmlerdeki kadar görkemli bu mutluluğa şükretti bütün kalbiyle. Göğsündeki durdurulamaz kahkaha arzusu ile sevdiği adama döndü...

Lorin'in hareketlenmesi ile kollarını bir parça gevşetip sevimli çocuklar gibi sadece bir gözünü açtı Doruk.

"Bu kadar erken uyanmış olamazsın sevgilim ya..." dedi uyanmaya çalışarak. "Biraz daha uyusak..." diyerek yeniden sarıldı Lorin'e.

Lorin hiç sesini çıkarmadı. Doruk'un saçlarını okşadı parmak uçlarıyla. Sonra burnuna, dudaklarına, yanaklarına dokundu. Gözlerini kapatıp, ezberler gibi iki eliyle yüzünü kavradı. Ah, ne çok seviyordu Lorin, Doruk'u! Beklenmedik bir anda çıkagelmiş, bütün varlığıyla Lorin'in hayatının her noktasına sinmişti şu yakışıklı adam. Ya da Lorin'e dünyanın en yakışıklı adamı gibi geliyordu. Doruk'tan sonra tam bir kadın olmuştu sanki. Doruk öğretmişti ona kendini, bedenini, zenginliğini... Sanki yüz yıldır uyuyordu... Sanki Doruk gelip onu öperek uyandırmış, dünyayı, zamanı, insanları, hayatı yeniden anlamasını, anlamlandırmasını sağlamıştı.

Yaşamaya baştan başlamıştı onunla. Çok ama çok seviyordu Doruk'u!

İki eli de sevdiği adamın yanaklarındaydı.

"Hah, bak bu şahane oldu işte! Günaydın," dedi Doruk gülerek ve gözlerini açtı.

Kimileri, Lorin de dâhil olmak üzere, konuşmak için ağızlarını açtıklarında zaman zaman ne kadar çok gülümseyip gülüyorlar bu hikâyede... Fakat işitmişsinizdir mutlaka, yılların hıçkırıkları ve gözyaşları gibi bazı gülümsemeler... Ve hançerini saplamak, can acıtmak gibi bazı gülüşler... İkisini birbirinden ayırt etmekse çoğu zaman mümkün değil...

"Günaydın," diye fısıldadı Lorin.

Bu adam gülünce... Ah, bu adam gülünce yeryüzü ikiye ayrılıyordu sanki. İkiye ayrılıyor ve çekirdeği Doruk oluyordu.

"Uyandırma servisine teşekkürü bir borç bilirim. Bu duygusal yaklaşımınızı yanıtsız bırakamayacağımdan emin olabilirsiniz. Siz de benim yanıtımı yanıtsız bırakmazsınız umarım bebeğim... Hislerimin karşılık bulması gururumu kabartır!" diyerek Lorin'i belinden kavradı ve boylu boyunca bedeninin üzerine yatırdı...

Doruk, yaşamına girdiğinden beri Lorin, sevildikçe daha çok sevilmek istiyor, sevdikçe daha da seviyordu. Âşık oldukça kendini daha çok bırakıyor, bıraktıkça Doruk'un genç kadın üzerindeki iktidarı daha da yükseliyordu.

Lorin ayaklarını yerden kesen bu ilişkiyi henüz oğlu Kaan'la ya da ailesiyle paylaşmamıştı. Oğlundan utanıyor, annesinden çekiniyordu. Birkaç ortak arkadaşlarıyla dışarıda buluşuyor ama daha çok Doruk'un evinde vakit geçiriyorlardı. Yoğun iş temposunun sonunda eve koşup Kaan'la ilgileniyor, onu uyutup bakıcısına emanet ettikten sonra hiç uyumamayı göze alarak Doruk'a gidiyordu. İstanbul'daki içi dışı beton görünümlü, çok yüksek tavanlı, lüks binalardan birindeydi Doruk'un evi. Çok uzun beyaz bir koltuk, dev bir televizyon ve büyük bir yatak... Her şey az, her şey büyüktü Doruk'un hayatında. Çalışma odası alt katta, yatak odası asma kattaydı. Üstelik Doruk'un evi Avrupa yakasında olduğu için Lorin köprüyü her gün iki kez geçmeye başlamıştı.

Oğluyla Bostancı'da yaşadığı, adalara bakan, küçük mütevazı evin yanında şık döşenmiş bir çelik eşya deposu gibiydi sevgilisinin evi. Mekânın ve eşyaların büyüklüğü o evden her içeri girdiğinde Doruk'a sığınma arzusu yaratıyordu Lorin'de. Doruk buna bayılıyordu. Devasa camların önünde uzanırlarken başını göğsüne koyan Lorin'in saçlarını okşar, "Bak," derdi, "Böyle yatarken şu kocaman dünyada asıl sen benim çekirdeğim gibi oluyorsun."

Hem ihtirasla seviştiği hem şefkatle sevdiği bu adamla aynı zevkleri paylaşıp benzer heyecanlar taşımaktan şaşkındı. Hayatının daha önce onsuz nasıl geçebilmiş olduğunu anlayamıyordu. Hiçbir şeyin önemi yoktu Doruk'la birlikteyken. Halledilemeyecek hiçbir sorun olamazdı yeryüzünde.

Doruk, yarı uykulu, gülümseyerek Lorin'in karnını okşamaya başladı. "Çıkmasak mı hiç buradan?" dedi.

Lorin dünyayı gözden çıkarmaya razıydı o anda. Doruk'a her teslim oluşu eriyip azalmasıyla, Doruk'unsa Lorin ile çoğalmasıyla, devleşmesiyle son buluyordu...

Doruk, genç kadının boynuna dayadı burnunu. Dudakları da boynunun üzerindeydi. Hiç öpmeden, hiç kıpırdamadan, yüzü Lorin'in boynu ve saçları arasında gömülü kaldı bir süre. Lorin, Doruk'un nefesini, kalp atışlarını dinliyordu.

Doruk derin bir soluk alıp kokusunu içine çekti sevgilisinin. Bir eli saçlarında, bir eli belindeydi. Yine hiç öpmeden yanaklarına çevirdi burnunu ve dudaklarını. Bekliyordu... Dudakları neredeyse Lorin'in dudaklarının üzerindeydi...

Bir süre böyle durdu. Sonra yüzünü uzaklaştırıp gözlerine baktı.

"Hiçbir kadını bu kadar istemedim ben... Ama hiç... Her hücren, vücudunun her parçası benim olsun istiyorum," dedi.

Lorin var olan her parçasının ötesinde onun olmaya hazırdı zaten. Hiç böyle sevilmemiş, hiç böyle sevişmemişti...

Banyodaki bembeyaz İtalyan mermerlerinin üzerindeki ojeli ayaklarına baktı. Sonra aynada kendini seyretti bir süre. O güne dek hiç o kadar güzel olmamıştı sanki. Teni, yüzü, saçları, dudakları, omuzları değişmişti adeta.

Evet, hayatında hiç o kadar güzel olduğunu anımsamıyordu. Gururla gülümsedi. Bir erkeğin sevgisi işte bu kadar güzel kılıyordu bir kadını. Kuşkusuz o sabah dünyanın başka yerlerinde aynaya bakıp bir erkeğin sevgisizliği ile çirkinleştiğini, solduğunu, artık asla tazelenemeyeceğini düşünen kadınların varlığı aklına bile gelmiyordu Lorin'in... Aşk, algı kapılarını açıp mantıklı düşüncenin üzerini örten bir uyaran değil mi... Acı gibi!

Gerindi. Saçlarını karıştırdı. Sağa sola dönerek vücuduna baktı bir daha.

Sonra duşun altına girdi. Doruk sevgilisi olduğundan beri dokunduğu her şeyin... Yediği, içtiği, gördüğü... Her şeyin ama her şeyin anlamı değişmişti. Parmakları olağanüstü hassaslaşmış, dokunduğu her nesneyi daha çok algılar olmuştu. Sanki kokular daha keskin, sesler daha berraktı. Her sesi duyabiliyor, her detayı fark edebiliyordu. Eli yansa Doruk'u düşünüyordu hemen ve acısı geçiyordu. Daha güçlüydü artık. Yaptığı her eylemin Doruk'la bir ilgisi vardı. Yıkanıyordu çünkü Doruk koklayacaktı. İşlerini büyük bir hızla, hatasız bitiriyordu çünkü Doruk'a kavuşacaktı. Neşeliydi, yaratıcıydı, becerikliydi, enerjikti... Çünkü Doruk vardı yolun sonunda.

Banyodan çıktı. Havluyu koltuk altında kavuşturup bir ucunu göğsüne sıkıştırdı. Islak saçlarından sular damlıyordu.

Banyo kapısından terasa baktı.

Doruk, üzerinde sadece eski bir jean pantolon, bedeninin üst kısmı ve ayakları çıplak bir şekilde terasın korkuluklarına yaslanmış onu bekliyordu. Elinde bir kahve fincanı ve çörek tabağı vardı. Lorin terasa yöneldi. Doruk, dağınık saçları, birkaç günlük sakalı ve can acıtan gülümsemesi ile göz kırptı.

"Kahvaltın hazır. Bir süredir fark ediyorum ki, ben aslında kahvaltı servisi yapma arzusu ile kavruluyormuşum da haberim yokmuş. Seni mi bekliyormuşum ne?" diyerek çöreği uzattı ısırması için. Lorin bir ısırık alıp çiğnemeye başlarken dudağının kenarındaki çörek parçasını başparmağıyla aldı Doruk. "Seni çok seviyorum!" dedi sevgilisinin çenesini tutarak.

Lorin gülümsedi.

Doruk elindeki fincanı pencerenin önüne bırakıp Lorin'i bileğinden tutup kendine çekti. Islak saçlarını avuçladı, gözlerini hiç ayırmadan bir süre gözlerinin içine baktı. Sonra Lorin'in yüzüne iyice yaklaştırdı yüzünü.

"Bir başka adam... Eskilerden biri… Birine verdiğin bir ihtimal... Ufacık bir bakışın… Bir gülümsemen… Gereksiz bir yakınlık ya da… Bir yanlış olursa… Öldürürüm seni! Anladın mı! Gerçekten öldürürüm!"

Acıyı umut uzatıyor
(1984)

Cebeci'de üç katlı bir evin ikinci katıydı. Yaşar'ın gözleri bir kamera gibi tarıyordu etrafı. Oldukça küçük bir salon... Bordo kadife kaplı, kolçakları ahşap oyma koltuk takımı... Çok eski bir Uşak halısının üzerinde, dökme pirinç ayaklı oval bir mermer sehpa... Duvardaki ahşap saatin sarkacından yükselen tiktaklar dışında hiç ses yoktu evin içinde.

Yaşar çok heyecanlıydı. Telefonda kendini tanıtmış, durumu anlatmıştı. Babasının son dileğini yerine getirmenin kendine bile tam olarak açıklayamadığı o tuhaf gururu bir yana, müthiş bir merak da taşıyordu içinde. Kimdi bu kadın?

Zamanında kendi aşkının karşısında geçit vermez bir duvar olmuş babasının ölürken bile aklından çıkarmadığı, annesiyle eş bir miras bırakacak kadar kalbinin bir kenarında sakladığı bu esrarengiz sevgili sahi kimin nesiydi?

Sonunda karşı karşıyaydılar.

Lemide Hanım...

Siyah giysiler içinde, beklediğinden çok daha güzel bir kadın oturuyordu karşısındaki koltukta. Kapıyı torunu ve kızı açmışlardı. Güler yüzlü bir karşılama değildi. Meraklı ve endişeli bir nezaket içinde buyur ettiler.

Lemide Hanım, "Ne içerdiniz?" diye sordu. Bedeni, soruyu soruş şekli, kalın ve sakin sesi, saçları... Lemide Hanım'a ait her şey fevkalade bir zariflik taşıyordu.

Kızı, beyaz dantel serili gümüş bir tepsi içinde, ifadesiz bir yüzle ikram ettiği kahvelerin ardından bir daha görünmeyince, kendilerini özellikle yalnız bıraktığını anladı Yaşar.

"Ne vakit vefat etti babanız?" dedi Lemide Hanım koltuğun iki yanına ellerini bırakarak. Kırmızı ojeli parmaklarının güzelliğine inanamadı Yaşar.

"Bir ay oldu."

Lemide Hanım başını iki yana salladı üzüntüyle.

"Allah rahmet eylesin... Erken bir gidiş olmuş, çok yazık!" dedi, gözlerini Yaşar'dan ayırmadan.

O öğleden sonraki buluşmanın üçüncü kişisi sık sık kendini gösteren bir sessizlikti. Sessizliğin bir bedeni vardı adeta. Şimdi ikisinin arasında koca gövdesini büyütüyordu.

Yaşar sessizliği bir kenara çekip yok etmesi gerektiğini düşündü. Kendini toparlayıp omuzlarını dikleştirerek söze başladı: "Telefonda da izah ettiğim gibi, babamın bıraktığı mektuba dek sizden hiçbirimizin haberi yoktu. Olması da beklenemezdi elbette," dedi. Böyle söylemesinin daha uygun olacağını düşünmüştü. "Belki okumayı arzu edersiniz düşüncesi ile mektubu da beraberimde getirdim," diye ekledi. Çantasından mektubu çıkarmak üzereydi ki Lemide Hanım, "Buralara kadar zahmet etmeniz de bir büyüklük hanımefendi. Anladığım kadarıyla babanıza hayli düşkündünüz. Arzularını yerine getirme konusundaki gayretkeşliğiniz ne kadar iyi bir evlat olduğunuzu gösteriyor. Lakin mektup, ailenize hususi yazılmış, benim görmemin lüzumu yok," diyerek engel oldu Yaşar'a.

Yaşar, Lemide Hanım'ın mesafeli tavrının haklı nedenleri olduğunu düşündü. Lemide Hanım'la değil, yıllar içinde taşlaşmış bir kırgınlıkla muhataptı aslında. Birden kaçıp gitmek istedi ama başlamıştı bir kere. Hem Yaşar böyle biri değildi, duygusal kaçışlar ona aykırıydı. O, dürtüleriyle değil, düşünceleriyle hareket ederdi. Öte yandan, kim bilir kaç yıldır böyle sessizce ve sabırla oturan bir insanı rahatsız etmek de istemiyordu. Lemide Hanım bu yaşında bile böyle güzel, böyle alımlı ve zarifken babası onu bırakıp annesi gibi köylü bir kadınla neden evlenmişti? Babasının annesine zorla giydirmeye çalıştığı o giysiler nasıl da yakışmaz, üzerine oturmazdı. Ne köylü kalabilmiş, ne şehirli olabilmiş o kadın, nasıl da Ankara'nın gecekondularına benzerdi. Çocukluğundan beri kimsenin yanına koyup, şunun gibidir, diyemediği biriydi adeta Yaşar'ın annesi. Şimdi karşısında oturan şu soylu güzellik karşısında bu daha çok çıkıyordu ortaya.

Lemide Hanım'ın dimdik oturuşu, evinin düzeni, aralarına koyduğu mesafe Yaşar'ı giderek daha çok etkiliyordu. Hakikaten, nasıl, nasıl olur da babası bu kadını bırakırdı? Lemide Hanım annesi olsaydı, Yaşar'ın hayatı daha mı başka olurdu acaba? Bu kadının evinde büyüseydi? İlkokula, ortaokula, liseye bu evde gitseydi? Lemide Hanım sever miydi acaba Yaşar'ı?

"Sizi rahatsız etmekten dolayı hayli üzgünüm. Çok konuşup değerli vaktinizi almak istemiyorum. Ama... Tahmin edersiniz ki, babamın hastalığı sırasında çok üzüntülü günler geçirdik. Ben büyürken baba kız olarak birlikte bir vakti paylaşma şansımız hemen hiç olmadı. Doğduğumda annemin rahatsızlığı yüzünden ilk yıl babamın ailesine bırakmışlar beni. Sonra da onlar büyütmüş, anneme vermemişler bir daha. Eğitim yaşamım yatılı okullarda geçti. Babamı çok sevmeme rağmen… Ne yazık ki onu hiç yakından tanıyamadım. Tam birbirimizi anlayacak yaşlara gelmiştik ki, kendisini kaybettim. Kaybettik… Vefatının ardından bu mektup kasasından çıktığında elbette çok şaşırdık. Ama ne yalan söyleyeyim, bu mektup babama bir parça daha yakınlaştırdı beni sanki. Bakın şu anda sizinle oturuyor olmak bile babamın hayatından bir parçaya tanık olmak, babamı biraz daha yakından tanımak gibi."

Lemide Hanım başını yavaşça yana eğerek Yaşar'a baktı. Gülümsedi.

"Anlıyorum sizi... Sigara içer misiniz?"

"Hayır," dedi Yaşar… Gözlerinde biriken yaşlara ve boğazına oturan düğüme şaşırıp bir an önce kendini toplaması gerektiğini düşündü. Yutkunarak eteğini düzeltti. Avuçlarındaki teri eteğine sildi usulca.

Lemide Hanım, "İzninizle ben bir tane içmek istiyorum," diyerek yerinden kalktı. Küçük salonun kapısından çıktı. Yaşar oturduğu yerden etrafı izlemeye başladı. Ağlamamayı başarmıştı. Lemide Hanım'a ait her şeyi ezberine almak istiyordu. Her detayı. Duvarların rengini, raflardaki objeleri, fotoğrafları…

"Ah, baba!" dedi içinden, "Ah, baba! Böyle bir kadını nasıl bırakırsın sen?"

Lemide Hanım kapıda göründü. Elinde, üzeri altın bir L harfiyle işli deri sigaralığı ve kristal kesme kül tablası ile gelip koltuğuna oturdu. Sigarasını yaktı.

"Çay koymalarını söyledim," dedi. Bir süre Yaşar'a baktı. Yüzünden belli belirsiz bir hüzün, bir şefkat geldi geçti. "Ne anlatmamı istiyorsunuz?"

Yaşar, Lemide Hanım'ın yüzündeki değişimi fark etti, rahatlamıştı bir parça.

"Bilmiyorum… Her şeyi belki. Her detayı hatta. Ama içtenlikle şunu söyleyebilirim ki… Şu anda size bakarken, inanın bana... Babamın nasıl olup da sizden kopabildiğini hiç anlayamıyorum!"

Lemide Hanım tebessüm etti.

"Ben koptuğunu sanmıyorum… Kopabilseydi burada olur muydunuz sizce?"

Yaşar soluğunu tuttu. Sanki bir şey söyler, aniden hareket ederse Lemide Hanım kanatlanır uçar, kendisi de hiçbir şey öğrenemezmiş gibi geldi bir an…

Lemide Hanım konuşmaya devam etti: "Kopmadı… Hiç kopmadı… Babanızın bana hakiki bir sevgi beslediğinden hiç şüphem olmadı. Lakin hissiyatı ve hırsları hayli yüksek bir insandı. Sevgide cömert ama aslen bencil bir adamdı. O vakitler, Radyoevi'nin en güzel kızlarından biriydim. Hem ben hem ailem küçük Ankara'da tanınmış, ilgi çeken insanlardık. Babam benimle ilgili çok titizlenirdi. Babamın babası Rusya'dan göçmüş. Ailemin Ankara'ya gelişi hayli maceralı olmuş. İstanbul'da kalmak yerine buraya gelmeyi tercih edişlerinin, babamın yeni Cumhuriyet'e duyduğu hayranlıktan kaynaklandığını düşünüyorum. Yeni düzende daha iyi bir yer bulacağımıza inanmış olmalı. İstanbul'da büyükbabamın vaktiyle zengin ve görgülü dostlarının garsonluk, aşçılık yaptıklarını görmek onu çok üzmüş. Büyük denizde kaybolmak yerine yeni küçük denizde uçabilen, kanatlanabilen bir kuş olmak istediğini düşünürüm hep.

"Kelamı uzattım, kusuruma bakmayın... Rus mutfağından yemekler sunduğumuz bir lokantamız vardı. Dönemin önemli vekillerinin, siyasetçilerinin buluşup bağlara karşı oturarak uzun uzun sohbet ettikleri bir çeşit lokaldi. Babamın yaptığı Kvas ve sarı votkayı içmeye gelirdi çoğu. Ankara'da sanat ve müzik okullarının kurucuları ve değerli sanatkârlar yabancı misafirlerini ağırlarlardı. Babam çok severdi bazılarını. Uzayan gecelerde onlara akordeon çalardı. Annem fevkalade bir piyano virtüözüdür. Çok öğrenci yetiştirmiştir. Lakin ben şarkı söylemeyi severdim.

"Ankara yeni yeni büyüyordu. Bu oturduğumuz ev bir bağın ortasındaydı. Şimdi kapıdan çıkınca üzerinden otomobiller akan bu büyük caddeye şaşırıyorum. Ne vakit oldu bütün bunlar? Bu evler, bu yollar, bu bahçeler? Hızlı büyüdü Ankara. O kadar hızlı değişti ki... Babamın akordeonuyla misafirlerine şarkı söyleyen kızı da tıpkı Ankara gibiydi. O da hızlı büyüyor, birlikte yaşadığı herkesi şaşırtıyordu."

Lemide Hanım'ın gözleri dalmıştı. Sustu. Parmaklarıyla koltuğun tahta kenarına piyano çalar gibi belli belirsiz dokunuyordu. Pencereden oturdukları odaya dolan öğle güneşi uzun bir ışık demeti halinde Lemide Hanım'la Yaşar'ın arasından geçiyordu. Yaşar hayranlıkla bakıyordu Lemide Hanım'a. Saatlerce konuşsa, günlerce konuşsa, bu ışık demeti hep böyle ikisinin arasında kalsa ve zaman da böylece sabitlense, dünyanın en mutlu insanı olurdu...

Lemide Hanım bakışlarını Yaşar'a çevirdi.

"Sizi sıkmıyorum inşallah! Yaşlanmak böyle bir şey işte... İnsan anlatmaya, detayların arasındaki seyahate doyamıyor. Affediniz beni, çok gevezelik ettim. Lakin babamı anımsadım şimdi. Annemle paylaşamazdık. Çok erken vefat etti babam. Radyoevi'ne girdiğimi göremedi. Sizin babanıza sevginizi fark edince kendi babacığıma olan özlemim nüksetti. Bir yandan da iyi ki erken gitti de yaşadıklarımın şahidi olmadı, diye seviniyorum. Babamı kaybettiğim yıl Ankara'ya geçici görevle gelen Alman bir orkestra şefiyle tanışmıştım. Annemin tüm ikazlarına ve itirazlarına rağmen ilk aşkımla kısa süre sonra birlikte olmakta bir beis görmedim. Belki babacığımın acısını dindirmeye çalışıyordum, kim bilebilir?"

Yaşar, babasının, mektubunda Lemide Hanım'dan terk edilmiş dul bir kadın olarak söz edişini anımsadı. Kendine yediremediği gerçekleri ölürken bile çocuklarına sunulabilir bir geçmiş yazarak yok saymıştı demek. Lemide Hanım kendini hikâyesinin akışına bırakmış gibiydi. Hem anlatıyor hem dinliyordu sanki.

"Sevdiğim adamın görev süresi bitti. Çalışma izninin uzatılması kabil değildi. Almanya'ya geri döndü. Ben de Radyoevi sınavlarını henüz kazanmış, tecrübesiz, hamile olduğunu bilmeyen bir genç kadın olarak beklemeye başladım. Sevdiğim adamın beni çağıracağı ve evleneceğimiz gün çok yakındır diye ummaktaydım. Almanya ya da Avusturya, fark etmez, nereye çağırırsa her şeyi bırakıp ona gidecektim. Lakin hiç ses çıkmadı... Bir türlü kendisine ulaşamıyordum. Günler geçiyordu. Bedenimdeki değişiklik ruhumdaki ıstıraptan çok daha hızlı büyüyordu. Kalkıp yanına gitmek istesem nereye gideceğimi dahi bilmiyordum. Çocuğumun babası neredeydi? Doğrudur, umut etmek sadece acıyı uzatıyor.

"Radyoevi'nde şarkı söyleyebilmek o yıllarda çok önemli bir vazifeydi. Ama ne olursa olsun; güzel, yalnız, çocuklu ve şarkı söyleyen bir kadın olarak yaşayabilmek pek de kolay taşınabilir yükler değildi. Annemle bir başımıza yüklendik bu ağır sorumluluğu...

"Velhasıl pek çok talihsizlikler yaşadım; sizi bunlarla daha fazla meşgul etmek istemem. Babanız, kızımı tek başıma büyütmeye çalıştığım, kalbimin çok kırık olduğu yapayalnız bir vaktimde çıktı karşıma. Çok gençti. Çok gözü karaydı. Radyoevi'nin kapısında bekler, gittiğim her yerde adım adım takip ederdi beni. Yağmur demez, kar demez her mesai bitiminde mutlaka karşıma çıkardı. Korkularımın büyüklüğü nefes almama engel oluyordu. Yaşayabilmemin tek mümkünatı vardı: Güzelliğimi silmeli, kimseyle görüşmemeli, başımı yerden kaldırmadan sadece vazifemi yapmalıydım. Erkeklerin uygunsuz teklifleri, kadınların bilhassa kırıcı olan yorumları, dedikoduları iyice içime kapanmama neden olmuştu. Yalnızlık kemiriyordu her yanımı. Ah, nasıl da hasrettim saçımı okşayan birinin sonsuz şefkatine! Babanız sonunda benimle konuşmayı, bir çay içmek için söz almayı başardı. Bir akşam Radyoevi'nden çıkmış Ulus'a doğru yürüyordum ki, yine yanıma geldi. Zayıf düştüm, ne yalan söyleyeyim... Kabul ettim sonunda.

"Sizden saklayacak değilim. O kurtlar sofrası içinde gencecik bir delikanlının yürekli bir sevda ile karşıma çıkması kırık kalbime büyük bir teselli olmuştu. Kısa sürede kızımın da kalbini kazandı. Minik elleri ile boynuna sarılır, kucağında uyurdu. Babanız da onu pek severdi. Hiçbir zaman bulamayacağıma inandığım saadetin böyle mucize gibi çıkıp gelmesi Allah'ın ne büyük lütfuydu. Beni bütün hatalarımla ve hayatımla böylesine ısrarla seven, genç ve yakışıklı bir sevdiğimin olması yüce Allahımın bir tesellisinden başka bir şey olamazdı.

"İçimde zaman zaman yükselen kaybetme korkusunu derhal bastırmaya çalışıyor, babanızı beni sevdiğinden daha çok seveceğime yeminler ediyordum.

"Lakin... Ankara küçük yerdi. Gezip tozabilmek mümkün değildi. Tek katlı bir evde oturuyordum. Mecburen evimde görüşüyorduk. Bir zaman sonra her gece gelip gitmeye başladı. Ancak nikâhsız olarak bunu ne kadar devam ettirebilirdim? Bana evlenme teklifinde bulundu. O gün dünyalar benim oldu."

Lemide Hanım gözünden akan yaşları silmedi. İri gözyaşları ipek Çin işi bluzunun göğsünde leke yaptı.

1984'ün bu ilk sonbahar günü, 1949'un büyük acısına ilk defa yaşanıyormuşçasına tanıklık etti. Yaşar şaşkınlık ve kederle dinliyordu Lemide Hanım'ı. Onu kucaklamak, teselli etmek ister gibi bakıyordu.

Sıkı sıkı bağladılar bütün hayatını

(1949)

Yıl 1949... Öyle bir kar yağıyor ki... Samire aslında küçücük kız bebesi daha.

Teslim olmuş her şeye. Gözleri kısılmış, bir tek yere bakıyor. Sanki zincirle dövülmüş, sanki tuzaktan kurtulmak için çok çırpınmış, sanki boynuna demirden bir halka takılmış vahşi bir hayvanınki gibi gözleri. İri iri olmuş gözlerinin karası. Öfkeden...

Samire sabit, sessiz, hareketsiz duruyor. Kolları, bacakları, bilekleri, gözleri, saç dipleri, hepsi ağrıyor ama hiçbiri onun değilmiş meğer. Bunu öğrendi Samire. O yüzden bu ağrı da onun değildir belki, diye düşünüyor bir umut. Kimse ağrı çekmiyor ama. Kendisinden başka hiç kimse!

"Allah acı çekeni görür, değil mi?" diye soruyor kendi kendine.

Kınasından bir gece önce... Yattığı oda çok soğuktu. Büzüşmüştü yatağın içinde. Sabaha dek karı seyretti. Ay düştü karın beyazına. Köpekler uluyordu uzaklarda. Samire yatağın içinde türküler mırıldanıyordu.

Çok korkuyordu çünkü. Çok korkuyordu. Kendine usul usul mırıldandığı türkülerden medet umuyordu.

Sabah oldu sonunda. Kaçış yoktu, dönecekti bu dünya.

Sonra akşam oldu. Bir dalgınlık geldi oturdu omzuna, gözlerine...

Akşamla birlikte kadınlar gölge gibi doluştular odaya. Kaldırdılar yerinden Samire'yi. Kırmızı bindallı giydirdiler. Kıvırcık uzun saçlarına on yedi örük yaptılar. Sicim gibi akan gözyaşlarına aldırmadılar.

Samire de aldırmadı acısına aldırmayanlara. Sürme çektiler gözüne. Kadife başlığını taktılar. Kırmızı tülü örttüler.

Boncuk boncuk ter aktı Samire'nin alnından. Avuçları, parmak uçları buruştu terden.

Küçük ayaklarından çoraplarını çıkardılar; siyah kınaları sıvadılar. Küçük avuçlarını açtılar; yeşil kınaları buladılar. Ayaklarını sardılar çaputlarla sıkı sıkı... Ellerini sardılar çaputlarla sıkı sıkı... Kırmızı kuşakla belini bağladılar sıkı sıkı... Sıkı sıkı bağladılar Samire'nin bütün hayatını. Bağladılar çocukluğunu...

Def çalarak türkü söylediler başında. Kaşık çalarak oyun oynadılar, döndüler, dört döndüler etrafında.

Dışarıda karakış. Kar yağıyordu. Yağıyordu ki, ne yağmak!

Samire korkuyordu. Neden korktuğunu bile anlatamayacak kadar korkuyordu.

O al entarisiyle koysalar karakışın ortasına Samire'yi... Kırmızı bindallıyla bıraksalar beyaz karın ortasına... Bir yürek yarasıymış gibi kalacak sonsuza kadar orada... Öyle ateşten bir acıya dönmüş ki küçücük bedeni... Elleri buruşmuş terden, kalbi buruşmuş acıdan... Elleri gibi kalbi...

Samire'nin kederi eriyerek kırmızı yol olup akmadı ya o gece Ihlara vadisine... Yürek kanı gibi gibi yol olmadı ya bütün bedeni... Bundan sonra acı tutmaz artık onun o kesik yeri...

Gelin olmaya uğurladılar Samire'yi kara da, geceye de, Samire'ye de aldırmadan.

Kara bir balonun içine hapsedilmiş bir öfke Samire şimdi...

Karakıştı. Kapkara. 1949'du yıl. Kar bütün yolları, damları, ağaçları, Hasandağı'nı ve dahi umutları kaplamıştı...

İçinde bir ümit varmış meğer
(1984)

Lemide Hanım'ın evi... Çok da uzak değil Hasandağı'na. Dağın arkası onun hayatı. Dağın öteki yüzü aslında.

Yaşar ses çıkarmadan, şefkatle dinliyordu. Lemide Hanım'ın torunu çayları getirdi. Sehpaya bırakıp odadan çıktı. Lemide Hanım bir sigara daha yaktı.

"Ezcümle… Babanız fevkalade bir âşıktı."

Yaşar, Lemide Hanım'ın sözcüklerinde babasının asi, çalkantılı gençliğini ve o yıllara ait bütün diğer izleri buluyordu.

Uzanıp Lemide Hanım'ın yanaklarında yol yapmış gözyaşını silmek istedi. Ama yerinden kıpırdayamadı bile. Lemide Hanım anlatmaya devam etti.

"Babanız bana bir ev bulmamı, yeni bir düzen kurmamız gerektiğini söyledi. Bir heves ev aramaya başladım. Kızılay'da yeni yapılmış bir apartmanda kiralık bir daire beğendim. Kendisine izahat verdim. Gidip bakacağını, derhal ev sahibiyle görüşeceğini, hemen eşya sipariş vermemi söyledi. Dünyalar benim olmuştu. Sonunda benim de yüzüme gülmüştü kader. Hayaller kuruyordum. Belki hemen bir çocuğumuz daha olurdu. Kızım kendini daha güvende hisseder, bir de kardeşi olursa iyiden iyiye babası kabullenirdi Ethem'i. Saatler günlere sığmıyordu artık. Ethem'den söz aldığım günün ertesi Ankara'nın en iyi ustasına gittim. Koltuk ve yatak odası takımlarını özene bezene sipariş ettim. Kuşlar gibi şakıyordum. Çocukluk etmişim ama kime ne!.. Benim de başımı dik tutabileceğim, misafir buyur edebileceğim bir evim olacaktı sonunda. Dosta düşmana, dedikodu edenlere bu mutlu nihayeti göstermek hevesindeydim.

"Belki de içime doğduğu için bu kadar acele etmiştim. Bu hadiseleri takiben birkaç gün hiç görünmedi babanız. Aklıma kötü şeyler geliyorsa da kondurmak istemiyordum. Bazen öyle bir müddet görünmediği olurdu. Beğendiğim apartman dairesini görüp görmediğini merak ettim. Belki bana bir sürpriz yapmak istiyordur, diye düşündüm. Bilirsiniz değil mi, insan dünyanın en büyük yalancısıdır kendine. İnanmak isteyin yeter ki; ne bahaneler bulur yürek… On gün geçmişti. Endişe ve üzüntüden hiç uyuyamaz olmuştum. Bir sabah erkenden Kızılay'daki eve gittim. Apartman sahibi bizden kimsenin uğramadığını, daireyi bir gün evvel bir başkasına verdiğini söyledi."

Yaşar, Ethem'in kızı değildi o anda. Yaşar, eski bir aşk hikâyesi dinleyen herhangi bir kadındı. Babasından, Lemide Hanım'dan çıkmış, bir başka ülkede, başka bir dilde devam eden bir film izliyordu adeta. Dinlemiyordu hayır, izliyordu olup biteni. Lemide Hanım anlattıkça daha da hüzünleniyor, onun sırdaşı oluyordu sanki.

Lemide Hanım devam etti: "Neler olduğunu anlayamamıştım. O gece bitmek bilmedi. Ertesi gün, eşyaları sipariş verdiğim ustanın çalışanlarından biri geldi Radyoevi'ne. Kapora için kimsenin uğramadığını, ustasının beni beklediğini söyledi. Ethem'in başına bir şey mi geldi yoksa, diye telaşa düştüm. Radyodan çıkar çıkmaz sanayi mahallesindeki dükkânına gittim. Dükkânda yoktu. Yanında çalışanlar köyüne gittiğini söylediler. *Anne babasına mı bir şey oldu*, diye sordum. Kötü bir haber almadıklarını söylediler. Ne bir mektup ne bir haber. Hiçbir şey bırakmamıştı. Beklemeye başladım. Beklerken eriyordum kederden. Bir sabah günün ilk ışıklarını gördüğümde idrak ettim ki, bu sorumluluğun hakikati ona ağır gelmiş… Evlilik dışı bir çocuğu olan, şarkıcı bir kadınla evlenmek kolay göğüslenebilecek bir karar değildi, biliyordum. Ama anladım ki, sevdiğim adam kaçmış... Bir kez daha yüzüstü bırakılmışım. Bir kez daha kandırılmış, bir kez daha yanılmışım. Yapacak hiçbir şey yoktu…"

Yaşar derin bir iç çekti. Babasının davranışlarının bir başka insanın hayatına nasıl aksettiğini görmek hüzünlü bir mahcubiyet yaşatıyordu Yaşar'a. Boğazında büyük bir yumru, dinlemeye devam etti. Aslında Ethem'in öteki yüzüyle ilk karşılaşması değildi bu…

"Bütün umutlarımın bittiği bir gece vakti kapının sesi ile yerimden fırladım. Geleceğini biliyormuşum gibi sevinçle koştum kapıya. İçimde bir ümit varmış meğer. Ben hepsini yitirdim sanıyormuşum. Nasıl mesut olduğumu bugün de kelimelerle ifade edebilmem kabil değil. *Neden gittin, ne oldu*, diye sorgu sual etmedim hiç. Ben biliyordum, anlıyordum zaten neden gittiğini. Mühim olan geri gelmesiydi. Bensiz yapamamış, o da çok özlemişti demek ki. Hatasını telafi etmek için dönmüştü. Boynuma sarıldı. Uzun bir süre hiç kıpırdamadı. Hiç unutmam o ânı. Çok müteessir olmuştu. Gözlerindeki mahcubiyeti saklayamıyordu. Bu kadar büyük bir üzüntü ile tekrar bana gelmiş olması her şeyi sildi. İçimde yeniden büyük umutlar yeşermeye başladı. Pek tabii ki sil baştan kurabilirdik her şeyi. Korkuları, tereddütleri olması elbette muhtemeldi. Nitekim aramızda çok olmasa da bir yaş farkı vardı. Benden genç bir erkek olarak üzerine alacağı mesuliyet çok çok büyüktü. Biliyordum, farkındaydım. Çocuğumun evlilik dışı olması, benim Radyoevi'nde çalışmam, giyimim kuşamım onu çok rahatsız ediyordu. Ama gel gör ki, beni bu şekilde sevmiş, kendisi ısrarcı olmuştu. Bazen evlendiğimiz vakit Radyo'yu bırakıp bırakmayacağımı sorardı. Ben de, o günler geldiğinde elbette düşünürüz, derdim. Hiçbir zaman refüze etmedim kendisini. Bana döndüğü gece ne kadar huzurlu uyudu, bir bilseniz...

"Bense sabaha kadar kırpmadım gözümü. O dönene dek uyumadığım gecelerin, üzüntü dolu günlerin sonu geldi diye sevinçten uyuyamıyordum bu kez de. Velhasıl çok mesut olduğumuz o gecenin üzerinden birkaç ay geçmişti ki, huzursuzluklar başladı. Hiçbir şey eskisi gibi değildi.

Benim sevdiğim adam değildi artık. Kapıdan çıkmıştı bir kez. Geri gelense eskisi olmadı bir daha."

Yaşar, o tarihlerde babasının ne yaşadığını, neler hissettiğini merak etti. Acaba onun dünyasında kimler neler söylüyor, hadiseler nasıl gelişiyordu? Nasıl görünüyordu babası? Lemide Hanım'ı kendine âşık edebilecek kadar yakışıklı ve etkileyici bir erkekti demek ki... Lemide Hanım'ın gözlerindeki buğu bir kez daha yoğunlaştı.

"Bana ve kızıma hep nazik davranmıştır. Bilhassa kızıma karşı son derece şefkatli, fevkalade alakadar bir insan olmuştur. Fakat onu kalben bu kadar çok sevmemize neden olan samimiyetini bulamaz olmuştum. Asabi bir adama dönüşmüştü. Nadiren sorduğum suallere hırçın cevaplar veriyor, giderek dalgınlaşıyordu. Verdiği sözleri mütemadiyen erteliyordu.

"Daha önce bir kez sükût-u hayale uğradığım için beklemeyi ve yine sabretmeyi tercih ettim. Fakat zaman ilerliyor, kendisi herhangi bir hamlede bulunmuyordu. O eski titiz halleri de kalmamıştı. Anlamıştım. Pek yakında başımıza yine bir felaket gelecekti. Çok sürmedi. Bir akşam eve gelmedi. Birkaç hafta sonra yanında çalışanlardan biri gelip evimdeki birkaç parça eşyasını istediğini söyledi. Bir daha da kendisini hiç görmedim.

"Dediğim gibi, sevgisinde cömertti evet...

"Ama kendi faydasını öncelikli görüyordu daima. Bunu gençliğine veriyordum, verebilirdim... Ne var ki, o dönem için genç sayabileceğimiz bir yaş değildi aslında yaşı. Üstelik birkaç hayatı darmadağın edebilecek kudrette bir insanı ne kadar genç görebilirsiniz? Bir iş yaşamını yönetip yükseltebilen ama birkaç insanı birden perişan edebilen bir bencilliğin ne kadarı gençlik ve cahillikle izah edilebilir?

"Dünyayı kendi merkezinden gören bir adamı sevme hatasına düştüm ve hayli bedeller ödedim. Çocuklu, dul sayılan bir kadın olarak kendinden küçük bir adamla yaşamış ama evlenememiş, üstelik daha da dile düşmüştüm. El âlemin nazarında bunun ne demek olduğunu tahmin edebiliyor musunuz? Kendisinden sonraki bütün yaşamımın önüne bir leke, her yutkunuşumda boğazıma takılan bir utanç bırakarak gitti.

"Gidişinin ardından sadece terk edilmenin kederini değil, bir de dedikoduları göğüslemenin zorluğunu yaşadım. Yine de, çok şükür, hayatımı kazanabileceğim bir işim vardı. Başımı soktuğum bir evim, sarılıp uyuduğum bir çocuğum vardı.

"Bir vakit sonra daha da arttı babanıza kızgınlığım. Geleceğe dair inançlarımı kırdığı içindi bu kızgınlık.

"Münir Nurettin Selçuk'un bir bestesi vardır, bilirsiniz... Uzun yıllar babanızı düşündürtmüştür bana o sözler.

"*Beni kör kuyularda merdivensiz bıraktın*, der. *Öylesine yıktın ki bütün inançlarımı, beni bensiz bıraktın...*

"Kendimden başka kimsem yoktu benim.

"Kendime olan inancımı kırıp gitti ikinci seferinde. Ama zaman denilen silindir her şeyin üzerinden geçip gidiyor. İnsan kızgınlığı, nefreti unutuyor. Bir tek pişmanlığı unutamıyor. Pişmanlığım benimdir zira. Hür irademle yaptığım seçimlerin neticesidir. Muhakkak ki buna da katlanma sabrı verecektir Yaradan dedim... Yapabileceğim bir şey yoktu; kızıma ve şarkılarıma sarıldım.

"Babanızın bendeki bütün hatırası bundan ibarettir. Yaşattığı tatlı günlerin bedelini, peşi sıra bıraktığı büyük bir ıstırapla ödettiği için ne yazık ki size güzel şeyler anlatamadım."

Lemide Hanım'ın elleri koltuğun iki yanına düştü yine…

Yaşar bu hikâyenin kendisini beklediğini ve Lemide Hanım'ın geçen onca yıla rağmen aslında şimdi gerçekten ağladığını düşündü. Evet, babası biliyordu buraya kimi göndereceğini. Kardeşlerinden hiçbiri gelip bu yüzleşmeyi bitiremez, az sonra gerçekleşecek ödemeyi yapamazdı.

Yaşar doğrulup oturuşunu düzeltti. Dinlediği hikâyenin sonunda anlatacaklarından dolayı bir parça heyecanlıydı.

"Lemide Hanım… Hakikaten anlattıklarınız karşısında ne söyleyeceğimi bilemiyorum. Dediğim gibi, babam hep bir yabancıydı benim için. Onunla ilgili duyduğum, öğrendiğim her yeni şey çok şaşırtıyor beni. Ama şundan çok eminim ki, babam yıllar boyunca büyük bir vicdan azabı ve üzüntü içinde yaşamış. Az önce söylediğiniz gibi, sizden hiç kopmamış hatta... Bu yüzden olsa gerek... Miras dağılımı sırasında kızınız için de bir pay bırakmış. Ne olduğunu ya da miktarını bilmiyoruz. Bankada bir kasada duruyor. Ben size o anahtarı vermeye geldim."

Lemide Hanım, Yaşar'a baktı bir süre.

"Öğrendiğim kadarıyla siz de eşinizi kaybetmişsiniz. Bir çocuğu tek başına büyütmenin zorluklarını her ikimiz de biliyoruz. Üstelik ben kızımı büyütürken benim babam da yoktu yanımda... Babanızın bizden alacağı bir şey kalmamıştı ki, bırakıp gitti. Bizim de ondan alacak hiçbir şeyimiz yok. Verdiklerimiz helal olsun. Eğer bir yetim hakkı söz konusuysa, o anahtar sizin çocuğunuzundur."

1984'ün o sıcak eylülünü Yaşar hiç unutmadı.

"Alıştım ben nasılsa anne..."
(2004)

Doruk'un, "Öldürürüm seni! Anladın mı! Gerçekten öldürürüm!" deyişinin üzerinden sadece altı ay geçmişti ama aşkın buzdan, kaygan bir zemine çekilmesine yetmişti bu süre. Kusursuz iki mevsimin ardından sonbahar başladı. Lorin o sabah ilk kez ürpertici, tarif edemediği bir boşluk görmüştü Doruk'un bakışlarında. Doruk'un sallanıp durduğu o belirsizliğe kendisini de çekip düşüreceğini iliklerinde hissetmişti bir an. Ama üzerini hemen örtmüştü bu hissinin. Görmezden gelmişti, sinsi sinsi baş veren, seslenen pek çok haberciyi görmezden geldiği gibi...

Bir akşam morali çok bozukken aradı Doruk'u. İşyerinde geçirdiği gergin günün ardından eve gittiğinde, Kaan'ı boğazı şişmiş, ateşi yükselmiş bir halde kendisini beklerken buldu. Kapıdan içeri girer girmez ellerine tutunmuş, boynuna sarılmıştı Kaan. Lorin çocuğun ateşler içinde yandığını görünce yardımcı kadına kendisine haber vermediği için sitem etmişti. Kadıncağız, "Öğleden sonra yoktu bu kadar ateşi. Aramaz mıyım yoksa sizi... Son yarım saatte çıktı valla. Siz de yoldasınızdır, telaşlandırmayayım diye aramadım. Babasıyla konuşmak istedi. Aradık. Morali bozuldu galiba, sonra ateşlendi," dedi Lorin'e fısıltıyla, dereceyi uzatırken...

Lorin, "Neden beni aramadın?" diye oğluna döndü hayretle.

Kaan, gözleri çakmak çakmak, zor çıkan çatallı sesiyle açıkladı: "Hastalığa dayanırdım anne! Ben sadece babamın sesini duymak istedim! Ama onun yine işi varmış! *Kapat, ararım ben seni*, dedi ama aramadı. Aramasın ya, boş ver... Alıştım ben nasılsa..."

Hep böyle yapıyordu bu adam! Şu çocuğun gönlünü yapmak kaç dakikasını alırdı ki? İçi cız etti oğlunun yüzüne bakarken. Saçlarını okşadı. "Çorba içireyim mi sana?" diye sordu. Başını salladı Kaan.

Lorin içinde bir yangınla odasına gidip üzerini değiştirdi. Doruk'u aradı mutfağa geçmeden önce. "Ben bu akşam gelemem. Oğlum çok hasta," dedi ve birden ağlamaya başladı.

Doruk şaşırıp telaşlanmıştı telefonun öbür ucunda. "Neden ağlıyorsun canım? Çocuğun nesi var? Hastanede misiniz, neredesiniz?"

"Hayır, hayır, evdeyiz... Sadece... Hastalanınca babasını aramış... Babası da neredeyse yüzüne kapatmış telefonu. Hep böyle yapıyor. Hep uzak tutuyor kendinden. O daha ufacık bir çocuk, ne anlar babasının bana olan tepkisinden... Oğluma böyle bir hayat kurduğum, onu eksik bıraktığım için üzülüyorum. Benim yüzümden.... Yetemiyorum işte, yapamıyorum! Hem anne hem baba olunamıyor... Bitmiyor şu suçluluk duygum!"

Ağlayıp anlattıkça teselli etti Doruk. Tanıdığı en iyi annelerden biri olduğunu, tam da Kaan'ın önceliği nedeniyle kesinlikle kendini yorup üzmemesi gerektiğini, oğlunun kahramanı olan bir anneye böyle ağlamanın yakışmadığını ve onu ne kadar çok sevdiğini söyledi.

Doruk'un bu şefkatli sözleri kadar, ağlamak da iyi gelmişti Lorin'e. Kuş gibi rahatlamıştı o konuşmanın sonunda.

Önce yüzünü yıkayıp üzerini değiştirdi. Yardımcı kadını gönderdi. Ana oğul baş başa kaldılar. Lorin oğluna limonlu şehriye çorbası içirdi. İlacını verdi, ateşini düşürdü. Gülüşüp konuştular. Tam yanına uzanmış, kitap okuyacaktı ki, kapı çalındı. Gecenin o saatinde kimseyi beklemedikleri için telaşla yerinden fırladı.

Kapıda Doruk duruyordu. Elinde hediye paketi ve çiçeklerle. Heyecan, sevinç, coşku... Hepsi birden aynı anda Lorin'in gözlerine hücum etti. Bakakaldı Doruk'a.

Doruk yakışıklı, Doruk dağ gibi, Doruk adam işte... Gülümsüyordu: "İznin olursa Kaan'a geçmiş olsun demek istiyorum. Bir de ona PlayStation aldım. Kurmama izin verirsen morali de düzelmiş olur. Bu çiçeklerse senin. Bir de karnım çok aç!"

Eli ayağına dolaşarak içeri buyur etti Doruk'u. Olan olmuştu artık. Olanda da bir hayır vardı mutlaka. Bir cesaret, oğlunun odasının kapısını açtı.

"Kaan... Doruk benim işten arkadaşım. Hasta olduğunu söylemiştim telefonda. Seni görmek istemiş. Bir de hediyesi varmış..."

Kaan, şüpheyle bakıyordu kapıdaki adama. Bir gözü annesinde, bir gözü paketteydi. Annesinin heyecanından önemli bir şey olduğunu anladı. Onu hatırı için adamla tanışabilirdi. Doruk dostça elini sıktı Kaan'ın. Sonra paketi uzattı. Paketten çıkan oyun Kaan'ın aklını başından aldı. Gözlerine inanamamıştı.

Pembe yanakları, dağınık saçlarıyla, "Teşekkür ederim, çok teşekkür ederim!" diyordu sürekli. Doruk sevecenlikle saçlarını karıştırıp okşadı çocuğun. "Hadi gel, kurup iki el oynayalım," diyerek elini uzattı.

İlk kez geliyordu Lorin'in evine. Her köşeyi inceliyordu. Kaan yataktan kalktı, battaniyeyi sürükleyip Doruk'u da peşine takarak salona yöneldi. Lorin mutlulukla baktı arkalarından. Sonra mutfağa girdi, bir şeyler hazırlaması gerekiyordu hemen. Dolaptan salata malzemelerini çıkardıktan sonra bir an durup içeriden gelen sesleri dinledi. Hayatının iki erkeği her zamanki sıradan bir geceyi yaşıyormuşçasına çoktan arkadaş olmuşlardı bile. Lorin yemek yapıyor, onlar da baba oğul masanın hazırlanmasını bekliyorlardı sanki.

Bu küçük bir mutluluk değildi, hayır. Bu bir mucizeydi! Bir dolu insan için sıradan bir gece resmiydi bu belki ama Lorin'in büyük özlemiydi...

O gece Kaan uyuduktan sonra Doruk, "Yalnız değilsin sen... Ben varım. Bir daha sakın ağlama. Kaan'ı birlikte büyütürüz. Hayatı birlikte göğüsleriz. Sen yeter ki bir daha ağlama. Ben yanındayım artık," dedi.

Doruk, *ağlama*, dedikçe ağladı Lorin. Sıkı sıkı sarıldı sevdiği adama. Doruk saçlarını okşadı, göğsüne yasladı başını. Bütün gece neredeyse hiç konuşmadılar.

Kaan'ın ateşini kontrol etmek için yerinden kalkıp döndüğünde ceketini giyerken buldu Lorin onu.

"Nereye gidiyorsun? Kal burada," dedi.

Doruk ayakkabılarını giyerken, "Kaan'ın sabah beni burada görmesi doğru olmaz, kaçayım ben şimdi," dedi. Lorin mutlulukla yolcu etti sevgilisini.

O geceden sonra...

Hiçbir şey bir daha eskisi gibi olmadı...

Lorin'in uzun süre anlam veremediği ani bir değişim oldu Doruk'ta...

On beş gün kadar çeşitli nedenlerle görüşemediler. İlişkileri başladığından beri üç günden fazla ayrı kalmamışlardı oysa. Doruk'un toplantıları, Doruk'un şehir dışından gelen arkadaşları, Doruk'un yurt dışı seyahati, Doruk'un aile buluşmaları, Doruk'un yorgunluğu...

On beş gün sonra buluştuklarında Lorin'in bir türlü adını koyamadığı o değişiklik sinmişti Doruk'un bedenine. O güzel gözleri küçülmüş gibiydi. Uzak, yabancı bakıyorlardı sanki. Lorin kötü bir şey kondurmak istemedi önce. Ama farkındaydı: Mesafeler koyuyor, yapılan bütün programları son dakika bahaneleriyle iptal ediyordu. En önemli değişiklik, Lorin'e günün yirmi dört saati ulaşmak isteyen, yatmadan önce bile arayan adamın sık sık telefonunu kapatmaya başlaması, ulaşılamaz olmasıydı. Lorin neler olduğunu anlayamıyordu.

Sonunda bir öğle yemeğinde buluştular. Daha masaya otururken, "Çok vaktim yok," dedi genç adam. Lorin'in morali bozuldu. "Şirketinden kredi isteyecek değilim Doruk, gelmeseydin o halde. Nedir bu tavrın anlamıyorum. Ben de şirket yönetiyorum, ben de çok çalışıyorum. Ama senin için gerekirse uyumuyorum. Derdin ne senin Allah aşkına!" dedi, sabrı taşmış bir şekilde.

Doruk birden ayağa kalktı. Çevredeki masalarda oturanlar onları izliyordu. Lorin'e bir süre bakıp "Ben senin azarlayabileceğin çalışanlarından değilim!" dedi ve çekti gitti. Lorin yine ne olduğunu anlayamamıştı bile... Doruk'un bu tepkisine çok öfkelendi. Masada tek başına kalmıştı ve herkesin bakışı onun üzerindeydi. Bir süre oturdu. Sonra çantasını alıp kalktı. Kararlıydı, asla aramayacaktı Doruk'u. Asla.

Yine de bütün bir öğleden sonra telefonunu kontrol edip durdu. Hiç ses yoktu. Hayal kırıklığı içinde bitirdi günü. Köprüden geçerken arabaların ışıklarına bakıyor, bir yandan da düşünüyordu. Kendi bilirdi. Zaten yol yakınken, iyi olmuştu bu tavrı. Korkmuştu belli ki. Sorumluluk almaktan kaçıyordu kesin!

Eve geldi. Kaan'ı uyuttu. Eline bir kitap aldı; okuyamadı. Bir filme başladı; izleyemedi. Çabuk mu vazgeçiyordu acaba? İlişkiler biraz böyle arızalar taşırdı elbette.

Lorin doğru düzgün bir ilişki yaşamamıştı ki. Tecrübesiz sayılırdı. Belki de Doruk'u korkutacak bir şey yapmıştı. Çok mu yıkılmıştı adamın üzerine acaba? Çocuk, ev filan...

Gece Doruk'tan, "Nasılsın?" diye soran bir mesaj geldi. Kalbi yerinden çıkacakmış gibi çarpsa da yanıt yazmadı. Elinde telefon, mesajı okuyordu sürekli. Derken, "Özür dilerim," diyen ikinci bir mesaj geldi. Bu kez de ne yazacağını bilemediği için yanıt yazmadı. On dakika sonra telefon çalmaya başladı. Arayan Doruk'tu. Lorin uykuluymuş gibi açtı telefonu.

"Ne oldu bize?" dedi Doruk. Belli ki içmişti.

"Bilmiyorum, ah bir bilsem!" diye yanıtladı Lorin ayağa kalkıp pencerenin önüne giderek.

"Bana gelsene... Çok keyifsizim. Sevgilimle gerildik bugün. Tanıyor musun onu? Lorin diye bir kadın... Ondan konuşuruz azıcık, teselli edersin sen beni hem..."

Lorin güldü. Seviyordu bu adam onu! Elbette kavga da edeceklerdi. Her şey kusursuz olur muydu hiç?

Sesi yumuşadı. "Gelemem şimdi, yatıyorum," dedi.

Doruk, Lorin'in dinlemeye, sevmeye doyamadığı sesiyle, "O zaman seni seviyorum ben. Çok seviyorum. Üzdüm seni... Söz veriyorum telafi edeceğim bu eşekliğimi. Beni affettiğini söyle. Söyle de öyle yat hadi!" dedi.

Lorin'in kalbi inceldi, saydamlaştı.

"Affedecek bir şey yok... Seviyorum seni..." dedi.

Ertesi gün Kaan, "Anne, Doruk Ağbi aradı, cuma günü kaçta okuldan çıktığımı sordu," dedi. "Beni alıp baş başa vakit geçirmek istiyormuş. Bazı dertleri varmış. Paylaşacak kimse bulamıyormuş. *Anneme sormam lazım*, dedim. Gidebilir miyim?"

Lorin gülerek mesaj attı Doruk'a: "Sakın çocuğumu hamburgere bulaştırma! Cuma günü buluşacakmışsınız, öyle mi?"

Yanıt hemen geldi: "Evet, iznin olursa baba oğul bir cuma keyfi yapalım. Ben de erken çıkacağım. Uygun mudur?"

Lorin'in kollarından göğsüne bir sıcaklık, bir mutluluk yayıldı. Yüzünde kocaman bir tebessümle yazdı: "Uygundur."

Cuma günü akşama doğru Kaan aradı: "Anne Doruk Ağbi beni alacaktı ama ses çıkmadı. Gelecek mi, gelmeyecek mi?"

Lorin sabah konuşmuştu Doruk'la, herhangi bir sorun yoktu. Bir kez daha arayarak ısrarcı görünmek istemedi.

"Doruk'un numarasını vereyim, sen sor oğlum," dedi.

Böylece, daha çıkmadıysa, mahcubiyet hissedip çıkar ofisten, diye düşündü. Hem cep hem de ofis numarasını yazdırdı Kaan'a. On dakika sonra aradı evi.

"Ne oldu Kaan, ne zaman çıkıyorsunuz?" diye sordu. Kaan, "Anne cebini açmadı. Sekreteri de ben söylerim arar seni, dedi. Evdeyim ben," diye yanıt verdi.

Lorin meraktan ölse de aramamaya karar verdi. Kendisi istememişti bunu ondan. Şimdi sanki çocuğun babasıymış gibi böyle... Üstelik oğlunun babasını bile arayıp, herhangi bir konuda baskı yapmazken... Yok yok, mümkün değildi. Kendisinin aramasını beklemek en doğrusuydu.

Şirketteki son saatler zor geçti. Eve geldiğinde Kaan, Doruk'un hediyesiyle oynuyordu.

"Aradı mı Doruk?" diye sordu.

"Yok, aramadı anne," dedi Kaan başını oyundan kaldırmadan.

Saat dokuza geliyordu. Başına bir şey gelmiş olmasın, diyerek Doruk'un telefonunu çevirdi Lorin. En nefret ettiği anonsla karşılaştı: "Aradığınız numaraya şu anda ulaşılamıyor."

O saate kadar aramadığı gibi telefonu yine kapalıydı!

"Boş ver anne, ben alışkınım zaten," dedi Kaan.

İşte o anda, Lorin'in içindeki bütün teller koptu... Çocuğuna bu lafı nasıl ettirirdi bu adam! Nasıl izin vermişti Lorin böyle bir şeye? Gözü gibi baktığı, sakındığı evladına bu oyunu oynamaya hakkı var mıydı? Birden delirdi. Kaan'ın oynadığı oyuncağı kaptığı gibi pencereden dışarı attı... Kaan ne olduğunu anlamamış, annesini ilk defa bu kadar kontrolsüz görmekten ürkmüş, şaşkınlıkla bakıyordu...

Lorin pencereden eğilip aşağı baktı. Doruk'un hediyesi, kaldırımda paramparça yatıyordu. Döndü ve "Özür dilerim Kaan, birden kendimi kaybettim, çok özür dilerim," dedi...

Kaan donmuş kalmıştı.

Birlikte olacakları zaman içinde, Doruk'un olmaz bir yere attığı ilk oktu bu aslında.

Sonrasında, yaşanan her güzel şeyin mutlaka acısı da çıktı. Sanki Doruk özen gösterdi buna...

Ve elbette her defasında binlerce söz vererek özür diledi...

Her sözün, her tesellisinin ardından ona karşı daha da zayıf bir hale gelen Lorin'se her affedişinde aslında kendi zalimini yarattı...

İşin 'aşk denilen' tarafı, bu ateşten çemberin içinde aylar boyunca ne Doruk doyacaktı can yakmaya ne de Lorin pes edecekti.

Rüyalarımız karışmış nar tanem...

Dün gece rüyamda bir ses duydum. Benim rüyam evet... Bizzat anlatanın...

"Herkes ektiğini biçiyor mu?" diye soruyor.

"İnsan ettiğini buluyor mu? Sahi hiçbir suç cezasız kalmıyor mu?" diyor gözlerini aça aça.

Samire kıvırcık, kara saçları, eksik dişleri ile ayçiçeği tarlasına arkasını vermiş, duruyor... Güzel yüzü ile çiçekler güne birlikte bakıyor...

"Ben şimdi kötü söz ektim de onu mu biçtim?"

Elinde beyaz, kocaman bir haşlanmış yumurta var. Ablası Nariye gencecik bir kadın, Samire'nin karşısında duruyor. Beyaz tülbendini çıkarıyor kafasından. Kıvırcık, uzun saçlarını salıyor omuzlarına. Rüzgâr alıp sarı ayçiçeklerine karıştırıyor saçlarını. Nariye, kardeşinin yanaklarını okşuyor.

"Hiç olur mu?" diyor... "Hiç olur mu!"

"Dünya, Allahımın kocaman yer sofrası. Her bir şeycikleri koymuş ortaya. Ömrün yeter de yaşarsan, şanslıysan, sevdiği kuluysan hepsinden yiycen diyor sana. Bunu da ye, diyor. Bak bunu da ye, diyor. Bamya da yiycen, turp da yiycen, ayva da yiycen, ekmek de yiycen, börek de yiycen. Yok, ben baklava yedim, biber yemek istemiyom, olmaz. Hepsinden tadacan, diyor. Bunların hepsi Allahımın nimetleri. Kötü söz ektim, yok. Ektiysen de görücen ne biçtiğini. Kötü de var, iyi de var. Acıyı da belleyecek yüreciğin, tatlıyı da. Allahım hepsinden tattıracak sana."

Samire anlamıyor ablasının söylediklerini. Çok küçük daha.

Ethem de orada, biraz ötelerinde duruyormuş meğer. Atından iniyor. At kızıl yelesini sallıyor rüzgârda. Nariye'nin saçları gibi karışıyor ayçiçeklerine.

Ethem'in bıyıkları, saçları, altın köstegi ışık saçıyor. Samire yavaş yavaş başını çeviriyor Ethem'e. Ayçiçeği tarlalarının üzerindeki sarı altın ışıktan var Ethem'in üzerinde.

"Ama benim suçum ne? Sen niye böyle oldun Ethem?"

Gülüyor Ethem.

"Senin suçun yok ki... Suç arayacaksak başımıza gelenlere; benim suçum neydi? Benim senden farkım neydi? Bilmeden dünyaya böyle gelmek benim suçum muydu? Bilsem neden edeyim bütün bunları, üzer miydim hiç insanları?"

Nariye saçlarını okşuyor Samire'nin.

"Hadi," diyor. "Gitme vaktin geldi artık."

Ethem atına biniyor. Nariye kardeşini Ethem'in arkasına bindiriyor.

"Artık atan, kocan bileceksin Ethem'i. Susmayı öğreneceksin. O ne derse onu kural belleyeceksin. Şimdi ye şu yumurtayı buralardan gitmeden. Ona güzel bebeler vereceksin."

"İstemiyorum!" diye ağlıyor. "Ben artık bunu yemek istemiyorum abla!" diye yalvarıyor.

"Hadi," diyor ablası, "dert etme içime. Ye şunu!"

Ağlayarak ısırıyor yumurtayı Samire. Atını kamçılıyor Ethem. At şahlanıyor, dörtnala koşmaya başlıyor.

Samire korkuyla tutunuyor Ethem'in sırtına. Küçük elleriyle, nereye gittiğini bilmeden, nedenini bilmeden, ona öyle dendi diye midesi bulanarak susuyor. Ağzında pis bir yumurta tadı var. Ağlıyor. Hiç istememişti ki bunu, böyle istememişti ki... Nariye'nin başörtüsü uzakta beyaz bir nokta gibi kalıyor.

Derken...

Güneş bulutların ardında kayboluyor. Koyu, daha koyu bulutlar yığılıyor üst üste. Yağmur başlıyor birden. Önce griye, sonra siyaha dönüyor göğün rengi. Griden siyaha bulutların hepsi çarpışıyor gökyüzünde. Gök delinmemiş hayır, gök yırtılmış onlarca yerinden. Şimşekler, yıldırımlar patlıyor ardı ardına.

Ne bir tarla, ne bir ağaç, ne bir yol var yeryüzünde artık.

Çamur her taraf. Safi çamur.

Bir bakıyorum, Lorin geliyor.

Bileği uzun, çok uzun, kalın bir zincirle bağlanmış.

Saçları sırılsıklam olmuş; yüzüne, boynuna, kollarına, sırtına yapışmış.

Burun delikleri açılıp kapanıyor hırsla. Bileklerine kadar çamurun içinde ama sıkı sıkı basıyor yere.

Şakağından kan sızıyor. Sağ omzunda, kürek kemiğinin üzerinde uzanan büyük bir yarık var. Oluk oluk kan akıyor oradan. Zinciriyle dövüşüyor Lorin.

Doruk da siyah bir atın üzerinde. Etrafında dönüyor Lorin'in. Elindeki mızrakla durmaksızın sağ omzundaki kanlı yaraya vuruyor. Gözünden yaş akıyor Lorin'in. Dişlerini sıkıyor. "Yapma!" diyor dişlerinin arasından. "Yapma!"

Yağmur iri taneli dolu kıyametine dönüyor.

Lorin bileğindeki zinciri kavrıyor avcuyla. Bir zamanlar bahar çiçekleri açan avcunda kendi zinciri var şimdi.

"Yapma, dedim! Yapma, dedim sana! Yapma!" diye haykırarak o ağır demir zinciri siyah atın yüzüne, Doruk'un omzuna, kollarına, bacaklarına savurmaya başlıyor.

Saçları, gözyaşları, kanı, öfkesi, hepsi birbirine karışmış, çamura bulanmış artık.

Doruk'un atı, zincirin darbesiyle yere yığılıyor: Doruk çamurların içinde. Lorin zincirle vurmaya devam ederek haykırıyor: "Sana yapma, dedim, başlatma bu savaşı, dedim!"

Doruk ayak bileğinden yakalıyor Lorin'i, yere düşürüyor. Zinciri çekip alıyor elinden, uzaklara fırlatıp atıyor.

Bir an göz göze geliyorlar.

Dolu yeniden yağmura dönüyor, sağanak boşalıyor üzerlerine.

Ağlıyor ikisi de. Elini uzatıyor Doruk.

Lorin uzanan çamurlu ele bakıyor.

Elin sahibinin gözlerine bakıyor sonra.

Ömrünün en güzel gözleri onlar!

Yorgun, canı acıyor, yaralı, kanıyor…

Düşmanından daha iyi kim anlayabilir ki onu şu anda?

Kendisine uzanan eli tutuyor. Tutunuyor o ele…

Birlikte ayağa kalkıyorlar ve o sırada beklenmedik bir şekilde çekip bıçağını Lorin'in göğsüne saplıyor Doruk ağlayarak.

"Üzgünüm, çok özür dilerim! Aşk bu! Kazanmak için oynamıyorum!"

Lorin, göğsünden bıçaklandığı için değil, bir kez daha Doruk'a inandığı için, sevmeye devam ettiği için, bir kez daha elini ona uzattığı için ölmeli artık!

Göğsüne saplı bıçağı çekip çıkarıyor.

Doruk'un gözlerinden dökülen yaşlara bakıyor.

"Biliyorum," diyor. "Aşk bu! Ölmek için oynanır. Ama sen ölmeden ben ölmeyeceğim!"

Yıldırımlar düşüyor dünyaya.

Sonra uzun bir sessizlik… Upuzun bir sessizlik…

Ter içinde uyanmışım.

"Bu Ethem, seni istiyormuş..."

(1950)

Hastanenin koridorlarında üzerindeki hırkaya sarılarak dolaşıyordu Samire. Yapayalnızdı. On beş yaşını yeni bitirmişti. Saçlarını iki örük yapmış, beyaz yemenisini ensesinden bağlamıştı. Bugün de kimse gelmemişti ziyaretine. Aklı köyünde, avuç içi kadar bebeğindeydi...

Bebeğine iyi bakıyorlar mıydı acaba?

Hastabakıcılar, "Hadi dolanmayın! Yatağınıza hadi!" diye bağırdılar.

Samire o koğuşa gitmek istemiyordu.

Yaşlı hastaların iniltileri, koğuşun içindeki ölüm kokusu Samire'nin çocuk yüreğine ağır geliyordu. Vizite çıkan hekim, "Yarın öbür gün evine çıkarsın sen artık," demişti.

Samire evine çıkacağı, bebeğini kucağına alacağı günü bekliyordu.

Ethem arada uğruyor, bir isteği olup olmadığını soruyordu. Bir şey söylemiyordu, söyleyemiyordu Samire. Yüzüne bile bakamıyordu Ethem'in.

Ona ilendiği o günden beri, kendi karayazısını yazmıştı. Buna bütün kalbiyle inanıyordu küçük kadın.

Kötünün harcıydı ağzından çıkanlar... Nereden bilebilirdi ki Ethem'in karısı kendisi olacak? Nereden bilebilirdi ki onun çocuğunu kendisi doğuracak?

"Ah Nariye'm, ah ablam, yaktın ya beni!" dedi kendi kendine.

"Ne yaptın Samire, sıkıldın mı güzelim?" diye sordu Şengül hemşire, elinde çelik iğne kutusuyla Samire'ye doğru yürürken.

"He ya, çok sıkıldım hemşiranım. Yanımda yatan teyze ölmedi gitti. Sabahlara kadar can çekişiyor ama almıyor Allahım, canını. Su veriyom içemiyo, elini tutayım diyom, tutturmuyo. Usandım ben de. Dolaşayım dedim ama hastabakıcılar, yatın gayrı, diye bağırdılar."

Şengül hemşire güldü. "Gel de sana çay vereyim, içelim beraber," dedi.

Samire çok sevindi.

Bu Şengül hemşireyi çok seviyordu, o durdurmuştu kanamasını. Doğumu çok zor olmuştu. Kanaması durmak bilmemişti. İki kere gidip gelmişti hastaneye. İkinci gelişinde, Allah razı olsun bu Şengül hemşireden, nasıl kızmıştı diğer hemşirelere. O temizlemişti dikişlerini. "Bebeğine bakan biri varsa, bu kızı bırakın burada. Doktor bey bir daha görsün, iyi değil bu çocuğun durumu," demişti. Doktor yeniden yatırmıştı hastaneye, bir daha ameliyat etmişlerdi Samire'yi...

Şengül hemşire, bu çelimsiz kız çocuğunun ürkekliğine, yol yordam bilmez çaresizliğine çok üzülmüş, gide gele, dişsiz gülüşüne bile içi ısınmış, onunla akrabası gibi ilgilenmeye başlamıştı...

Samire, "Ben koyayım çayları hemşire hanım," dedi sevinçle. O koğuşa bir süre daha girmeyecek olmanın mutluluğu içindeydi.

"Koy bakalım," dedi Şengül hemşire.

Ayakkabılarını çıkarıp, masanın altındaki bölmenin üzerine uzattı ayaklarını.

"Eee, bebeğinden bir haber var mı?" diye sordu.

"Yok, hemşire hanım," dedi, tek dişi eksik ağzını kapayarak Samire.

"Gelmiyor mu babası?"

"İşi gücü vardır onun. Çok işleri vardır. Zor olur gelmesi. Siz artık çıkar diyesiye kadar... Ancak o zaman gelir herhalde."

"Sen çok mu sevdin bu hayırsız kocanı?"

"Yok, hemşire hanım, sevmedim ben."

"O mu sevdi seni peki?"

"Yok, o da sevmedi hemşire hanım."

"E kızım, kocaman adam niye aldı o zaman senin gibi küçük kızı, anlamadım ki?"

Samire kara ellerini önünde birleştirdi.

"Mecbur kaldı hemşire hanım."

"Ah yavrum, ah! Bir şey mi yaptı yoksa sana?" diye yerinden doğruldu Şengül hemşire.

"Yoook!" dedi Samire. "Kötü bir şey yapmadı. Bilerek yapmadı. Aslında bir keresinde onun yüzünden düştüydüm ben, bu dişim kırıldıydı. Ama başka bir şey yapmadı."

Şengül hemşire, dünyaya bir çocuk getirse bile kendisi de hâlâ çocuk olan Samire'nin küçük omuzlarına, iki örüklü saçına, kaşık kadar suratına baktı...

"E yavrum, niye mecbur kaldı peki?"

Samire anlatsın mı, bilemiyordu...

Şengül hemşire bugüne dek onunla sohbet eden, yarasını temizleyen, saçını okşayan tek insandı. Hırkasına sarındı Samire. Derin bir nefes alıp anlatmaya karar verdi...

"Bu Ethem, benim ablamı seviyordu gençken... Askere gitmeden önce yani. Sonra askere gitti bu Ethem. Ankara'ya gitti. Dükkân açtı orada. Zengin oldu, dediler. Açık saçık bir avrat almış diye duyduk. Hiç de gelmedi köye. Sonra ablamı istedi başka birileri. Babamgil de verdi ablamı. Ethem duyunca çıktı geldi. Ablamı kaçırmak istedi. Bana dedi kaçıracam ablanı diye ama ben demedim kimseye. Babası da anlamış niyetini, koymamış zaten.

"Ablamın düğününden sonra bu, bir daha çıktı geldi köye. Bir gün basmış, ablamın evine gitmiş. Vurmuş, girmiş kapıdan içeri. Hiç olur mu hemşire hanım? Yeni gelinin evine öyle girilir mi? Yakacak gül gibi, çiğdem gibi ablamı. Ablamın kocası da peşinden girmiş eve, sarılmış silahına. Ablam, *dur, ne yapıyorsun, Ethem, bacıma sevdalanmış*, demiş kendini kurtarmak için.

"*Bacımı istiyormuş ama küçük diye, varmaz ona diye korkuyor, onu demeye gelmiş*, demiş. *Ben de dedim ki, sakın kızımızı kaçırma, biz çağıralım şimdi Samire'yi, gönlünü yapalım,* demiş. Ablan hasta, diye çağırttılar beni. Koştum gittim. O gün dedi ki ablam, *bu Ethem seni istiyormuş, sen de varacaksın ona!* Ben anlamadım ne dediklerini. Baktım öyle. Öyle oldu işte. Ablamın adı çıkmasın diye, kocası onu vurmasın diye ben vardım Ethem'e. *Kimseye deme*, dedi ablam sonra. Demedim ben de. Sen de deme, olur mu hemşire hanım?"

Samire çok şey anlatmış olmanın sıkıntısı içinde ağzını eliyle kapadı tekrar.

Şengül hemşire kederle baktı Samire'ye. Gözleri doldu. Küçücük, el kadar yavrunun kaderine içi acıdı.

"Şimdi siz o köyde mi oturuyorsunuz peki?"

"Yok hemşire hanım, olur mu? Biz Ankara'da oturuyoruz. Bebeğimi köye gönderdim. Bir özledim, bir özledim ki bebeğimi!.. Bir görsen, aynı bana benziyor. Kara kara... Beni bir çıkarsalar da kavuşsam..."

"Sen daha kendin çocuksun be yavrum, nasıl büyüteceksin, nasıl bakacaksın o bebeğe? Kanın yok, canın yok..."

"Oynarım onunla, birlikte büyürüz işte."

"Bundan sonra çok dikkat etmen lazım ama. Çok çocuk yapmaman lazım, bünyen kaldırmaz," dedi Şengül hemşire, kepini düzelterek.

"Bilmiyorum ki ben, Allah bilir artık."

"Allah bilir yavrum, Allah bilir..."

Şengül hemşirenin arkasındaki duvarda 1950 yılının Kızılay takvimi asılıydı...

Fırtına herkesin başında eser...

(2006)

Hayat... Kendimizi sevmek ve bulmak oyunu...

Sana bu hikâyeyi anlatmaya karar verdiğimde bahar başıydı. Yeni kıtalar bulmak için gemisine binen kaptanlar gibiydim. Bir yerlerde yeni bir dünya olduğundan emin, maceraya hazır... Büyük kentlerin en büyüğüne vardığımda hava sıcak mı sıcaktı. Şehrin alışık olmadığı bir mutluluk bütün ağaçlara konmuş, ağaçların hepsi eksiksiz kabul etmişti baharı; pembe beyaz çiçekler açmıştı her biri.

Yollar, bloklar boyu, arabalar, insanlar arasında bir duman gibi dolanan sessizliği takip etmiştim. O sessizlik şehrin ortasındaki parkın bir köşesinde durmuş, sonra yavaş yavaş göğe yükselmişti.

O duman gibi sessizliği takip ederken gördüm o üç manolya ağacını. Sessizliğin durup yavaş yavaş göğe yükseldiği köşedeydiler. Sakin, ağırbaşlı ve mutlu görünüyorlardı. Yeşil çimenlerin üzerine uzanıp birbirleriyle sarmaş dolaş olmuş bu üç ağacı izlemiştim içim sevinçle dolarak.

Kimi çok büyüktü manolyaların, çok görkemliydi, kimi çok daha mütevazı. Bazıları daha tomurcuk halinde duruyordu, bazıları acele edip erken açmış, solmaya başlamıştı. Ama irili ufaklı binlerce manolya bir arada çok güzeldiler.

Ah, demiştim... Ah, sevgili insan!.. Sen de nasıl böylesin! Aceleci, çekingen, geçkin, şatafatlı, olgun, renkli... Diğer bütün insanlarla bir aradayken çok güzelsin...

Güneş battı, akşam oldu.

Gece beklenmedik bir fırtına patlak verdi. Şehir yıkılacak sandım. Gün ağarana dek şiddetli bir yağmur kamçıladı pencereleri. Sabah yağmur dinmiş ama sanki kış başlamıştı yeniden. Bir gün öncenin yaz habercilerinden eser yoktu sokaklarda. Yürüyerek aynı parka gittim.

Hayret!

O fırtınada üç manolya ağacından sadece ortadaki başarmıştı kurtulmayı! Diğer ikisi bütün yapraklarını, çiçeklerini dökmüşken ortadakine hiçbir şey olmamıştı... Hiçbir şey!

Bir gün önce hayranlıkla izlediğim ağaçları bu kez şaşkınlıkla inceliyordum; nasıl olur da ortadaki ağaç o şiddetli fırtınadan sağ çıkardı? Bir süre oradaki bir bankta oturdum. Sonra yağmurun tazelediği çimenlerin üzerinden, ıslak kaldırımlardan yürüyerek evime geldim.

Yol boyu düşündüm durdum.

Fırtınadan sağ çıkanla çıkamayanın arasındaki fark neydi? Aynı toprak üzerindeydiler. Diğer iki ağaç ortadakini koruyabilecek şekilde yükselmiyordu topraktan. Şans mıydı bu? Yazı mıydı?

Ortadaki manolya ağacının çiçekleri o gece fırtınada dökülmediyse de birkaç hafta sonra zamanı geldiği için döküldü. Ve bir yıl sonra yine zamanı geldiği için açtı elbette... O bahar günü ahenk içinde rengârenk salınan manolya çiçekleri, kış boyunca o ağacın dallarında suyla birlikte yürümüşlerdi ışıkla buluşmak için. Sonra bir tomurcuk halinde sessiz sedasız güneşe hazırlanmışlardı.

Samire'nin bir gün Lorin'e dediği gibi, "Kararında yalnızlık iyidir. Yeni bir güne, yeni bir güneşe hazırlar insanı. Ama ötesi... Ötesinden kork işte! Allah iki şeyi sevmez kızım. Israrlı günahı ve isyanı. Mutsuzlukta bu kadar ısrar edersen bir gün isyan edersin. Bu da ısrarlı günaha girer... Kalk artık, kaldır başını!"

Fırtına herkesin başında eser ama sadece bazılarının çiçekleri dökülür...

Lorin mutsuzluk kuyusunun başına oturana kadar olanların bir kısmıydı bu anlattıklarım... Bütün tanıklıklar bir belge bırakma ihtiyacı ile biter. Sanıyorum bu ihtiyacıma karşı koyamadım, koyamıyorum.

Lorin, o uzun uçuşun sonunda İstanbul'a döndüğünde derin bir uykuya daldı. O kadar derindi ki, rüyasına girilemeyecek kadar karanlıktı zihni. Neredeyse iki gün uyudu. İkinci günün sonunda uyandı. Banyoya gitti. Ve görünürde her şey çok çabuk olup bitti. Küvete girdi, ayağı kaydı, çenesini musluğa, omzunu küvetin kenarına çarptı...

Fakat bu on-on beş saniyeye aslında çok şey sığdı. Lorin hemen anladı. Olması gereken neyse, o oluyordu.

Doruk'la birlikte hayatına giren karanlığın bir devamıydı bu Lorin'e göre...

Karanlığın başlangıcıysa...

Önce yaşam enerjisini emmişti. Yavaş yavaş, usul usul. Yorgunluk, bıkkınlık, yılgınlık... En kötüsü, evet en kötüsüydü yılgınlık...

Doruk'la aralarındaki her şey bittikten sonra da işler kötü gitmiş, üst üste gelen başarısızlıklarla, dişiyle tırnağıyla var ettiği işini, "Biraz ara vermek istiyorum," diyerek bırakmış, bıraktıktan sonra iyice içine gömülmüştü. Sonra da evden çıkmaz olmuştu. Çıkmadığı her gün, tıpkı *Günlerin Köpüğü*'ndeki gibi, tavanın ve duvarların daraldığını, lambaların, pencerelerin küçüldüğünü fark etti hüzünle. Sonunda kaçtı İstanbul'dan.

Mutsuzluğuna son verecek bir mucize arıyordu. İçindeki o bir türlü bitmeyen karanlığı aydınlatacak şey mutlaka bir yerlerde gizliydi. İstanbul'da değilse, belki başka bir şehirdeydi. Ama biliyordu ki, başka bir adamda değildi bu teselli.

Gözünün döndüğü o gün, kendisi de karşılaştığımız o şehre gelmişti işte. Lorin'i gördüğüm gün, o kiliseye tesadüfen girmişti benim gibi. Sadece yağmurdan ve rüzgârdan kaçıyordu aslında. Kilisenin girişinde birkaç dakika bekleyip çıkacaktı. Yer gösterici kadın ısrarla konuşmayı dinlemesini istedi. Kilisenin ilk rahibiydi konuşacak olan. Buradan taşınıyordu. Çok yaşlanmıştı. Lorin yalnız geldiğini, kıyafetinin uygun olmadığını söyledi yer göstericiye. Kadın gülümseyerek yanıt verdi: "Kimse Tanrı'nın evinde yalnız değildir."

Lorin'i gördüğümde ağlıyordu. Ağlıyordu çünkü rahibin giderken sorduğu son sorunun yanıtı yakıyordu dilini.

"Kendinize inanıyor musunuz ve kendinize doğruyu söylüyor musunuz?" diye sormuştu. Ağlıyordu çünkü hayır, inanmıyordu artık kendine. Ve bu denli karanlıkta kalmasının kendine doğruyu söylememesinden kaynaklandığını düşünüyordu. Hep inandırmıştı kendini. Görmek istediğine, bilmek istediği kadarına... Bahaneler bulmuş, başkaları yerine o hırpalamıştı kendini. İnanmak istediği kadar inanmış, kendini inandırdıkları üzerinden hesap kesmeye kalkmıştı. Her şey ortadaydı aslında. Fakat görmek istememişti.

Lorin ameliyattan çıktığında omzu ve çenesi kırık, zihni bulanıktı. Acılar içindeydi. Bir süre hastanede yattı.

Suskunluğu işte o hastane döneminde başladı. Başlangıçta zorunlu bir ceza gibiydi suskunluğu. Hiçbir şey yiyemiyor ve kıpırdamadan yatması gerekiyordu. Kıpırdamadan ve susarak öyle uzun süre yattı ki... Geçmişini o kadar çok düşündü ki...

Sonra bir gün uçaktaki duasını hatırladı. "Neyi okumam gerektiğini, neyi yanlış okuduğumu göster bana Allahım," demişti. Bu zorunlu suskunluk öğrenmekle bitecek bir dönemin başlangıcıydı, anlamıştı. Tıpkı Zekeriya Peygamber'in, oğlu Hazreti Yahya'yı kucaklayana dek geçen zorunlu suskunluğu gibi. Kim bilir, belki sabrediş asıl şimdi başlıyordu. Kim bilir, belki sonunda kucağına bir mucize verecekti Yaradan. Ayağını kaydıran o su birikintisine karanlık bir minnet duydu. Oradan oraya savrulmaktan ve ayaklarını kanatana kadar kaçmaktan yorgun düşmüştü artık. Gitmek hiçbir işe yaramıyordu. Ne durduğu yerde durabiliyor ne de gittiği şehirlere sığabiliyordu. Acısı her yerde peşindeydi. Çoktan anlamıştı Lorin. Durmak, durdurulmak istiyordu artık... Sonunda durdurulmuştu.

Ve bir gün hastaneden çıkardılar kendisini. Eve getirdiler. Ağrıları hâlâ çok fazlaydı. Salondaki pencerenin önüne yatak yapıp yatırdılar. Artık zorunlu olarak aynı çatı altındaydılar; Samire, Yaşar, Lorin ve Kaan.

Kaan, dünya yakışıklısı bir delikanlı olma yolundaydı. Lorin'in elini tuttu.

"Bana kaç kitap almışsındır annem? Okuma yazma bile bilmezdim ama hep yeni kitaplarım olurdu. Sen üç kere okuduktan sonra ezberlerdim ben kitapları. Ama senin bir daha okumanı isterdim. Senin sesinden duymak hoşuma giderdi kelimeleri. Kelimeleri senin sesinden duymayı çok özledim ben annecim. Hadi iyileş, bana ders çalışmam gerektiğini söyle. Üniversiteye gitmezsem koca kafalı bir kaldırım mühendisi olacağımı söyle. Şarkı söyleyelim birlikte. Ama bir an önce iyileş ve yine neşeyle konuş anne!"

Lorin, Kaan'ın gözlerinin içine baktı.

Samire, "Sen sıkılma Kaan. Ben konuşurum seninle. Masal anlatayım sana oğlum," dedi.

"Tamam büyükanne, anlat. Sen anlat. Biriniz konuşsun Allah aşkına ya!"

Büyükannesinin dizinin dibine oturdu Kaan.

Samire, Yaşar'a dönüp "Ben çocuklarıma hiç masal anlatamadım. Ablamın yüzünden. Zaten masal da bilmezdim ki..." diye sızlandı.

Samire artık biraz bugünde, biraz geçmişte, biraz da nerede olduğunu hiç bilmediğimiz diyarların akışında yaşıyordu.

"E, büyükanne hani bana anlatacaktın, masal bilmiyormuşsun?" diye yanağını sıktı Kaan.

"Sana anlatırım canım, sonradan öğrendim. Anneyken bilmiyordum. Ama çocuklarımın çocuklarını büyütürken öğrendim. Sana neyi anlatayım bakalım... Neyi anlatayım Kaan?"

"Büyükanne bilemiyorum ki neyi anlatacaksın? Bilmediğim masalı nasıl söyleyebilirim?"

"Yaşar, ne diyor Kaan şimdi? Ne anlatacağım ben?"

Yaşar bıkkın, kuru bir sesle, "Bir şey demiyor, boş ver," dedi.

Önündeki meyve tabağından bir portakal alıp soymaya başladı. Yaşar için bir süredir bir suyun içinde elini boşa çevirmek gibiydi bütün konuşmalar. Annesiyle bazen uzun uzun geçmişten konuşuyorlar, bazen başladıkları yerde takılıp kalıyorlardı.

"Portakal yer misin oğlum?" diye sordu Kaan'a.

Samire, "Dikkat et, koltuğa damlatma portakalın suyunu. Ben yemem, şekerim var, dokunuyor bana," dedi.

"Tamam," diye yanıtladı Yaşar.

"Koltuğa damlatma, dikkat et!" dedi Samire tekrar.

"Tamam," dedi Yaşar içini çekerek.

"Koltuğu o adama verelim, oturmayalım üzerinde, haramdır. Olmaz. Yarın gelsinler, bu koltuk takımını alıp o adama götürsünler," dedi Samire, dişsiz ağzıyla.

"Tamam," dedi Yaşar, gözlüğünün üzerinden annesine bakarak.

"Kime veriyoruz ya, ne oluyor?" diye sordu Kaan.

"Yok bir şey evladım, eskilerden bir şey hatırladı yine," diye göz kırptı Yaşar.

"Ben sevmiyorum bu Ethem'i, diyemedim ben ablama," dedi Samire aniden.

"Tamam!" dedi Yaşar, elma soymaya geçerek.

Kaan, "Ya anneanne sen 'tamam'a bağlamışın ama büyükannem bu akşam best-of yapıyor," dedi. Samire'nin dizinin dibinden kalkıp yanına oturdu.

"Niye sevmiyorsun sen Ethem'i bakalım?"

"Adamın koltuklarını almış."

"Adamın koltuklarını almış diye mi sevmiyorsun? İnsan kocasını bunun için sevmez olur mu hiç?"

"O da beni sevmiyor zaten, başkasını seviyor."

"Hadi canım... Kimi seviyor, seni sevmiyor da? Sen sevilmeyecek kadın mısın?"

Yaşar elindeki elmayı ve bıçağı sertçe tabağa bıraktı.

"Tamam, yeter atık Kaan! Yaşlı kadın. Ayıp! Uzatma!"

Kaan şaşkınlıkla, "Ne oldu şimdi anneanne? Niye kızdın ki? Ne güzel sohbet ediyoruz büyükannemle," dedi.

Yaşar'ın sesi yükseldi.

"Yeter dedim sana! Dalga geçilecek mevzular değil bunlar!"

"Aman anneanne, niye gerginleşiyorsun şimdi? Özür dilerim yanlış bir şey söylediysem, ne var bunda yaa!.."

"Hâlâ oturduğun yerden *ya, ma,* diye konuşuyorsun benimle! Anlamıyorum bu nasıl bir terbiye? Büyükannenle böyle dalga geçemezsin sen!"

Yaşar mecburen annesiyle birlikte yaşamaya başlamıştı. Ankara'daki iki kardeşi de Samire annenin bakımını Yaşar'ın yalnızlığını bahane ederek onun omuzlarına atmışlardı. Erkek kardeşi zaten çok uzaktı onlara. Kız kardeşi ise kocasının sözünden çıkmayan bir kadın... Yaşar, üzerine yıkılan bu yerli yersiz anılar enkazından sıkılıyordu. Hele babasıyla ilgili konular daha da öfkelendiriyordu onu. Bildiğini düşündüğü geçmişi bugünkü yaşıyla yorumlamak ve anlamak, hayata dayanma gücünü azaltıyordu sanki. Öfkesi anlatana değil, anlatılanaydı aslında...

Her ikisi de Lorin'in yattığı yerden kalkmaya çalıştığını, yatağın yanındaki bardak kırılana kadar fark etmemişlerdi.

Kaan yerinden fırladı.

"Anne! Tek başına niye kalkmaya uğraşıyorsun sen!"

Yaşar da Kaan'ın peşinden koştu hemen.

Lorin gözlerinden ateşler fışkırarak bakıyordu annesine. Öfkesinin bedenine sıkışması, zorunlu suskunluğu, annesine mecbur kalışları daha da kızdırıyordu onu. Kaan, Lorin'in titreyen vücudunu kendi vücuduna yasladı. Annesinin kırık omzuna ve koluna özen göstererek onu tekrar yatağına yatırdı.

"Hâlâ inanamıyorum anne! Nasıl yaptın böyle bir şeyi! Güzel annem, sen desteksiz kalkamazsın daha. Hiçbir şey yoktu ki... Anneannem bir şey demedi ki... Sen bana kızdı sandın galiba. Hayır annecim, hayır, hiçbir şey yoktu. Tartışmıyorduk, yemin ederim."

Lorin sağlam eliyle Kaan'ın elini tuttu. Uzun uzun gözlerinin içine baktı. Yaşar kırılan bardağı toplamak için yere eğildi.

Kaan, "Ben toplarım anneanne," dedi.

"Yok yavrum, yok, bırak. Sen annenle ilgilen, ben toplarım."

Samire, "Bardak kırılması iyidir. Aman, üstümüzdeki nazar gider," dedi.

"Nazar değecek neyimiz varsa..." diye mırıldandı Yaşar.

Kırık bardak parçalarını topladı, yere dökülen suyu sildi. Mutfağa geçti. Bulaşıkları yerleştirmeye başladı.

"Nereden aklına geldi şimdi koltuk takımı?" diye düşündü. İstemiyordu. Annesinin böyle yerli yersiz anıların üzerini açmasını istemiyordu. Ama Samire bir çağlayan gibiydi. Her şeyi anlatıyordu artık. Aklına geldikçe, aklına geldiği yerde...

Koltuklar... Yaşar'ın içinde acı bir hikâyeydi.

Babasının ölümünden bir yıl sonraydı. Günlerden pazardı. Yaşlıca bir adam çıkagelmişti.

"Ankara'dan geliyorum. Size ulaşmam çok vaktimi aldı. Babanızın, daha doğrusu annenizin bir emaneti vardı bende, onu getirmiştim," demişti.

Hiç unutmuyordu Yaşar; açık kahverengi çizgili, çok eski bir takım elbiseyle beyaz, yakası çok yıpranmış bir gömlek vardı adamın üzerinde. Ayakkabılarını çıkarmıştı. İki eliyle birden bir zarf tutuyordu.

"Biz babanızla askerlikten arkadaştık," diye başlamıştı anlatmaya. Yaşar'ın kahve ikramını kibarca geri çevirmişti. Alnındaki teri cebinden çıkardığı kumaş mendille silerek devam etmişti anlatmaya.

"Babanız çalışkan bir adamdı. İşleri rast gitti. Fakat şans ne yazık ki benim yüzüme gülmedi. Bir umut başladığım bütün işlerimde olmadık aksiliklerle karşılaştım. Bir vakit çok müşküle düşmüştüm. Babanızdan bir miktar borç aldım. İyi bir tüccardı. Hemen destek oldu. Karşılığında bana bir senet imzalatmıştı. Fakat vakti geldiğinde ödemek kabil olmadı. Kendisinden bir müddet müsamaha göstermesini istedim. Faiz işleteceğini söyledi, kabul ettim.

"Gel zaman git zaman, başka yerlere de olan borçlarım gırtlağımı aştı. Babanıza bu borcu ödemenin o zaman zarfı içinde mümkün görünmediğini izah ettim. Eski bir dostum olarak bu zor zamanımda beni destekleyeceğini ümit ettiğimi ifade ettim. Kendisi de ticaretin arkadaşlık tanımadığını, senetleri işleme koydurmak zorunda olduğunu söyledi. *Çocuklarım var, yapma etme*, dedim. O da, *benim de çocuklarım var*, dedi. Pek tatsız bir hadise yaşandı aramızda. O hadisenin ardından evime haciz geldi. Pek bir şeyim de yoktu. Evdeki mütevazı koltuk takımlarımızın üzerindeki örtüleri eşim ağlayarak kaldırmıştı. Çok ama pek çok üzülmüştüm.

"Babanızın evini buldum sonra. Doğru değildi yaptığım. Kapıyı genç bir kız açtı. Annenizmiş meğer. Büyük hata elbette. Kapının önünde bağırarak babanızın yaptığı insafsızlığı anlattım. *Karımın suçu neydi*, diye sordum... Anneniz çok mahcup oldu, çok üzüldü. Babanızın evde olmadığını söyledi. Komşular pencerelere çıkmışlardı. Anneniz o kadar üzülmüştü ki, kapıyı ağlayarak kapadı. Ben de çok kötü olmuştum. Hem karımı hem de başka bir genç hanımı üzmüştüm. Ertesi gün kapımıza bir kamyon dayandı. Anneniz evinizdeki koltuk takımlarını bize göndertmiş. *Ben oturamam bu koltuklarda artık*, demiş. Diyeceğim... Benim babanızdan aldığım bu parayı biriktirebilmem vakit aldı, sonra da sizi bulmak pek kolay olmadı. Kusuruma bakmayın. Biz hâlâ o koltukların üzerinde oturuyoruz. Annenizin asil davranışa teşekkür borçluyuz. Ancak kul hakkıyla bu dünyadan göç etmek istemedik kızım."

Yaşar yıllar boyunca layık olmaya çalıştığı babasının hiç bilmediği öteki yüzünü, sevip aşka düşünce görmüştü aslında ilk olarak... Ölümünden sonra daha da yakından tanımaya başladığı o 'yabancının' kızı olmak nedeniyle göğüslemek zorunda kaldığı mahcubiyetlerin sonunun gelip gelmeyeceğini düşünmüştü yaşlı adamın ardından.

O pazar günü elinde adamın bıraktığı zarfla oturup kalmıştı saatlerce. Parayı ne yapacağını bilememiş, götürüp annesine vermişti...

Mutfağın ışığını kapadı. Salona geçti.

Kaan, Lorin'in ayaklarının dibine oturmuş ona kitap okuyordu.

Koltukta uyuyakalan Samire'ninse başı yana düşmüştü.

Yaşar, uyuyan annesini izledi bir süre.

Sonra eğildi, "Hadi Samire Hanımcım, gel yatıralım seni," dedi.

İstanbul Boğazı ışıklar içindeydi...

Şehirleri yerle bir eden zaman, insana uğramaz mı?

(1971)

Ürgüp'te, Tunceli'de, Mersin'de, Trabzon'da oturup taşlara bak... Mağaralara, oyuklara, sarkıtlara, dikitlere... Ovalara ve vadilere... Pınarlara ve şelalelere... Göllere ve denizlere...

Zaman doğaya neler yapmış... Kumlar taş olmuş. Taşlar aşınmış, hatta birbirinden ayrılmış. Dünya bile kabullenmiş bu ayrılığı. Ülkeler, şehirler inşa etmiş bu ayrılığın yollarına. Doğaya bunları yapan zaman insanoğluna neler etmez.

Yağmuru izle. Bulutları, yolları, binlerce kez ekilip biçilmiş tarlaları... Ne çok şey anlatırlar zaman hakkında... Şehri kazdıkça altından çıkanlar hayrete düşürmesin seni. Deniz bir zamanlar bu kadar içerideydi ve gemiler oldukları yerde kaldılar. Depremler ve büyük fırtınalar üzerini örttü şehrin ilk halinin. Ama bugünkü görkemi işte bütün bu görüp geçirdikleriyle ve katbekat kederiyle biçimlendi... Şehirleri yerle bir eden zaman, insana uğramaz mı?

Bebek hiç susmadan ağlıyordu. "Karnı aç bunun," dedi yaşlı kadınlardan biri. "Sütün gelmiyor mu?"

Yaşar'ın göğüsleri taş olmuştu. "Sıkmak gerekir," dedi başka biri.

Evin içi karalar giymiş onlarca kadınla doluydu. Ağlaşan insanlar, yemek getirenler, anlamadığı bir dilde bir şeyler söyleyenler, ağıt yakanlar...

Yaşar, o uğultunun içinde başını taşıyamaz halde göğüslerinin, karnının, kasıklarının, kalbinin acısına dayanmaya çalışıyordu. Tırnaklarını yatağın çarşafına geçirmişti. Göğüsleri taş gibiydi. Ruhu taş gibiydi. Gözleri taş gibiydi.

Bebek ağlıyordu. İnsanlar hiç durmadan bir şeyler söylüyorlardı.

Sütü yoktu. Bebek açtı.

Kocası öldü Yaşar'ın. Bebeğini göremeden öldü.

Bir buçuk yıl önce bunların hiçbiri yoktu. Hiçbiri yoktu.

Bebek ağlıyordu sürekli.

Kapı açılıyor, karalar giymiş başka kadınlar giriyordu içeri.

Kürtçe ağıt yakıyorlardı, anlamıyordu Yaşar.

Türkçe bir şeyler söylüyorlardı, anlamıyordu Yaşar.

Başını okşuyorlardı, yanağını, saçlarını öpüyorlardı ama anlamıyordu Yaşar. "Bebek emsin," diyorlardı, anlamıyordu Yaşar...

Yalnız bırakmıyorlardı Yaşar'ı. Günler geçiyordu. Geçiyor muydu gerçekten? Yaşar, yine gece olup yine güneş doğabiliyor mu, anlamıyordu.

Kapı açıldı... Babası...

Başını okşadı babası. O zaman anladı Yaşar... Başına geleni o zaman idrak etti. Şehri yıkılmış, ocağı sönmüştü. Çamur altında kalmıştı kurduğu düzen. Babasına baktı. Söyleyecek bir şey bulamadı ama ağlamadı da...

"Bebek susmuyor baba," dedi sonra. "Bebek çok ağlıyor."

Ethem ağlayarak sarıldı kızına. "Ah, yavrum, ah, yavrum! Ah, ilk beşiğim, kınalı kaşığım!" dedi. İlk defa gördüğü torununu kucağına aldı...

Bebeği kucakladığında hıçkırıkla döküldü gözyaşı: "Ah, talihsizim, ah, yetimim!" diye sevdi kara bebeği. Bebek dedesinin kucağında sustu birden. Sonra daha çok ağlamaya başladı.

Yaşar çaresizce babasına baktı. Ethem saçlarını okşadı kızının.

"Hiç merak etme," dedi "Hiç merak etme, buradayım ben. Buradayım evvel Allah! Her şeyi yoluna koyarız. Sen dik dur kızım. Sen dik dur yavrum. Sakın bırakma kendini!"

Yaşar kötü bir rüyada gibiydi.

Şimdi bir kızı vardı onun. Ama kocası yoktu. Oysa birkaç gün önce bir kocası vardı ama kızı yoktu. Ne olacaktı şimdi? Nasıl büyüyecekti bu çocuk? Yaşar ne yapacaktı? Nasıl geçecekti zaman? Geçecek miydi? Birdenbire mi bozuldu her şey? Anlamak bu kadar güç müydü gerçekten? Bu evde nasıl devam edecekti hayat şimdi? Kocasının eşyalarını ne yapacaktı? Ayakkabılarını, kitaplarını, gömleklerini, fotoğraflarını...

"Babaannem duydu mu olanları?"

"Duyurmadım."

"Burada bırakma bizi baba."

"Tamam kızım..."

Yaşar ayağa kalktı. Ne olursa olsun babasının kızıydı o. Babası gibi güçlü olmalıydı. Ama öyle ama böyle, ama iyilikle ama güçlükle! Hayata tutunmalıydı bir şekilde...

Küçük evin derme çatma banyosuna girdi. Geceliğinin önünü açtı. Bunları öğretmek için eğitilmişti. Hani Türkiye'nin dört bir yanında çaresiz annelere yetişecek, onlara bir yudum su olacaktı? Hani kimsesizlere derman olacaktı? Hani güçsüzlere güç olacaktı? Kovaya su doldurdu. Buz gibi suyla yüzünü yıkadı. Sonra havluyu ıslattı, göğüslerine bastırdı. "Süt gelecek bu göğüslerden!" dedi kendi kendine. "Süt gelecek!"

Göğüslerini ovmaya başladı. "Süt gelecek! Ben dayanırım... Süt gelecek! Süt gelecek!"

Sol göğsünden süt sızmaya başladı. İçeri geçti, ağlayan bebeği kucağına alıp sırtını döndü. Acıdan uyuşmuştu. Göğüslerinin, kalbinin, hatta bedeninin bile varlığını hissetmiyordu artık.

Bebek, sütü emmeye başladı. Yaşar, karnı doyduktan sonra uyuyakalan bebeğe baktı bir süre... Babasına döndü, "İsmi yok bu bebeğin," dedi.

Ethem saçını okşadı kızının. Ağladı. Hem Yaşar'a, hem torununa, hem de kendine ağladı. Tuncelililer, isimsiz bebeğe Lorin adını koymuşlardı. Hastanedeki herkes onu uyutmaya çalışıyor, ninniler söylüyor, bebeğin kaderine ağlaşıyordu... Lorin, bir ninni kadar güzeldi.

"Avuntu... Elde kalan... Teselli... Allah'ın aydınlık ışığı bu!" diye fısıldaşıyorlardı.

Baba kız sarıldılar birbirlerine.

Ethem, bebeği kucağında tuttu, yaşlı bir Tuncelili dede bebeğin kulağına fısıldadı: "Lorin... Lorin... Lorin..."

1971'in ikinci yarısı başlamıştı artık. Tunceli'de bütün çiçek tarlaları sonbaharı karşılıyordu.

"Ne çok yaramı açık ettim ben sana..."
(2005)

Çok kavga ediyorlardı Doruk'la. Ama çok... Lorin, bir adamı acıyla ve inatla sevmenin utancı içindeydi. Midesi ve kalbi aynı anda ağrıyordu. Ya çok mutluydu onunla ya da çok mutsuz.

İnsan, birini hayatından çıkarmaya çalıştığında onu daha mı çok büyütüyordu içinde yoksa? Doruk'la geçen günler, yaşattığı mutluluk kadar büyük bir mutsuzlukla doluydu. Meleği ile şeytanının aynı adamın bedeninde olduğuna inanacak kadar karmakarışık etmişti dünyasını bu ilişki. Doruk zehirliyor, Doruk hasta ediyor, Doruk çıldırtıyor, sonra bütün bunları yapan o değilmişçesine panzehiri oluyor, sakinleştiriyor, severek iyileştiriyordu. Ya da iyileştirdiğine inandırıyordu.

Bir bağımlının kısırdöngüsüne düşmüştü Lorin. Doruk yüzünden dünyadan kopuyor ve ancak onunla tekrar bağlanabiliyordu hayata. Tartışmaları Doruk'un mutlak hırçınlığı, kapıyı çarpıp gitmesi, birkaç gün ortadan kaybolmasıyla son buluyordu. Lorin perişan oluyordu. Hiçbir iş yapamaz, hiçbir şeye odaklanamaz hale geliyordu. Sadece Doruk'un onu araması, gelmesi ve gitmesi üzerine kuruluydu artık günlük sistemi. Kendini sürekli bir tehdit altında hissediyordu. Her an Doruk'un hayatına biri girebilir, her an Doruk bir kavga çıkarabilir, her an her şey tepetaklak olabilirdi... Artık yaşadıkları hiçbir mutlu ana güveni yoktu. Her barışma geçiciydi. Her kavganın mutlak bir sevişmeyle son bulacağı gibi...

Paçavraya dönmüştü ruhu. Kimseyle arkadaşlığını sürdüremiyor, işine konsantre olamıyor, çocuğundan çaldığı zamanı bile telafi edemiyordu artık. Hani çok mutlu olacaktı bu adamla!..

Doruk'un evindeydiler bir gece. Uzun, beyaz koltukta, dev camların önünde... Lorin'in gözleri kapalıydı ama uyumuyordu genç kadın. Doruk, yanına uzanmış onu izliyordu.

"Uyumuyorsun," dedi.

"Uyumuyorum," dedi Lorin.

"Ne düşünüyorsun?"

"Ne çok soruyorsun!"

"Çünkü merak ediyorum, o kafanın içinde neler olup bittiğini merak ediyorum. O beynin içinde yaşamak istiyorum!"

"Aynı şeyleri tekrar tekrar yaşamaktan yoruldum, diye düşünüyorum... Nasıl bu hale geldiğimizi ve ne zaman biteceğini düşünüyorum."

"Neden biteceğini düşünüyorsun? Neden ikimizi de kafanda tasarladığın o sona hazırlıyorsun sürekli? Ben böyleyim, sen de böylesin işte. Korkularını gerçek kılan gücünden nefret ediyorum!"

Sanki bütün o tatsızlıkları yaratan kendisi değilmiş gibi konuşuyordu Doruk.

Sustular...

"Yanıma gel," dedi Doruk.

Lorin'i göğsüne çekti. Tek koluyla kavradı bedenini.

"Sen mutluluğu hak ediyorsun. Ve ben seni çok mutlu edeceğim, anladın mı? Bunu yaz kafana. Çünkü sen iyi birisin. İyi bir insansın. Hoş, iyi biri olmasan ne yazar? Ben seni seviyorum. Sadece seni sevdiğim için mutlu olman yeter bana, anladın mı? Anladın mı!" diye sarstı Lorin'i.

"Anladım," dedi Lorin. İnanmayı o kadar çok istiyordu ki... Ama biliyordu; bu sözlerin sadece iki günlük hükmü vardı.

"Peki, niye seviyorsun sen beni?"

"Bu soruna her defasında bir başka yanıt bulabilirim, biliyorsun. Benim olmanı seviyorum. Güzelliğini seviyorum."

"Güzelliğimi seviyorsun. Biliyor musun, ben güzel bir çocuktum. İnsanlar yolda durdurup severdi beni. Annem çok huzursuz olurdu insanların beni nedensizce sevmesinden. Güzellik sevilmek için bir neden olmamalıydı ona göre. Güzelliği için sevilen insanların, kadın ya da erkek fark etmez, günün birinde mutlaka kötü yola düşeceğine dair bir inancı vardı. Güzelliğiyle yol alanlar baştan çıkarılması kolay, zayıf, günahkâr ve güvenilmez insanlardı ona göre. Güzellik şeytanın birinci yüzüydü sanki. Bunları hiçbir zaman böyle söylemedi elbette..."

Doruk bir sigara yaktı. "E peki sen nasıl kanaat getirdin buna?" dedi dumanı havaya üfleyerek.

Lorin yattığı yerden anlatmaya devam etti: "Bugün böyle düşündüğünü anlayabiliyorum. Onu tanıdıkça anlıyorum..."

Doruk, "Haklı mıymış yani? Nereye bağlayacaksın bunu?" dedi merakla.

Lorin, Doruk'un güzel yüzüne baktı. Gözlerine, dudaklarına, çenesine, kirpiklerine... Can yakacak kadar yakışıklıydı.

"Haklı mı? Bilmem ki... Haklı mı yoksa?"

Doruk, Lorin'in yanından kalktı. Çelik kapaklı dolaptan bir kadeh çıkarıp içki koydu kendine. Gömleğinin önü açık, ayakları çıplak, sigarası ağzının kenarında tüterken Lorin'e baktı. Bir gözünü kısıp "Eee, sonra?" diye sordu.

Lorin bakışlarını şehrin ışıklarına dikip anlatmaya devam etti:

"Boyum çabuk uzadı. Vücudum çabuk şekillendi. Çevredeki akrabalar, tanıdıklar sürekli, *aman, çok canlar yakacak bu, belli*, derdi. Annem bunları duydukça daha da huzursuz olurdu. Asla, asla işitmek istemezdi böyle sözleri. Okumayacağım diye çok korkuyordu gereksizce. İyi bir öğrenciydim ve zaten okul dışında bir alanım yoktu. Aklımı çelen olursa, kötü yola düşersem diye kuruntular yapardı. Kim bilir kafasının içinde nereden kalma çürük bir endişe vardı, bilmiyorum ki..."

Doruk tekrar Lorin'in yanına oturdu, ayaklarını uzattı. Ses çıkarmadan dinliyordu.

"Dedemi kaybettik ortaokulu bitirdiğimde. Annem için çok zor günlerdi. Bazen ona karşı belli belirsiz bir kini olduğunu da sezerdim ama buna rağmen tuhaf bir şekilde çok severdi dedemi. İlk aşk mektubumu aldım o yıl. Annem mektubu yakaladı. Okuldan eve geldiğimde delirmiş gibiydi. Saçlarımdan yakalayıp beni yerlerde sürüklemeye başladı. Saçlarımı kurtaramıyordum ellerinden. Vahşileşmişti. Aklını kaybetmiş gibiydi. Sürekli, *orospu olacaksın sen*, diye bağırıyordu. Beni nasıl dövdüğünü anlatamam sana. Çocukken de hırpalardı, tokatlardı ama bu başka bir cinnetti. Demir bir soba maşası bulmuştu, nereden bulduysa! On gün okula gidememiştim. Yanaklarımda tırnak izleri, bacaklarımda, kollarımda, sırtımda çürükler vardı. Bir parmağım kırılmıştı. Küçücük, masum bir gençlik flörtü bile değildi. Mektubu yazanı tanımıyordum. Annem neden bu kadar delirdi, bilemedim hiçbir zaman. O günden sonra bana çok kötü davranmaya başladı. Hiçbir zaman çok sıcak bir anne olmamıştı ama o gün annem olmaktan da çıkmıştı. O kadar korktum, öyle kötü hissettim ki kendimi... Her şey eskisi gibi olsun diye paralanıyordum. Eskiden de sevmezdi beni ama en azından konuşurdu benimle. Yalnızlık dayanılır gibi değildi. Okuldan sonra hiç oyalanmıyor, koşarak eve geliyor, ona sevdiği yemekleri yapıyordum. Bahçeden çiçek toplayıp yatağının baş ucuna koyuyordum. Çiçekleri pencereden fırlatıyordu. Yaptığım yemekleri yemeden çöpe atıyordu."

Doruk bir dizini kırmış, dirseğini dayamış, diğer eliyle saçlarını okşuyordu Lorin'in. Gerçek bir üzüntüyle dinliyordu sevdiği kadını. Lorin'se ağlamadan, herhangi bir duygusallık göstermeden Doruk'a, adının anlamını anlattığı o ilk akşam yemeğindeki gibi, sanki bir başkasının hikâyesiymişçesine anlatıyordu.

Doruk elini tuttu, avcunu açıp öptü. "Sen ne güzelsin Lorin'im. Nasıl güzelsin, bilsen! Nasıl büyüdün sen? Nasıl?" dedi. Sonra sarıldı Lorin'e.

"Bilmem... Büyüdüm ve ona rağmen yaşadım işte. Oldum bir şeyler. Olmaya çalışıyorum hâlâ. Korkularımla, endişelerimle iyi kötü geldim bugüne… Ama içimdeki değersizlik duygusunu onaracak hiçbir şey yok bu hayatta. Sanki annem beni kırbaçlamış kırbaçlamış, sonra da elime vermiş o kırbacı. Artık onun bir şey yapmasına gerek kalmadan, ben kendi kendime acı çektirir olmuşum. Yalnızlığımın, sevgisizliğimin ucu bucağı yoktu, anlayacağın. Hiçbir zaman sağlam bir özgüven dikemedim içimde."

Bir sessizlik oldu.

"Lorin…"

"Efendim?"

"Benim sevgim de mi değiştiremez o duygunu?"

"Aslında… Değiştirir sandım… İşte en çok sen… Sen sevince anlam buluyorum ya kendime… Sen bana neler ettiğini bir bilsen…"

"Hayır! Hayır, yapmıyorum bir şey. Yapamam."

"Ne çok yaramı açık ettim sana. Bile bile... Şimdi giderken yine yaralarımdan vurursun sen beni!"

Hiçbir şey söylemedi Doruk. Gözleri dolmuştu.

2005 yılının son karı düşüyordu sokaklara.

Büyük yalnızlardan bir ordu...

(2006)

Yaşar'ın seçmediği, biçimlendirmediği çocukluğu, katı erişkinliğinin renklerinde herkesinki gibi ilk belirleyiciydi elbette. Sadece bir erkeği sevmiş, sonra da bir başkasını almamıştı dünyasına. Çocuklu, dul bir kadındı. Güzeldi. Ethem'in kızıydı. 1970'li yıllardı...

Teni soğudu Yaşar'ın. Ölmeden soğudu. Kaskatı kesildi kalbi. Lorin'e gelen o aşk mektubu ölüyü bile diriltecek bir isyan yaratmıştı Yaşar'ın içinde. Lorin'in güzelliğinden söz eden o mektup, tenine dokunulmadan geçmiş yılları hatırlatmıştı Yaşar'a. Hatırladıklarına, zamanın hızına, kendisi genç kızlığını yaşayıp tüketememişken sıranın kızına gelmiş olmasına duyduğu öfkeyi dizginleyemememişti.

Adaletsizdi hayat! Baharda ayaz yemişti Yaşar. Fırtınadan sağ çıkmıştı ama tahammülü yoktu yeni bir bahara. Yaşar kızının değil, kendi yalnızlığının, kendi bedeninin, kendi kadınlığının zalimi olmuştu çok daha önce...

Ama o mektupla başkalarının gözünden bir hayat yaşadığı gerçeği yumruk gibi inmişti ciğerine. En büyük acıyı çektiren, acıdan en çok anlayandır hep. Lorin'i dövdükçe içindeki vahşi at şahlandı. Lorin'in saçlarını çektikçe, kopardıkça içindeki o vahşi yalnızlığının yelesini kavradığını, onunla yeniştiğini sanıyordu belki de... O vahşi atın ayakları altına aldığı şey, Yaşar'ın annelik ve kadınlık onuruydu. Bunu örtbas etmek için daha da zalimleşti. Yorulana kadar kaçtı bu yüzleşmeden.

2006'da bir gün...

Yaşar, Samire'yi yıkıyordu. Bir bebeği yıkar gibi. Beyaz saçlarını şampuanladı yavaş yavaş. Samire iki elini bacaklarının arasında kavuşturmuş, Yaşar'ın onu yıkmasından hoşnut, hiç ses çıkarmadan suyun vücudunda akıp gitmesinin keyfini çıkarıyordu. Yaşar hiç konuşmuyordu.

Yatılı okulda tek başına yıkanması gerektiği o ilk gün geldi aklına. Ne çok şeyi kaldırıp bir kenara koymuştu hafızasında. Ah, ne çok şeyi… Küçücük elleriyle bir türlü ağartamadığı o çamaşırlar… Nemli giydiği çoraplar… Babaannesinin onu yıkarken söylediği türküler, kınalı saçları, buruş buruş elleri… Gözleri doldu Yaşar'ın. Yıllar boyunca hiç akmayan gözyaşları şimdi yerli yersiz sürekli sızıyordu. Önce korkuyla vazgeçmişti hayattan, sonra da alışmıştı buna. Yaşamaya üşenir olmuştu. Değişimi aslında böyle başladı.

"Abla?" dedi Samire.

"Yaşar'ım ben anne..."

"Ablam niye atladı o uçurumdan?"

"Bilmiyorum ki..." dedi Yaşar, annesinin saçlarına su dökerek.

"Niye yaptı ki bunu? Haberi geldi... Çok üzüldük biz. Çok ağladım ben. Kahroldum. Ethem on gün eve gelmedi. Ben de köye gittim. Annemlerin yanında kalayım diye. Çok yas tuttuk. Niye atladı o uçurumdan?"

Yaşar ses çıkarmadı yine.

"Yaşar…" dedi Samire.

"Efendim?"

"Ben bu kadar acıyı nereye koyacağım?"

Yaşar'ın yine bir yumru oturdu boğazına.

Saçlarını duruladı annesinin. Sorduğu soruların hiçbirinin yanıtı yoktu Yaşar'da. Annesinin sesini bile yeni duyuyor gibiydi. O sesin sorduğu soruların yanıtları öyle uzaktı ki Yaşar'a...

Samire'nin vücudunu yıkamaya başladı.

"Ben ablamı çok seviyordum. Onu sevdiğim için katlandım her şeye. Kimseye de söylemem olanları. Zaten artık ilenmiyorum hiç. Hiç beddua etmiyorum kimseye. Susmayı öğrendim ben sonunda. Zaten kimseye söylemediydim bir şey."

"Biliyorum anne, söyleme kimseye."

Samire küçük bir kız çocuğu gibi güldü. İçinde yeniden bir sızı hissetti Yaşar. Yorgundu çok. Bir yanda annesi, bir yanda kızı… Her ikisiyle de bir düğümün tam ortasında sıkışıp kalmış gibiydi. Düğümü çözebilmek için bir yerden başlamak istiyor ama tam olarak nereden başlayacağını bulamıyordu.

Lorin'in sağlığı sırasında yönetebildiği, yönetebildiğini sandığı hayatlar kontrolünden çıkmıştı artık. Kızının gömüldüğü karanlık Yaşar'ı da içine çekiyor, bu belirsizlik hayatı çekilmez hale getiriyordu. Her gün uyanır uyanmaz dua etmeye başlıyor, gözleri kapanana dek Allah'a yakarıyordu.

Annesini havluyla sarıp sarmaladı. Elinden tutup odasına götürdü.

"Kendin giyinebilir misin, yardım edeyim mi?"

"Kendim yaparım," dedi Samire ama emin olamadı Yaşar. Her ihtimale karşı başında durdu.

Bütün ömrü sıfırlanmış gibi geliyordu ona. İki yeni çocuk sahibi olmuş gibiydi birkaç aydır. Annesi ve kızı arasında bugüne dek oluşturduğu, kalıplarına koyduğu, ezberlediği hiçbir şey artık aynı değildi. Bu iki kadını da tanımıyordu. Yıllarca hiç konuşmadığı annesi durmaksızın anlatmak isterken, kızı iyileşmemek, o karamsar ruh halinden çıkmamak için direniyordu. Zaman, garip bir oyunun veziri kılmıştı Yaşar'ı. Annesini hızla geriye çekip çocuklaştırırken, kızını aynı hızla ileriye itip yaşlandırıyordu sanki...

"Neredeyse altmış yaşındayım ve olup biteni anlamaya yetişemiyorum," diye düşünüyordu.

Her şey son bir yılda hız kazanmıştı sanki. Uğursuz bir topu yokuş aşağı yuvarlamıştı biri...

Yaşar annesindeki tuhaflığı fark ettikten sonra onu düzenli olarak ziyaret etmeye başlamıştı. Çok uzun yıllar boyunca aralarında hemen hemen hiçbir sıcak bağ olmayan anne kızın bir zamandır odaya kapanıp sohbet ediyor olması kimsenin dikkatini çekmedi önceleri. Fakat bir süre sonra Yaşar'ın, "Annemi bir doktora göstermeni istiyorum, ama lütfen en iyisini bul," demesi Lorin'in de telaşlanmasına neden olmuştu. Yaşar, babasının ölümünden sonra yıllar içinde adım adım yaklaşmıştı annesine. Kardeşlerinin, annesini bir başına bırakmasını kaldıramadı önce. Katı kalmak için ne kadar dirense de, yıllar aşındırıyordu kaya gibi sert sandığı kalbini.

"Ne oldu anne?" diye sormuştu korkuyla Lorin.

"Annem... bir çocuğa dönüşüyor!" demişti Yaşar üzüntüyle.

Lorin şaşırmıştı, ona göre her şey yolundaydı. Anneannesini sık görmese de karşılaştıkları zamanlarda bir şey fark etmemişti. Sıradan ihtiyarlık unutkanlıkları dışında ne sorunu olabilirdi ki?

Yaşar, kızına sarılmıştı yıkılmamak için. Ağır geliyordu ona annesinin bu hali. Birkaç dakika boyunca hiç kıpırdamadan kucak kucağa kalmışlardı.

Lorin, annesinden hiç beklemediği bu davranış karşısında şaşkınlıkla, "Merak etme anneciğim, hiç merak etme!" diye fısıldamıştı. "En iyi doktorları bulurum, her şeyi hallederim!"

Birkaç gün sonra anneanneyi normal bir doktor kontrolüne götürür gibi götürmüşlerdi. Uzun tetkikler sonrasında sonuçları almaya yine beraber gitmişlerdi.

Doktor uzun uzun anlatmıştı.

"Çocukken alınmış bir darbeden, düşmeden, ateşli bir hastalıktan ya da doğumdan kaynaklanmış olabilir. Beynin sağ ön kısmı gelişimini tamamlamamış. Ya da hasarlı diyelim. Yani Samire Hanım hiçbir zaman sosyal olarak tam bir erişkin olmamış. Şimdi yaşlılıkla birlikte hızlıca bir çekilmeyle kapasitesi düşüyor. Yani yavaş yavaş daha da çocuksu davranışlar sergileyebilir. 'Puerile davranışlar' deriz buna... Bu hasar hafızayı direkt etkilemese de unutkanlıklara yol açar. Bunların giderek artması muhtemel. Daha güdüsel tepkiler gösterebilir. Kendisiyle tartışmamaya, inatlaşmamaya özen gösterin. Ortamını, evini, odasını değiştirmeyin. Evden tek başına uzaklaşmasına izin vermeyin. Stres öğesini mutlaka ortadan kaldırın. Düzenli ve dengeli beslenmesine özen gösterin. Şimdilik geçmişi net hatırlayacaktır. Günlük yaşamını normal devam ettirebilir. Gazete okuyabilir, matematiksel becerisini kullanabilir. O yüzden mümkün olduğunca alıştığı düzeni bozmamaya gayret edin. Sabretmeli ve onunla asla ters düşmemelisiniz. Bakın… Bu mesele artık sizin de bir parçanız olacak... Çekilmenin hızına bağlı ama yakın bir zamanda bakımınıza muhtaç olabilir. Verdiğim ilaçlar sadece bugünkü tabloyu sabit tutup tutamayacağımızı gösterecek. Altı ay sonra tekrar kontrol edeceğiz. İyi bir aile takımı olmak zorundasınız. Yalnızlık bu hastalığın en korkunç halidir. Hasta için de, hasta yakınları için de…"

Doktorun son söylediği Yaşar'ın kafasında eve dönene dek yankılandı durdu: "Yalnızlık bu hastalığın en korkunç halidir…"

Kardeşleriyle bu durumu paylaştığında annelerinin sorumluluğunu almak, yardımda bulunmak gibi bir niyetlerinin olmayacağından emindi. "Samire Hanım'da biraz para kalmış olsaydı işler değişirdi kuşkusuz. Hayat işte. Ömrüm boyunca hiçbir şekilde anneliğini görmediğim Samire'ye şimdi ben bakacağım..." diye düşünmüştü.

Hiçbir şey göründüğü gibi değil, derler. Altmış yıldan fazladır gördüğünden, bildiğini sandığından bile emin olamayabilir insan...

Yaşar, annesini giydirdikten sonra mutfağa doğru yürürken, "Büyük yalnızlardan bir ordu kurmuştuk oysaki..." dedi kendi kendine.

"Yelkenlinin hırpalanan bezi olmak istemiyorum artık..."

(2001)

Hastanede yatarken... "Doruk burada olduğumu biliyor mu acaba?" diye düşünüyordu Lorin. Ve pek tabii ki hâlâ onu anımsadığı için kendine çok kızıyordu.

Günlerden bir gün, Ceila'dan şahane bir çiçek tablosu ve geçmiş olsun mesajı geldi. Kaan önce mesajı okumuş, tabloyu da annesinin görebileceği bir yere asmıştı.

Kaan gittikten sonra, "Hayatıma yeniden başlasam nereden başlardım, nereye dönmek isterdim?" diye düşündü Lorin. 2001 yılı geldi gözünün önüne. Ne kadar mutluymuş meğer o zaman. Oysa o günlerde, yaşadıkları ona pek de kolay gelmiyordu.

Artık şirketin ortak yöneticilerinden biriydi. Bu güzel bir haberdi fakat Türkiye büyük bir ekonomik çalkantı yaşıyordu. Şirketi henüz büyütmeye başlamışlardı. Tam her şey yoluna girmişti ki, kriz patlak verdi. Lorin geceleri uyku uyuyamaz olmuştu. Dolar karşısında Türk lirasının büyük değer kaybetmesi Lorin için bir uykusuzluk sebebi olmuştu. Ödemelerin yapılamayacağından, alacakların tahsil edilemeyeceğinden korkuyordu. Yabancı müşterilerinin sayısı çarkı döndürmeye yetecek miydi? Bütün bu iş sıkıntıları içinde eski arkadaşına duyduğu özlem bir gece iyice arttı. Oturup Ceila'ya bir e-posta yazdı:

Ceila, şu anda kaçmak istiyorum!

Bu krizi atlatabilirsek, bu şirketi ayakta tutabilirsek, artık her şeyi yapabileceğime inanacağım.

Şu anda istediğim bir tek şey var... Hani ayaklarımızı uzatıp kocaman fincanlarımızda sütlü kahvelerimiz buz gibi olana kadar dünyayı konuşurduk ya... Bütün bir pazar günü bizim olurdu... Sen hamile karnıma resimler çizerdin... Öyle serseri bir gün geçirmek için neler vermezdim! Ah, Ceila çok özlüyorum o günleri!

Şu anda sana bunları yazarken ofisimin camının ardından bana bakan çalışanlar geliyor gözümün önüne. Tanrım, yönetici olmak için yaratılmamışım ben! Bu ay sonu şirket çalışanlarının aylıklarını nasıl ödeyeceğimizi bilemiyorum.

Ceila bana iyi bir şeyler söyle... Özlemle...

Lorin

Sabah işe gittiğinde Ceila'dan yanıt geldiğini gördü. O zamanlar, ofise gelir gelmez, acaba bir şey göndermiş mi, diye posta kutusunu kontrol etmesini gerektirecek ne Doruk ne de başka biri vardı hayatında.

İşini ve çocuğunu büyütmek için yaşıyordu adeta. Ama sevinçle... Ve elbette yaptığı her şeyi annesi Yaşar'a onaylatabilmek gibi bir kaygıyı da küçük bir kız gibi taşımaya devam ediyordu içinde. Kahvesini alıp Ceila'dan gelen mektubu okumaya başladı:

Sevgili Lorin

Gerçekten delisin sen. Ne işin var senin tahta kafalıların düzeninde? Çok aptalca bir sistem için çalışıyorsun ve onlar yüzünden kalp hastası olacaksın sonunda.

Evet, ben de özlüyorum o kocaman hamile karnına resimler çizerken sana revizyonizmi anlattığım o pazar günlerini.

Ama nerede benim Lorin'im? Nerede ben ona haşlanmış mısırları sarımsaklı tereyağında kavururken bana Boticelli'nin hayatını okuyan arkadaşım? Para, durmaksızın kriz demektir. Parayı sen yönetemezsin. Para seni yönetir. Sen yönetilebilir biri olmamalısın. Saçmalama lütfen. Sana iyi bir şey söylüyorum: Hemen o işi bırak, atla Paris'e gel... Müthiş kar yağıyor. Çok eğleniriz. Hem biraz kafa dağıtırsın. Delirmiş olmalısın gerçekten! Öpüyorum, öpüyorum...

Ceila

Kahvesini bir kenara koyup Ceila'ya yanıt yazmaya başladı:

Chiquitita...

Büyümüyorsun... Gerçi içimizden birinin büyümemesi iyi bir şey. Keşke dünyayı hep dans ederek döndürebilseydik. Ama bazılarımızın da çalışması ve para kazanması gerekiyor. Kaçış bir kurtuluş değil ki... Ayrıca sen ne zaman bir savaş meydanından kaçtığımı gördün? Çalışanları yarı yolda bırakamam.

Bu sorunları halledeceğim ve ilk gösterine geleceğim. Tahta kafalıların düzenine uyarak kaçırdıklarımı o zaman anlatırsın.

Bu arada Kaan kocaman oldu. Görmen gerek... Hayatımda yaptığım en iyi şey galiba onu doğurmak. Ben gelemezsem, sen gelsen onu görmeye? Hiç mi merak etmiyorsun boyu ne kadar oldu? Bir de tante Ceila olacaksın... Böyle tante olunmaz! Seni çok özledim Ceila... Güzel yanaklarından öperim...

Lorin

Mektubu yollamış, sonra da günlük yoğunluğa dalmıştı. Televizyon ekranı açıktı. Yeni bir felaket olursa ne yaparız, diye tetikte bekliyorlardı sürekli. O sırada pazarlamanın başındaki delikanlı girmişti içeri. Felaket haberi televizyondan değil, kapıdan gelmişti. Uzun zamandır Türkiye operasyonlarını yönettikleri bir yabancı müşterilerinin, çok da güçlü olmayan rakip şirketlerden biriyle görüşme halinde olduğunu duymuşlardı. Böyle bir anda bir tek müşteri bile kaçıramazlardı. Lorin bir ateş topunun, boğazından geçip gözünden dışarı çıktığını sandı bir an. Sakin olması gerekiyordu.

Müşterilerinin kendilerine gelişmeleri aktaracak kimi çalışanlarıyla iyi ilişkiler kurmaya dikkat ederdi. Olağan bir günmüş, sıradan bir durummuş gibi aradı söz konusu müşterinin çalışanlarından birini. Birkaç dakika içinde sorduğu sorulara aldığı yanıt çok netti. Evet, gidiyorlardı!

Hafta başı, kendilerine resmen açıklayacaklardı. Lorin telefonla konuşurken camın ardından bütün çalışanlarının kendisine baktığını hissediyordu. Hüngür hüngür ağlamak istiyordu. Ama asla yapamazdı bunu, asla!

Telefonu kapadı. Bir süre ne yapacağını düşündü. Sonra bilgisayarına döndü. Ceila'dan yanıt gelmişti:

Chiquitita ha ha...

Çalış bakalım... Yaza Paris'te olmayacağım artık. Neden burada yaşadığımı bilmiyorum. Portekiz'e taşınmaya karar verdim. Lizbon'a yerleşiyorum. Tam bana göre bir adam buldum. Dans okulu var. Orada ders vereceğim. Ve sanırım o adamla evleneceğim. Henüz onun haberi yok ama ben karar verdim! Sadece evini görmem gerek. İyi huylu biri. Böylece Latin Avrupalı olarak bir daha Brezilya'ya dönmeyeceğim.

Belki de dönerim. Bilmiyorum. Bir yerlere, bir eşyaya bağlı olmak fikri bana her zaman saçma gelmiştir, biliyorsun. Ama artık bir adamın sadece bana bağlı olmasını istiyorum. Sanırım ben de böylece ölene kadar rahat uyku uyuyabileceğim bir ilişki kurmuş olacağım. Saçma, değil mi? Benimle evlenirse beni aldatmayacak mı? Aldatabilir elbette. Ama ben de yasal karısı olarak hem adamın hem de aldattığı kadının gözünü oyabilme şansını bana veren kanunların ve toplumsal desteğin yastığında yatıyor olacağım. Benden ummazdın, biliyorum.

Çok yoruldum Lorin... Çok yoruldum. Sen para kazanmak için çalış, ben de evleneyim. İkimiz de göz yumalım birbirimize... Ne dersin? Xoxo.

Ceila

Lorin boş gözlerle okudu. Sonra bir daha okudu. Bunları düşünen, yazan Ceila olamazdı. Büyük bir sinirle bilgisayar tuşlarına vurmaya başladı:

> Ceila!
>
> Binlerce yıl düşünsem bunları senden duyacağım asla aklıma gelmezdi! Şaka yapıyor olmalısın! Beni kışkırtmak için söylüyorsun bunları. Sana, Paris'e geleyim diye yazdın, değil mi? Şu anda ölmek üzereyim. İşyerime bomba düşseydi bu kadar olurdu. Ve sen evlenmekten bahsediyorsun! Delirdin mi?
>
> Lorin

Mektubu gönderdikten sonra ayağa kalktı. Sinirden yanakları kızarmıştı. Bir çözümü olmalıydı. Bunca yıldır el üstünde tuttukları, ardı ardına başarılı işler çıkardıkları bir müşteri böyle pat diye gidemezdi. Hiçbir sorun yoktu müşteriyle aralarında. İşlerinden memnundular. "Karşı taraf ne teklif etti acaba?" diye düşündü. Önce bunu öğrenmeliydi. Ofisin kapısını açtı, diğer yöneticilerden birinin odasına gitti.

"Gidiyorlar. Kesin! Pazartesi bize bildireceklermiş. Rakip ne teklif etmiş de ikna etmiş sen onu öğren, ben de vazgeçirmeyi deneyeyim," dedi.

Odasına doğru yürürken açık ofisteki bütün çalışanlar ona bakıyordu. Başını dikleştirip hepsine gülümsedi. "Her şey yolunda" mesajı vererek göz kırptı kapısını kapatırken.

Gece Ceila'dan yanıt gelmişti:

Kardeşim,

Hayır, şaka yapmıyorum. Ben de içimi döktüm sana...

Paranın ya da ömür boyu bana bakacak birinin peşinde değilim. Ama bu arayıştan yoruldum artık. Bir seferinde iyi kalpli biri, bir sonrakinde akıllı, arkasından bir entelektüel, bir sonraki yıl başarılı, onun ardından yakışıklı biri geldi. Her yeni gelende bir öncekinde olmayan vardı. Ama mutlaka başka bir eksik çıkıyordu.

Ah, Lorin... Dans etmek istiyorum sadece. Belki bir de bebek... Ben de artık o hesap soran, korkulan, eninde sonunda hep ayaklarına kapanılan kadınlardan olmak istiyorum. Bir yelkenlinin rüzgârda hırpalanan bezi olmaktan yoruldum, yıprandım... Evet, rüzgârı almak, yağmuru, güneşi hissetmek çok güzeldi ama belki de o bezin bağlandığı direk olmak istiyorum artık.

Sakin bir hayat istiyorum. Bu adam o adam, hissediyorum. Evini görmek istiyorum çünkü o evin ışığını bilmek istiyorum. O evi hissetmek istiyorum. Ben artık sessizlik istiyorum. Sanırım otuz yaş eşiğinden sonraki dönemimiz başladı artık. Beni anlıyor musun, bilmiyorum. Ama anlayacaksın...

Ceila

Lorin mektubu okumayı bitirmişti ki, ortağı aradı. Rakipleri Londra'dan yeni bir genç katmıştı bünyesine. Çok hırslı bir adamdı. Sadece kendilerine değil, pek çok şirketin müşterisine teklifler sunuyordu. Gerçekleştirmeyi vadettikleri ilk sözleşmeden komisyon almamayı öneriyordu. İkinci sözleşmeyi imzalatırsa Lorin'in şirketinin yarı fiyatına çalışmayı, garanti ettiği üçüncü sözleşmede ise sözleşme bedelinden yüzde ve kârdan artı pay almayı teklif ediyordu. O payın kârın yüzde kaçı, olacağını açıklamıyorlardı.

Lorin, "Delirmiş bunlar! Bu zamanda böyle bir risk alınır mı? Herkes frene basmış, işini askıya almış. Piyasada kalabilirsen âlâ, bir tane yeni sözleşme yaptırabilirsen bravo! Görüşmeyi yapan her kimse kendini pazarlamaya çalışıyor, buna iş veren de sersem!" dedi. Lorin ertesi gün ne yapacağını biliyordu.

Önce oturup arkadaşına yanıt yazdı:

Büyücü...

Hata yapmayacağını düşünüyorum. Biliyorum... Yapsan da ne değişir? Masa örtülerinden elbiseler yaptın sen kendine. Elbiselerinden çantalar yaptın. Eteklerinden yastıklar diktin. Bir şeyleri başka şeylere dönüştürmeyi hep bildin. Hiçbir zaman hiçbir şeye bağlanmadın. Kaybedince kahrolacağım hiçbir şey benim olmasın, derdin...

Her zaman hayranlık duydum sana. Yol göstericim oldun. Karanlık ormandaki ışığım, gökyüzündeki yıldızımdın...

Şimdi bile gökyüzüne ne zaman baksam, kuzey yıldızını görünce, işte Ceila orada, diyorum. En eski arkadaşım benim... Rengârenk elbiselerin, bileziklerin, kolyelerin... Seninle dans edebilecek mi o adam? Bütün mesele bu! Gerisini boş ver.

Lorin

Ertesi sabah müşterisini acil bir öğle yemeğine çıkardı. Konuyu hiç uzatmadı. Hemen konuşmaya başladı:

"Buradaki işlerinizi takip ettirmek üzere bir başka şirketle görüştüğünüzü biliyoruz... Ama siz resmi bir ayrılık konuşması yapıp aramızdaki yıllara dayalı o güzel dostluğu bitirmeden önce biz birkaç şey aktarmak istedik size. Daha doğrusu ben istedim. Siz çok daha iyi bilirsiniz ama... Öncelikle bedava işten her zaman şüphelenin. Hiçbir zaman nazınızın geçmeyeceği, size bu işi sunanın buna evet dediğiniz için sizi daima hor göreceği kalitesiz ve ucuz bir ortaklığa girmiş olacaksınız. Bence siz buna layık değilsiniz... Bir diğeri de... Herkesle sevişen birinden kaçının! Sizin sırrınızı başkasına satacak bir casus olduğu gibi, bir mikrop yuvasıdır aynı zamanda... Sizinle birlikte on yedi ayrı şirkete aynı teklifi verdiklerini ve sadece dördüyle anlaşabildiklerini bilmek istersiniz belki..."

Hastanede yatarken, "Londra'dan gelen o adamı tanısaydım ruhumu kemiren bu mikrobu taşımazdım belki şimdi," diye düşünmüştü Lorin... O adamın Doruk olduğunu bilmiyordu çünkü o zamanlar...

Bu arada bütün o elektronik postalar 2001'de İstanbul'da ve Paris'te yağmurlar yağarken yazılmıştı...

Derdini tarif edemiyordu kendine
(1953)

Şimdi cebimde taşıdığım kalp şeklindeki çakıl taşlarına bakıyorum da... Kimi mermer gibi pürüzsüz, sarı; kimi delikli yeşil, parıltılı; kimi de siyah, küçük, eğri büğrü...

Nasıl düştüler acaba bedenden sahile? Şu yeşil, parlak, delikli olan taş bence Samire... Hâlâ kırılacak gibi duruyor...

Ankara'ya kar yağmaya başladığında günler geçmiyor, kış bitmiyor, takvim yaprakları değişmiyordu sanki. Martın sonuna gelmişlerdi ama kar durmuyordu. Samire ikinci çocuğunu büyütüyordu. Ethem çok konuşmuyordu eve geldiğinde. Samire'nin de bir sohbet beklentisi yoktu. Aslında ne bekleyeceğini de bilmiyordu.

Kilo almaya başlamıştı. Kucağındaki bebek Ethem gibi sarı doğmuştu. Tombiş elli, gülücükler saçan bir kızdı. Samire, bebeğine bakıyor, evini temizliyor, yemek yapıyor, sonra da Ethem'in gelmesini bekliyordu.

Çok kar yağdığı zaman uzaktan kurtların ulumasını duyuyorlardı. Radyonun sesini açıyordu o vakit. Radyoda şarkı söyleyen kadınlardan biriymiş Ethem'in dostu. Öyle duymuştu. Ama hiç sormamıştı. Sorulmazdı öyle şeyler. Konuşulmazdı.

Merak ediyordu; acaba hangisiydi? Ethem hâlâ görüyor muydu ki kadını? Geç geldiği geceler ona mı gidiyordu? Kadın güzel miydi? Samire aynaya bakardı radyoda bir kadın solo şarkı söyleyince. Çirkinliğine çirkinlik geldiğini düşünürdü. Eksik dişi kocaman bir çukura dönüşür, yüzünü daha da bakılmaz hale getirirdi. Buna inanırdı kendi kendine, içlenirdi...

Derdini tarif edemezdi kendine, ağlardı.

Bir iki komşusu vardı. Bazen oturmaya gelirlerdi Samire'ye. Onlar konuşur, Samire dinlerdi. Ne söyleyeceğini bilemezdi. Çay ikram ederdi. "Sen de gel," derlerdi Samire'ye. Bir iki defa gitmişti evlerine. Kadınlar pazara, alışverişe gidiyorlardı. Para veriyordu kocaları onlara. İlk duyduğunda çok şaşırmıştı. Kadın kısmı bir başına, hem de elinde parayla çarşıya gidiyordu demek ha... Ethem her şeyi alıp geliyordu eve. Yiyecek ekmeği de o alırdı, Samire'nin giyeceğini de. Ayakkabısını küçük almıştı da diyememişti Samire. Hamile kalınca kilo almış, büyümüştü ayakları. Zaten dışarı çıktığı da yoktu. "Varsın olsun, küçük olsun. Dert mi?" diye düşündü. "Bir doğuma giderken giyeceğim işte..."

İkinci çocuk da kız olunca Ethem'in yüzü çok asıldı. İki gün gelmedi eve.

Doğuma yakın günlerde neşeliydi oysa. İyi davranıyordu Samire'ye. Şakalar bile yapıyordu. Çok geç gelmiyordu eve. Köyden akrabaları çağırmıştı. "Yalnız kalma, yardımcı olsunlar," demişti. Çok sevinmişti Samire. "Aslında iyi adam bu Ethem," demişti içten içe.

"Hangi koca iyi ki? Babam iyi miydi? Anama iyi mi davranırdı? Erkekler bir tek dost tuttukları kötü kadınlara iyi davranırmış. Allah kötü şansı versin diye boşuna dememişler işte. Eziyetleri hep karılarına. Evdeki avrat çeksin erkeğin kahrını. Onlar gönlünü gitsin elin haspalarıyla eğlesin. Dünyanın düzeni işte," demişti kendi kendine.

Erkek çocuk doğurmayı çok istiyordu.

Ethem'e beddua ettiği için erkek çocuğu olursa belki bozulur bedduası diye düşünüyordu. Sonra doğum oldu. Kız geldi yine. Kadersiz bir kız bebek daha. Bu sefer zor olmadı doğumu. Yardım edeni de vardı. Ethem'in eve gelmeyişini çok dert etmedi. Sonra gelenlerin gitme vakti çatınca... O zaman ağlamaya başladı Samire... Köydeki küçük kızına ördüğü hırkaları bir bohçaya sardı. Kara kızının onu her seferinde nasıl da yabancıladığına ağladı.

Hastaneden çıktıktan sonra onu her almaya gittiğinde alamayıp Ankara'ya dönüşüne, otobüslerde Ethem'in yol boyunca süren sessizliklerine ağladı. Ablasının onları uğurlarken boynuna sarılışına ağladı.

Başına gelenlere ağladı... Başına geleceklere ağladı...

Herkes gitti... Samire'yle sarı bebek baş başa kaldılar...

Samire yemek yapmaya başladı. Ethem gelsin, yesin yemesin, hep yemek yaptı...

Yaptığı yemekleri yedi…

Ağladı. Ağladıkça yemek yedi…

Yedikçe ağladı…

Ablası ona kendi yavrusunu yedirmiş, dünyayı yese çok muydu artık Samire'ye?

1953 olmuş yıl… Nisan kapıda… Gökte kar…

Anlamadığı bir dilden konuşuyordu
(1975)

Kucaklanmak… Her şeyin başlangıcı ve sonu. Affı ve tesellisi. Lorin ve Samire'nin yalnızlığı, Yaşar'ınkine benzemiyor pek…

Yıl 1975'ti. Eski bir minibüsün içindeydiler. Yolun hiç bitmeyeceğini düşünüyordu Yaşar. Hava çok sıcaktı. Lorin, yanında hiç ses çıkarmadan oturuyordu. Tozlu yolda yavaş yavaş ilerliyordu minibüs. Lorin birdenbire aklına düşen o görüntülerden çok korkuyordu aslında. Anlatamıyor, kovamıyor, baş edemiyordu gördükleriyle. Annesine döndü, "Adam düşecek ama şimdi!" dedi telaşla.

Yaşar dalgın dalgın camdan dışarı bakıyordu. Lorin'in sesine döndü, "Kim?" diye sordu. Lorin iki elini kavuşturmuş, çok uzakta görünmez bir noktaya bakıyor, "Adam düşecek ama şimdi!" diye tekrar ediyordu sürekli. Uçurumun tepesinde, kendini az sonra aşağıya bırakmaya niyetli bir adam görüyordu zihninde. Çocuk kalbi kocaman bir davul gibi gümbürdüyordu.

Yaşar ürperdi. Yolun, sıcağın, tozun sıkıntısı bir yana, şimdi de çocuk garip şeyler söylemeye başlamıştı yine. Hiç hoşlanmıyordu Lorin'in durup dururken böyle haberler vermesinden.

"Kim düşecek?" dedi dişlerinin arasından. Ne zaman böyle konuşmaya başlasa, tokatlamak istiyordu çocuğu.

"Kadının düştüğü gibi. Büyük taştan düşen o kadın gibi. Adam da düşecek şimdi. Çok korkuyorum anne!"

"Neler söylüyorsun sen yine be? Sus!" dedi Yaşar, "Sus, söyleme şöyle şeyler!"

Lorin korkuyla koluna tutunmak istedi annesinin. Kolunu kendisine sığınmak isteyen minik ellerden sinirle kurtardı Yaşar. Çocuk böyle şeyler söylediğinde kendisine dokunmasını, yakın olmasını istemiyordu. Lorin çaresizlik içindeydi. Büyük bir sıkıntı yaşıyor, hıçkıra hıçkıra ağlamak ve birinin kucağına çıkıp avunmak istiyordu.

"Annecim düşecek ama adam şimdi," dedi yine.

Yaşar parmaklarını Lorin'in kollarına geçirdi. "Sana böyle şeyler söyleme dedim kaç defa!" diye fısıldadı sinirle.

Minibüs sarsıntıyla durdu birden.

Şoför önünden geçmekte oldukları dik bir uçurumun kıyısındaki adamı görmüştü. "Ne yapıyor bu adam orada?" diye indi arabadan telaşla. Minibüsteki diğer yolcular da şoförün peşinden indiler.

Yaşar başlarına geleceği bildiğinden sıkıntıyla Lorin'e döndü.

"Neden?" dedi.

"Bilmiyorum," dedi Lorin ağlayarak.

Başını Yaşar'ın bacaklarına gömdü. "Ne olur beni kucağına al anne," dedi.

O sırada adam uçurumdan aşağı bıraktı kendini...

Yaşar oturduğu yerden sadece adamın kendini bıraktığını görebilmişti. Minibüsün durduğu yerin önünde büyük bir kaya vardı, Yaşar'ın görüş alanını kapıyordu. Adamın kendini bırakmasıyla bir an irkildi Yaşar...

Başını bacaklarına gömmüş ağlayan çocuktan daha da ürktü. Kucağına alamadı. Ne yapacağını bilemedi. Tereddüt içinde sadece saçlarına dokundu...

Minibüsten inenler kıyamet koparıyorlardı. Kimileri bağrışıyor, kimileri adamın düştüğü yere inmeye çalışıyor, kimileri de inmek isteyenlere engel oluyordu.

Yaşar minibüsün içinde küçük kızla kalmıştı. Yola çıkarken bir amacı vardı: Rahmetli eşinin ailesini ziyaret etmek, kızını göstermek ve görevini yerine getirmek. Olmadık aksilikler içinde hayli zorlu bir yolculuk geçirmişlerdi. Göze aldığı şeye değip değmediğini düşünüyordu artık... Ölümle iç içe yaşıyorlardı zaten. Yapmak istediği tek şey, çocuğun, babasının büyüklerini tanımasıydı. Şu siyasi karışıklıkta çocukla yola çıkması yeterince delilikti. Bir türlü ulaşamıyorlardı gidecekleri yere... Şimdi bir de bu genç adamın ölüme atlaması...

"Ağlama artık yeter, tamam!"

Bir süre sıkıntıyla bekledi. Sonra minibüsten inip dışarıdakilere seslendi: "Kardeşim, hadi! Bizim yapabileceğimiz bir şey yok. Hiçbiriniz oradan aşağıya inmeye kalkmasın. Biri daha düşmesin. Yeterince vakit kaybettik şu yolda.

Hadi! Jandarmaya haber veririz, gelir bakarlar. Binin hadi arabaya! Hava kararmadan gidelim buradan!"

Pantolon giymiş bu erkek gibi kadının lafına hemen uyuverdi kalabalık. Sadece şoför ne yapacağını bilemez haldeydi.

"Hadi kardeşim!" diye bağırdı Yaşar. "Hadi kardeşim! Bekletme bu kadar insanı. Hemen jandarmaya haber verelim. Onlar bizden daha iyi bilir ne yapacaklarını."

"Haklısın abla, hemen haber verelim," dedi şoför.

Tekrar hareket etti minibüs.

Lorin bir kenara büzüşmüştü. Yaşar hiç bakmadı Lorin'e. Bakmak istemedi. Çocuk gibi olmayan, mantık dışı davranışlar sergileyen bu *şey*'le ne yapacağını bilemiyordu. Anlamadığı bir dilden konuşuyordu. Sanki başka bir dünyadan gelmiş gibiydi.

Lorin dönüp Yaşar'a bakmaya başladı. Gözlerini ayırmıyordu annesinden.

Yaşar sinirle dönüp "Ne var?" dedi. "Ne bakıyorsun?"

Lorin'in ağlaması durmuştu. Yaşar'ın gözlerine içine bakarak "Sen beni neden kucağına almıyorsun?" diye sordu.

1975'te dört yaşındaydı Lorin. Yaşar hiç cevap vermedi. Bilmiyordu çünkü. Bilmiyordu...

Savrula savrula

(2005)

Defalarca ayrılıp barıştılar.

Sonra bir gün Doruk gitti. Hiç sesi çıkmıyordu bu kez. Lorin önce ne olduğunu anlayamadı. Normalde birkaç gün içinde bir şekilde ortaya çıkardı. Her ikisi de bu acıya, bu esrikliğe, bu kavgaya, bu sevişmeye, bu şüpheye, bu girdaba bağımlıydı artık. Fakat hayır, bu kez sessizlik büyüktü. İlk yirmi gün Lorin sadece ağladı. Doruk yanında olsun istiyordu. Yanında olsun, onunla kavga etsin, her şeyi kurcalasın, Lorin'i hırpalasın, kabalaşsın ama yanında olsun. Yirmi gün dayandı aramamak için. Yazmamak için. Sonra bir sabah uyandığında ağlamasının bittiğini fark edince kanının temizlendiğini düşündü. Doruk'un bütün eşyalarını kaldırdı. Bütün izlerini yok etti. Ya da öyle sandı; yok ettiğini...

Tam beş ay sonra, Lorin'in bir arkadaşının davetinde karşılaştılar Doruk'la ve bitti sandığı, artık vücudunda durmadığına inandığı o vahşi, o muhteşem, o zavallı, o kanlı aşkın sadece uykuya yattığını anladı. Lorin kalabalığın arasında sırtını duvara vermiş, içinde bütün gücüyle ateş saçan o ejderhayı zapt etmeye çalışıyordu. Tam o sırada kafasını çevirdi ve Lorin'i gördü Doruk...

Lorin, içlerinde cam parçaları varmış gibi acıyan, birikenleri bir bıraksa muhtemelen demirden damlalar dökülecek gözlerini kaçırmadı Doruk'tan. Aksine nefretle bakmaya devam etti. Doruk gülümsedi. Kalabalığı yararak yanına geldi. Lorin'in kalbi titredi.

"Burada olduğunu bilmiyordum. Tahmin ediyordum ama. Umuyordum, diyelim... Nasılsın?"

Cevap vermedi Lorin. Doruk üzgün gülümsedi.

"Kızgınsın... Ama kızgınlığın bana değildir... Bana olamaz... Olamaz, değil mi?"

"Değişmemişsin. Hâlâ utanmıyorsun!"

"Ben hiçbir zaman utanacak bir şey yapmadım. Hepsi senin kafanda yarattığın şeylerdi..." diye başladı Doruk ama Lorin bitirmesine izin vermedi.

"Bırak Allah aşkına! Dinlemek isteyen birine anlatırsın!"

Doruk, "Eve bırakayım seni, iyi görünmüyorsun," dedi kolunu tutarak.

"Hayır!" diye mırıldandı Lorin dişlerini sıkıp. "Hayır, bırakma!"

Ne kadar yanılmıştı bu adamla ilgili. Ah, ne kadar yanılmıştı!

Doruk'un o güzel ellerinden nefret ediyordu şimdi. O çok özlediği, aklına geldikçe ağladığı, o Allah'ın mucizesi ellerinin kendisine dokunmasını istemiyordu. Kalbi boğazını tıkamıştı sanki, midesi bulanıyordu... Kalabalıktan çıkmak, onunla aynı mekânda olmamak, ortak arkadaşlarının bakışlarından hemen sıyrılmak istiyordu.

Hızlı adımlarla çıkışa doğru yürümeye başladı. Merdivenleri üçer beşer indi. Doruk'un ona söylediği her yalanın üzerinden üçer beşer atladığı gibi... Görmezden geldiği her hatası gibi... Görmezden gelerek ortak olduğu her günahı gibi... Yüklendiği, giyindiği ve derisine yapıştırdığı, benimsediği, içine aldığı, dert ettiği ve sonunda bir organı haline getirdiği sevgilisinin ona hediyesi olan güvensizlikleri gibi... Gerçeklerin üzerlerinden atladıkça zihni taşlara sürtünmüşçesine yara bere içinde kalmıştı.

Durmaksızın kendini ikna etmeye çalışmıştı: "Çünkü beni seviyor! Aslında beni seviyor! İşte yine yazdı; seni sevdiğimden bütün bunlar diyor, çünkü beni çok seviyor! Bak yine arıyor, sevmese hiç, bu kadar sevmese niye her defasında dönüp özür dilesin, yalvarsın ki? O çok zayıf sadece... Beni seviyor, biliyorum, tek gerçeği bu... Sevmese bu kadar pişman, bu kadar perişan olabilir mi?"

Yarım saat geçmeden kendi büyük iç savaşının diğer tarafı oluyordu: "Sana yalan söylüyor Lorin! Çünkü kendine yalan söylüyor! Sana güvenmiyor Lorin. Çünkü kimseye güvenmiyor. Kendine güvenmeyen kimseye güvenmez. Senin de dünyaya güvenini alıyor elinden. Sevişmek ve sevmek aynı şeyler değil. Sakın açma kapıyı o adama bir daha, sakın! Sakın, sakın, sakın..."

Böyle kendi kendine bir oraya bir buraya savrularak... Bir gün bütün köprüleri yakmak zorunda kaldı sonunda...

Doruk'un bitiremediği eski ilişkilerine yenilerini ekleme alışkanlığından, dünyaya, eğlenceye, başarıya açlığından ve gerçeği sürekli reddedip hep başkalarını suçlamasından bıkıp usanmış, tükenmişti Lorin.

Lorin'e göre Doruk'un herhangi bir şeyden ayrılabilmesi mümkün değildi. Hayatı eski ilişkilerinin ve alışkanlıklarının çöplerini peşinden sürüyerek geçiyordu. O herkesin bir parçası olarak yaşamalıydı. Öte yandan kendini nerede iyi, yeni, temiz hissederse oraya gidiyordu. Nereyi kirletse orayı terk ediyordu. Birilerinin bir parçası olarak yaşamalı ama kendi dünyası temiz, büyük, lekesiz kalmalıydı. Duvarları boyasız şahsiyetsiz evinde dev televizyonunu izleyip, büyük beyaz koltuğunda içkisini içip, dev yatağında uyuyup kendi kozasını korumalıydı.

Aradan geçen onca zamandan sonra karşısına çıkmış, "Bana kızmış olamazsın," diyordu. Çekilmiş onca çileden sonra! "Ben utanılacak bir şey yapmadım," diyordu! Utanmadan!

Yol boyunca bunları düşündü Lorin. Doruk'la bir daha ölene dek karşılaşmazlar sanıyordu. Bir daha yaşanmaz aralarında hiçbir şey… Öldüler birbirleri için…

Oysa sadece birinci perde bitmişti. Ve elbette kreşendo ikinci perdede olacaktı. O gecenin sabahında bilgisayarını açtığında Doruk'tan bir e-posta geldiğini gördü:

Nasıl başlasam…

Çok zaman geçti. Özür dilerim. Biliyorum, kızgınsın. Kırgınsın. Ama bu kadar zamandan sonra… Eskimiş, bitmiş olmalı artık bazı kızgınlıklar.

Bu gece seni görünce... Kendimi hiçbir zaman yeterince anlatamadığımı düşündüm. Belki bir şansım olur diye yanına geldim ama gördüm ki kızgınlığın geçmemiş hâlâ.

Dünya bu kadar mucizevî değişimlere tanık olurken biz neden aynı kalalım? Biz de değiştik inan. Yaşadıklarımız sence bize bir şeyler katmadı mı? Bizden bir şeyler alıp götürürken bizi yeni biri yapmadı mı? Yapmadıysa boşuna mı yaşandı bütün o arbede? Büyümek, olgunlaşmak dediğimiz şey hatalarımızdan çıkardığımız sonuçlara göre kendimize yeni bir yön belirlememiz, değil mi?

Seni kaybetmek hayatımı farklı bir gözle izlememe neden oldu.

Meğer doğrudur sandığım hiçbir şeyi sorgulamamışım! Erkekliğin, başarının, hayatın gereğidir, diye düşünmüşüm. Benim kendime göre bir adalet anlayışım varmış kimseninkine uymayan. Kitabı kendime göre yazınca işte böyle oluyormuş demek ki... Senin onaylamadığın her davranışım benim için elbette doğruydu ve samimiyetle yapılmış şeylerdi. Ama ben kendime, mutlu musun oğlum, diye sormamıştım. Bunu fark ettim. Sen gittikten sonra ne kadar mutsuz olduğumu anladığımda başka bir sürü şeyi de gördüm...

Sana kızgınlığım sana sevgimdendi aslında. Mahcubiyetimdendi... Senden kaçarken, senin fark ettiğin, beni yüzleştirdiğin çirkin tarafımdan kaçıyordum. Bunu anlatabilmek çok güç ama öte yandan beni olduğum gibi kabul etmeni istiyordum. Bütün o sefil halimle. Senin her kırgınlığın beni kendime daha da öfkelendiriyor, çevreme karşı daha da kabalaştırıyordu. Her şeyi kırıp dökmemin ve bu sonsuz mutsuzluğumun sebebinin sen olduğunu düşünüyordum. Sana daha da öfkeleniyordum. Çok kıskanıyordum seni.

Her an gidebilirdin. Bir başkası seni benden alabilirdi.

Ama almamalıydı. O kadar canın yanmalıydı ki, değil bir başkasına gitmeye, yaşamaya bile dermanın kalmamalıydı. Eğer benim çürük yanıma şahit olduysan sen de çürümeliydin. Eşit olmalıydık, anlıyor musun? O yüzden, ne kadar çok kadın beni isterse kendimi senden o kadar koruyabileceğime inandım. Seni de inandırdım buna.

Senden sonra...

Bütün kadınları seninle kıyasladım. Senden daha iyisi mutlaka olmalıydı. Daha uzunu, daha kısası, daha şişmanı, daha genci, daha yaşlısı, daha süslüsü, daha moderni, daha sakini vardı ama hayır, daha iyisi yoktu!

Bir süredir seni düşünüyorum. Kar mı yağmış, fırından taze ekmek kokusu mu geliyor, yeni bir film mi var?.. Hiçbir şey, hiçbir şey anlamlı değil artık. Bu kadar kısa sürede hayatım olmuş olamazsın. Bu kadar kısa sürede bu kadar çok şey seninle ilgili hale gelmiş olamaz, değil mi?

Bazı sorularımın yanıtı vardı ama sende kalmıştı. Neden yolda yavru bir kedi görünce, gazetede kötü bir haber okuyunca, yağmurlu bir akşam vakti kâğıt toplayan çocuklara rastlayınca ağlamak istiyor ve seni aramak için ölüyorum? Kız gibi oldun ulan, yeter, diyorum kendime. Saçma sapan şarkılar dinliyor, her bahaneyle sarhoş oluyorum.

Ne yapıyorsun benden uzakta? Bensiz nasıl yaşıyorsun? Yatağının hangi tarafında yatıyorsun? O çok sevdiğim parfümün eve her girenin yüzüne çarpıyor mu hâlâ? Sabah uyanır uyanmaz elin telefonuna gidiyor mu yine?

Ah biriciğim! Seni senden uzakta ne kadar sevdiğimi vallahi bilmiyorsun. Sen aslında bana neler ettiğini hiç bilmiyorsun...

Birlikte olduğumuz o sayılı günlerde sen uyurken seni izlerdim. Çünkü bilirdim ki çok vaktim yok. Ölümlüyüm bu ölümsüz prensesin masalında. Ezberime almak isterdim yüzünü, nefesini... Sana verdiğim sözleri tutmak için ant içerdim. Ama sabah gün ışırken bütün o sözlerin korkusu sarardı içimi.

O kadar ezber etmişim ki seni... O suret, o nefes olmadan yaşayamaz olmuşum. Kendi öfkemin, kendime öfkemin sesi o kadar yüksekmiş ki, ihtiyacım olanın cılız sesini duyamaz olmuşum. Sen haklıydın, herkes sevdiğinin biriciği olmak ister. Seni soldurursam benim olursun sanmıştım ama benden gidebileceğini düşünmemiştim. Oysa sevdiğimi yaşatmak için, kendimde vazgeçemediğim kimi şeyleri, hayatımdaki kangren olmuş parçaları kesip atmam gerekiyordu. Kolay olmadı. Ama yaptım. Hiçbir pürüz yok artık. Bu karşılaşmamız tesadüf olamaz. Her şeyin bir nedeni varsa eğer, karşılaşmamız, sana bunları yazabilmek için ihtiyacım olan cesareti nihayet bulmamı sağladı.

Başa dönmek imkânsız, biliyorum ama seninle bir kez daha Lafite-Rothschild içebilir miyim? Karım olmayacak mısın sen benim?

Hiç mi hakkım yok? Hiç mi?

Doruk

Varmış demek ki...

Lorin, var diye düşünmüş olmalı ki, parmağına o yüzüğü takmış sonunda.

"Kalk hadi, kalk konuşalım azıcık..."

(2007)

Sabaha karşı bir vakit... Yaşar uyuyordu. Annesinin, omzunu dürtmesiyle uyandı. Yatakta telaşla doğruldu. "Ne oldu anne? Bir şey mi oldu? Ağrın mı var, bir şey mi istedin?" diye arka arkaya sıraladı sorularını.

Samire bir çocuk masumiyetiyle, "Yok, uyuyamadım ben, hiç uyuyamıyorum. Hadi oturup konuşalım azıcık," dedi.

"Ama anne, bak saat çok geç. Sabah konuşuruz. Karanlık daha. Yatalım şimdi, gel yatırayım ben seni."

"Yok yatmayalım. Çok uyudum ben. Yatmayalım, oturalım. Hadi, gel!"

"Ama anne çok yorgunum, çok uykum var benim..."

"Ben sana kahve yaparım şimdi, uykun muykun kalmaz. Hadi kalk, gel oturalım."

"Anne, yat hadi Allah aşkına! Bu saatte ne oturması? Sabah konuşuruz."

"Ama belki ben sabaha kalmam. Ya sabah ölmüş olursam?"

"Tövbe estağfurullah! Anne nereden çıkarıyorsun gece gece böyle lafları? Peki tamam, peki. Kalkalım hadi."

Yaşar esneyerek kalktı yatağından.

Biri şişman biri zayıf iki kadın, üzerlerinde gecelikleriyle koridorda birbirlerine tutunarak mutfağa doğru yürüdüler.

"Niye uyuyamadın sen?"

"Çok uyudum ben vaktiyle. Yetiyor bana bu kadar uyku."

Samire, mutfak masasındaki sandalyelerden birini çekip oturdu.

"Ne istiyorsun? Kahve mi? Aç mısın? Bir şey yemek ister misin?"

"Yumurta kır sen bana. Annem bize vermezdi hiç. Ama hadi sen yap da yiyelim şimdi. Tereyağında yap ama. İki tane kır, olur mu?"

"Dokunmasın? İki tane çok olur."

"Yok yok, dokunmaz, kır sen iki tane. Yiyelim hadi."

"Peki."

Saat sabahın üçüne geliyordu. Tavayı çıkardı Yaşar. Artık herkes ne derse onu yapar hale gelmişti. Adını değiştirmişti kendi kendine. Yaşar değil, Yapar olmuştu artık... Nerede herkesi asker eden eski Yaşar? Şimdi herkese yetişmeye çalışan, kim ne dese yapan bir kadın... "Yapar aşağı, Yapar yukarı," diye söyleniyordu.

"Ne yapıyorsun sen?" dedi Samire

"Yumurta kırıyorum, sen istedin ya."

"Aaa, ne güzel, hadi yiyelim."

Güldü Yaşar. Artık gülüyordu. Kızamıyordu, sinirlenemiyordu. Başına geleni kabullenmişti.

"O zaman peynirle zeytin de yiyelim mi?"

"Tamam, olur," diye yanıtladı Yaşar.

"Yarın da karnıyarıkla pilav yaparız. Sen testi kebabı yapmayı biliyor musun? Bilsen de ondan yesek!"

"Anne bak, dikkat etmemiz lazım kilona! Doktorlar ne diyorlar, biliyorsun."

"Ben çok zayıftım kızken. Evlendiğimde görseydin, küçücüktüm. Yaşar doğduğunda bir küçüktüm, bir küçüktüm. Zor yaptımdı doğumu. Çok kanamam oldu. Hastanede yattım. Çıktım ama durmadı kanama. Ameliyat ettilerdi beni. Sonra Yaşar beni unutmuş ben hastanedeyken. Babaannesiyle dedesi vermediler kızımı bana. Ona patikler, hırkalar ördüydüm. Hiç giydirmediler. Kızımı almaya giderdim, hiç gelmezdi bana. Hep saçımı çekerdi benim. Hiç kucağıma gelmezdi. Ben yemek yedireyim derdim, yemezdi benim elimden. Bir yaşında mıydı, neydi… Köye gittiydim yine onu almaya. Dayanamıyordum hasretine. Çorba içirmek istedim. Hiç yemedi, vurdu tasa, vurdu yüzüme. Ben de dedim, *benim elimden bir lokma yersen zehir zıkkım olsun sana!* Amaaaan sonra da bir pişman oldum ki!.. Benim dediklerim hep olurdu, biliyor musun? Ethem'e beddua ettiydim ben çocukken. Bu benim ablamı kaçırmaya geldiydi. O gün ben bundan korktum. Kaçarken düştüm dişim kırıldı. Bir de yumurta çaldıydım evden. O da kırıldı. Ben de bu Ethem'e beddua ettim. Dedim, *senin karın, çoluğun çocuğun gün yüzü görmesin inşallah*! Sonra da karısı ben oldum, iyi mi? Kendi kendime söz verdiydim bir daha hiç beddua etmem diye ama ağzımdan çıktı işte. Korkumdan çocuğuma hiç yemek vermedim ben, biliyor musun sen?"

Yaşar, elinde tabak, annesine bakıyordu.

Sandalyeye çöktü.

"Sen," dedi. "Küçücük bebeğe beddua mı ettin?"

"Yok be etmedim! Çocuğuma eder miyim? Bilerek eder miyim? O vakit öyle üzüntüden, hırstan ağzımdan çıkıverdi işte. Ondan sonra da çok korkup üzüldüm. Bir kere de horoza beddua ettiydim de ertesi gün bizim kara tavuk horozun gözünü oymuştu. Çocukluk işte ağzından çıkanın nereye varacağını bilmeden konuşuyorsun. Sonra da onun korkusuyla yaşayıp duruyorsun..."

Samire masum masum bakıyordu kızına.

Yaşar oturduğu yerden kalktı, annesinin önüne yumurtayı koydu. Peyniri, zeytini çıkardı dolaptan, onları da masaya bıraktı.

"Sen de Yaşar'a bir daha hiç yemek vermedin mi yani?"

"Yok vermedim. Kendi pişirdiğim yemeği vermedim. Kendi elimle vermedim."

"Yaşar ne yedi peki?"

"O çok beceriklidir. O her şeyi yapar. Hem hiç beğenmez benim yemeğimi. Ağzına sürmez. Yaşar sevmez beni hiç. Yaşar gitti. Ankara'da. Beğenmez beni o. Köylüyüz biz diye. Babası da öyle derdi rahmetli. *Bunlar gibi köylü olma*, diye diye düşman ettiler yavrumu bana. Öyle belledi beni. Ne yapsın? Anası onu sevmiyor sandı. Hep kötü davrandı bana. Beğenmez bizi. Uzak durur bizden.

Kimseyi beğenmez o. Kimseyi sevmez. Babasını severdi bir tek, rahmetliyi."

"Anne... Peki, ben kimim?"

"Yaşar'ın kızı mısın?"

Yaşar, annesinin karşısına oturdu bezginlikle. Gecenin bu saatinde hali yoktu annesinin zihnini toparlamaya. "Dağınık kalsın bu gece," dedi kendi kendine. Lorin'le ikisini karıştırıyordu son zamanlarda. Yumurtayı iştahla yemesini izledi bir süre. Beyaz saçlarını iki örük yapmış, omuzlarının iki yanından sarkıtmıştı. Küçük bir kız çocuğuydu karşısındaki.

"Sen kimseyi sevmedin mi peki?"

"Ethem'i sevdim."

"E ama sevmiyorum diyordun?"

"Öyle diyorum, çünkü o beni sevmiyor diye diyorum. Öldükten sonra çok üzüldüm. Öyle deme be insanın kocası işte. Alışıyor, belliyor insan. İyi adamdı aslında. Tam anlaşmaya başlamıştık, ölüverdi."

Yaşar annesinin bu saf, korunmasız, sahici hali karşısında içinde yükselen sızıyı bastıramayacağını düşündü. Bir an çok mutlu etmek istedi annesini.

"Ben konuştum onunla, seviyordu seni. Ölmeden önce söyledi bana. Yaşar'la ikisi birlikteydi. Ben küçüktüm o zaman. Yanlarındaydım. Dedi ki Yaşar'a... *Ben çok seviyorum Samire'yi! Aslında ablasından daha güzel, daha iyi huylu*, dedi. *Benim bu hayatta karım olabilecek tek kişi Samire'ydi*, dedi."

Samire, ağzında yumurta, şaşkınlıkla Yaşar'a baktı.

"Sahi mi diyorsun?"

"Evet. Yaşar da, *çok doğru söylüyorsun baba*, dedi."

"Yok, Yaşar dememiştir öyle."

"Dedi, inan bana, vallahi aynen böyle dedi."

"Ne dedi Yaşar, bir daha söyle..."

"*Doğru söylüyorsun baba, annemin kıymetini bilemedik zamanında*, dedi."

"Yaşar mı dedi?"

"Evet, Yaşar dedi."

"Oy annesi kurban olsun ona. Söyle Yaşar'a buraya gelsin, ona bir şey vereceğim ben."

"Ne vereceksin? Sen ver bana, ben gönderirim ona..."

"Yok, ben ona vereceğim. Söyle ona, beni görmeye gelsin. Annen özlemiş seni, de. İnanmaz o ama sen de ki, çok özlemiş annen seni. Ben biliyordum, okumuş kadın o. Seni de okuttu bir başına."

"Tamam, söylerim..."

Yaşar bu küçücük yalanının, karşısındaki beyaz saçlı kız çocuğunu nasıl sevindirdiğini izledi şefkatle. Samire yumurtasını yedi bitirdi.

"Yatalım hadi, doydum ben," dedi.

"Hani sohbet edecektik, oturacaktık? Karnın acıkmış senin. Ondan kaldırmışsın beni yataktan," diye sitem etti Yaşar şaka yollu.

"E sohbet ettik ya," dedi Samire gülerek.

"Ettik..." dedi Yaşar.

"Hem de ne güzel ettik."

Yaşar yanaklarını sevdi Samire'nin...

Kendi eserinden kaçan ilk erkek değildi elbet...

(2005)

Arabadaydılar. Doruk konuşuyor, Lorin'in kulakları zonkluyordu. Avurtlarını sıkmıştı. Aldığı nefes, içinde kalmış, çıkmıyordu dışarı. Avuçları, bacakları, boynu terliyordu. Doruk'a bakmıyordu hiç. Bakarsa... Bakarsa ne olur, bilmiyordu. Sadece, dişini sıkıp dinliyordu.

"Aslında anlatamıyorum... Korkularınla beni iyice geriyorsun... Sözümü kesme hiç... Haklı olduğun taraflar var, evet. Ama benim de içinde bulunduğum durumu, ruh halimi anlamaya çalış. Yani... Tamam, başta çok önemsemedim. Ama sonra sormaya başladım kendime: *hakikaten boktan bir herif miyim ben*, diye... Kendi mutluluğumun peşine düştüm ama ne yapıyorum ben? Sen de haklısın, senin ne suçun var? Beni sevmek dışında ne yaptın ki? Seninle adam gibi paylaşsam, anlatsam belki bunlar olmayacaktı... Ya, çok bunaldım, inan bana! Her şeyden vazgeçip çekip gitmek istiyorum anasını satayım! *Kimse olmasın ulan*, diyorum bazen. *Kimse olmasın hayatımda, herkes rahat etsin!* Çocuk oyuncağı değil bu elbette ama... Birazcık huzur istiyorum, anladın mı? Surat asma bana ne olur!"

Doruk, Lorin'in yüzüne baktı bir an. Lorin kıpırdamadı. Doruk şoför koltuğundaydı. Kenara çekmişlerdi. Arabalar akıyordu yanlarından. Lorin çok üşüyordu. Dışarıda cehennem sıcağı da olsa fark etmezdi; o çok iyi tanıdığı, çok iyi bildiği tek başınalığın ve çaresizliğin soğuğu bedenine girmişti işte. Hem terliyor hem üşüyordu. Sağ kürek kemiğinden beline ve boynuna yayılan, dayanılmaz bir ağrı başlamıştı. Hiç kıpırdamıyordu.

Doruk kendi kendine konuşuyor gibiydi. Sanki Lorin'e bir açıklama yapmıyor da sayıklıyordu. Kendini ikna etmeye çalışıyor, başaramıyor, toparlanıyor, sonra tekrar kendine yenik düşüyordu.

Kırık sesiyle konuşmaya devam etti: "Hatırlıyor musun, hani bir gün Anadolu Kavağı'nda bir balıkçıya gitmiştik? İşten kaçırmıştım seni. Çok soğuk bir kış günüydü ama muhteşem bir güneş vardı. Koca lokantada baş başaydık. Sürekli Ferdi Özbeğen çalıyordu. Aşçı ızgara balıkların yanına kırmızı güller koymuştu. Sen kırmızı gülleri ben koydurdum sanmıştın ama benimle hiçbir ilgisi yoktu; mekân sahibinin bize yakıştırmasıydı. Her şeye gülüp duruyordun. Gözlerin dünyanın en güzel gülen gözleri... Söyle bana, ben sensiz nasıl yaşayacağım bundan sonra?"

Lorin, Doruk'un bu gelgitlerini anlamaya çalışıyordu. Büyük dalgalarını, sevgisini, hırçınlıklarını... Anlayamıyordu ama artık. Şu ayrılık konuşmasını yaparken bile kafa karıştıran cümleler kuruyordu Doruk. Bırakıp giden kendisi değil de, Lorin'di sanki. Lorin, onun neden bahsettiğini takip edemiyordu.

Akşam gayet güzel başlamıştı oysa. Yemek yiyorlardı. Lorin ümitliydi. Sakin bir akşam olacak, diye düşünüyordu. Derken Doruk'un telefonuna mesaj geldi. Yine!

Son zamanlarda garip bir mesaj trafiği başlamıştı. Doruk okuduğu mesajlardan sonra telefonunu ters çeviriyor, yemeğe, sohbete devam ediyor fakat bir yandan da yüzü kararıp başka birine dönüşüyordu. Lorin'in sorduğu tüm soruları geçiştiriyor, yemeği erken bitiriyor, Lorin'i eve bırakıyor, sonra da kayboluyordu ortadan.

İlk birkaç gün çok önemsemedi Lorin bunu. Sonra, "Ne oluyor?" diye sordu. "Allah aşkına, yine neler oluyor?"

"Önemli değil," dedi Doruk, "İş güç, senin de bildiğin şeyler işte."

Derken... Kaan'ın kampta olduğu akşamlardan birinde Lorin'in evinde televizyon izlerlerken Doruk'un telefonuna bir mesaj geldi yine. Doruk telefonunu eline aldı, mesajı okudu ve "Benim gitmem gerekiyor," dedi.

"Ne oldu?" diye sordu Lorin.

"Önemli bir şey yok, bir yere uğramam gerekiyor," dedi ve gitti. Doruk'tan gece boyunca haber gelmedi. Ertesi sabah da... Öğleye doğru da... Lorin dayanamayıp aradı: "Her şey yolunda mı? Bir sorun mu var?"

"Yoo, hayır yok. Nereden çıkarıyorsun? Her şey yolunda. Yoğunum çok. Toplantı, müşteriler, ofisteyim..."

"Peki" diye yanıtladı Lorin.

Akşam eve geçtikten sonra da ses çıkmadı Doruk'tan. Lorin'in alışık olmadığı bir sessizlikti bu, hayra alamet değildi. Gecenin sonunda Lorin dayanamayıp mesaj attı: "Anlamıyorum ne olduğunu, bir sorun var muhakkak. Neden paylaşmıyorsun?"

Gelen yanıt oldukça sertti: "Hayatta her şey seninle ilgili değil!"

Lorin aldığı yanıt karşısında yumruk yemiş gibi oldu. Böyle bir cümle karşısında verilebilecek hiçbir yanıt bulamadı..

Hiç uyumadı o gece. Sabahı zor etti. Doruk'tan hâlâ ses yoktu. Ne bir mesaj ne de bir telefon. Aldığı son sert mesajın ardından bir daha aramak istemiyordu ama içi içini yiyordu. Birkaç saat sonra bir mesaj daha attı: "İyi misin, gerçekten merak ediyorum. Anlamıyorum ne olduğunu? Bu sert tavrının sebebi ne?"

Yanıt oldukça netti: "Lorin, hiç iyi değilim. Kendimi hiç iyi hissetmiyorum. Lütfen! Seni ararım."

Doruk üç gün boyunca ne aradı ne sordu.

İlk günün şaşkınlığının ardından büyük bir merak, endişe ve müthiş bir üzüntü yaşadı Lorin. Sürekli kendini suçladı. Bu kadar çok seven bir adam böyle ortadan kaybolduğuna göre muhakkak Lorin'le ilgili bir sorun vardı. Ne yapmıştı, ne söylemişti acaba? Çok mu üzerine gitmişti yoksa?

O mektuptan sonra bir daha böyle şeylerin olmayacağına inancı çok büyüktü. "Her şeyin farkında olan bir adam," diye düşünüyordu Doruk için. "Kendini benden daha iyi analiz ediyor," diyordu. Ama işte o belirsizlik, o boşlukta sallanma hissi, o buzdan zemin, hepsi olduğu gibi geri gelmişti. Tekrar başa dönmüşlerdi. Ve biliyordu Lorin; yine başka bir kadının çekim alanındaydı Doruk. Pürüzü mürüzü bitmiyordu bu adamın.

Üçüncü günün gecesi, Lorin, telefonun sesiyle yerinden fırladı.

Doruk arıyordu.

"Evde misin?" diye sordu.

"Evdeyim," dedi Lorin.

"Tamam, bir uğrayacağım..."

"Uğramak mı?" diye düşündü Lorin. "Uğrayacağım da ne demek? Durak mı burası!"

Yüzünü yıkadı. Üzerini değiştirdi. Doruk geldi.

"Ağlamışsın," dedi.

"Ağladım," dedi Lorin.

"Olmuyor!" dedi Doruk.

"Olmayan ne?" diye sordu Lorin.

"Ben seni üzmek istemiyorum aslında ama... Böyle fazla bir gerginlik mi oldu, ne oldu? Yüzük kalsın istersen parmağında ama biz şu düğün müğün işlerini biraz erteleyelim mi?"

Lorin, şaka mı yapıyor, diye düşündü bir an. Evlenmeyi ısrarla isteyen o değil miydi?

"Yüzük kalabilir de ne demek şimdi?"

Adamın söylediği her cümleyi yavaş yavaş idrak ediyor, içinde yükselen öfkeyi dizginleyememekten korkuyordu. Şaşkınlıktan, üzüntüden külçeye dönmüş, yığılıp kalmıştı bir et parçası gibi...

"Ben kaçıyorum şimdi, yarın haberleşiriz," dedi Doruk.

"Hakikaten kaçıyorsun, kaç bakalım!"

Doruk kapıyı çekti, çıktı gitti. Lorin uzun bir süre, kapıya baktı.

Adamın elinde oyuncak olmuştu işte! Biliyordu böyle olacağını. Bu yüzden ikinci bir şansı asla vermemeliydi ona, asla! Hiçbir zaman değişmezdi bu adam. Ya göklere çıkarır ya da yerin dibine batırırdı.

Ayaklarını sürüyerek yatak odasına gitti.

Boy aynasında kendini gördü. Tanıyamadı gördüğü kadını. Kilo almıştı. Dağılmış, başka biri olmuştu. Şişmiş gözleriyle, kendini suçlayan, endişeli, korkak, canına okuyan o adama muhtaç görünen, sürekli, "Neden, ne oldu, niye ama?" diye sorgulayan, solgun, zavallı bir surat... Kuşkusuz o anda dünyanın başka yerlerinde aynaya bakıp bir erkeğin aşkıyla güzelleştiğini, çiçek açtığını, tazelendiğini düşünen kadınların varlığı aklına bile gelmiyordu Lorin'in... Kendi aşkına düştüğünde olduğu gibi, kendi mutsuzluğuna düştüğünde de sağırlaşıp körleşiyordu insan. Aynı zamanda hafızasını da yitiriyordu elbette.

Lorin aynadaki aksine uzun uzun baktı. "Işığına âşık olduğu kadının canını emip bitirdi, sonunda korku ve endişeden düğüm olmuş bir mahlûkat yarattı. Evet, Doruk bunu kendi elleriyle iki yıl içinde yaptı. Şimdi kendi eseri olan o yaratıktan kaçan ne ilk ne de son erkek," diye düşündü.

Lorin bile bile girmişti bu oyuna.

"Seviyor!" diye... "Ama beni seviyor, ama bana sarılıyor, ama beni kolluyor, ama bana söz verdi!" diye… Kandıra kandıra kendini, oyalaya oyalaya... Zamanı har vurup harman savurarak...

Lorin banyo küvetini doldurup içine girdi.

Sıcak su onu kucaklayamasa bile acısını bir parça dindiriyordu. Aciz, zavallı, iğrenç bir böcek gibi küçücük durduğunu düşündü suyun içinde. Sırf Doruk gitmesin, onu sevsin diye parça parça etinden, canından, hayatından, neşesinden verdiklerini düşündü. Oğlu, işi, arkadaşları, özgürlüğü, özgüveni, başka insanlara güveni…

Hiç göremediği babasını düşündü.

"Babam olsaydı yapamazdı bunları bana... Babam çıkıp *sen yapamazsın benim kızıma bunları,* deseydi eğer…"

Başını banyo küvetine dayayıp babasıyla Doruk arasında kalmış, sadece sevilmek isteyen zavallılığına salya sümük ağladı. Küçücük bir mutluluk için ödediği bütün bedellere, eksikliğine, yenilgisine...

Doruk'u birkaç gün sonra bir sabah arabasının yanında beklerken buldu. Lorin'e arabaya binmesini işaret etti. "Simit aldım. Deniz kenarında çay ısmarlarsın belki bana," diyerek kayıtsızlıkla oturdu yanındaki koltuğa. Kokusu çarptı yüzüne... Lorin, Doruk'a baktı. Bu ölümüne sevdiği kokunun sahibine...

Deniz kıyısında simitlere hiç dokunmadan sustular bir süre.

"Eski davalar işte!" dedi Doruk ilk olarak. Ve hep o konuştu. Yol boyu, Lorin'in iş yerinin kapısına dek. Lorin ağzını açıp tek kelime etmedi.

"Ailemle sorunlar," dedi.

"İşler iyi gitmiyor," dedi.

"Bekârlığa da alıştım aslında," dedi.

"Sensizlikten ödüm patlıyor," dedi.

"Biz planlarımızı bozmayalım sevgilim, yapalım düğünümüzü," dedi.

"Seni çok seviyorum kadınım," dedi.

"Bazen ne berbat bir insan oluyorum ben. Sana, senin gibi düzgün bir kadına nasıl yapıyorum bu aksilikleri, iyi çekiyorsun sen beni ha!" dedi.

"Aşkım erkekler çocuk gibi biliyorsun, kadınlar tarafından yönetilmeliler daima, güçlü bir kadın olmalı adamın yanında," dedi.

Lorin'in şirketinin önüne geldiğinde, "Akşama yemeğe çıkalım mı, şöyle baş başa bir keyif yapalım eski günlerdeki gibi, ne dersin?" diye sordu.

"Tamam." diye yanıtladı Lorin mutlulukla. "Tamam!"

"Seviyorum ben bu adamı! Tamam, gelgitleri var bazen ama bensiz yapamaz! O da korkuyor bir şeylerden mutlaka... Ama kim korkmuyor ki? Ben bile kaç kere vazgeçecek oluyorum," diye düşündü asansörde.

Akşam yemek yediler. Her şey yolunda görünüyordu. Gülüşüyorlardı.

Derken o telefon mesajı geldi ve mevsim değişti sanki yeniden. Doruk eve doğru yol alırlarken aniden kenara çekti arabayı ve konuşmaya başladı.

"Lorin... Dünyam allak bullak oldu bu aralar... Benim yerimde olmak istemezsin. Seni gerçekten çok seviyorum. Sanma ki senden gittim ben. Gitmedim ki bir yere. Gidemem ki... Gidemiyorum ki... Seni sevmeyi öğreniyorum galiba. Sensiz bırakma beni, ne olursun! Maksadımı aşan her kelimem için binlerce kez özür dilerim senden. Seni kırmak, seni üzmek istemediğimi bilmelisin. Ben senin yanında küçük bir erkek çocuğuyum, biliyorsun. Al beni, tut elimden... Bırakma, gitmeme izin verme. Seni sevmeyi öğrenerek dünyayı öğreniyorum ben."

Lorin anlamıyordu. Gerçekten anlamıyordu.

"Söyle bana," dedi. "Ben mi bırakayım seni? Yapamıyor musun? Nedir derdin senin?"

Doruk derin bir nefes aldı.

"Başıma bu işi nasıl açtım, bilmiyorum. Sadece küçük bir telefon trafiğiydi başta. Mesajlaşmalar filan. Hoşuma gidiyordu. Takıntı derecesinde ilgi gösteriyordu bana. Çok önem vermiyordum. Fakat şu anda boğulmak üzereyim. Bu baskıyla yaşayamayacağım. Aramızda herhangi bir şey yok bana sorarsan. Bir iki öğle yemeğiyle birkaç mesajlaşmadan ibaret. Tamam, mesajlaşmalarda ileri gitmiş olabilirim. Bir ilişki kurmak gibi niyetim yoktu inan. Ama şimdi sana söylemekle tehdit ediyor beni. Sana kendim açıklamak istedim. Başkasından duyma istedim. Yani sen kaygılarında haklısın. Her zaman da haklıydın. Biri var, evet..."

Lorin için hayat 2005 yılının o aralık gecesinde durdu sanki...

Bir sirk hayvanı gibi geri adım attı...

(1977)

Ah, ölüm!.. O güzelim vadiye de ulaştı elbette... Ethem ve Yaşar mezarlıktan çıktılar.

"Yürüyelim biraz," dedi Ethem.

"Peki baba," dedi Yaşar.

Bir süre hiç ses çıkarmadan toprak yolda yan yana yürüdüler. Ethem bir sigara çıkarıp yaktı. Dumanını içine çekip efkârla havaya savururken, "Vay yalan dünya!" dedi, "Anamı da benden aldın ya!.."

Yaşar içinde büyük bir acı hissediyor fakat o acıyı dışarı çıkarabilecek, anlatacak bir yol bulamıyor, bilmiyordu. Ölüm karşısında soğukkanlı durmayı öğrenmişti çoktan. Ölümü, 'birbirini bir daha görmemecesine vedalaşmak' üzere kaydetmişti belleğine. Babaannesinden ayrılalı çok olmuştu ama onu büyüten, anne saydığı ebesinden 'ölümle' ayrılmanın kederi taş gibi duruyordu içinde. Taşlar üst üste yığılıyordu artık Yaşar'ın kalbinde... "Bu mu hayat?" diye düşündü babasının savurduğu sigara dumanına bakarak.

Sonra başını yere eğip yürümeye devam etti. Güneşli ama serin bir hava vardı. Bir gün önce gömmüşlerdi babaannesini. Baba kız yalnız başlarına bir kez daha ziyaret etmek istemişlerdi kabristanı. Daha doğrusu Ethem istemişti.

"Öldüğümde beni anamla babamın yanına gömün."

"O nasıl söz baba? Allah göstermesin, Allah geçinden versin!"

Ethem, *hayır* anlamında salladı başını: "Allah evlat acısı göstermesin kızım!" dedi. "Allah sıralı ölüm versin, hayırlı ölüm versin... Babam hep böyle dua ederdi. Biz evlatları olarak ana babamıza karşı vazifemizi yerine getirdik, çok şükür. Sıranız geldiğinde de siz yapacaksınız. Kaçışı yok... Allah yüzümüze baksın da çoluğumuz çocuğumuz yanımızda olsun, ele güne muhtaç etmesin bizi. Sizlere de hayırlı evlatlar olabilmek şerefini yaşatsın. Ama benim esasen konuşmak istediğim başka bir şey var seninle..."

Yaşar bir şey söylemedi.

Ethem bir süre hiç ses çıkarmadan yürüdü. Sigarasını yere attı. Ellerini arkasında kavuşturdu. Boğazını temizledi.

"Sen akıllı kadınsın. Sana nasihat etmek bu saatten sonra babana düşmez. Ama kaç yaşına gelirse gelsin, evladı küçük bir çocuktur babasının gözünde. Baba yüreği işte, merak ediyor çocuğunu... Yaşar, kızım... Siyasete biraz fazlaca bulaşmışsın diye duydum. Senin küçük çocuğun var. Bu mevzulara pek girmesen diyorum. Sen disiplin düzen insanısın. İşinde başarılısın. Kader yüzüne gülmedi, yuvan baki olmadı ama yüce Allah bir evlat verdi kucağına hiç olmazsa. Çocuğunun hatırına kızım, dünya üzerinde tek tabancaymışsın gibi yaşayamayacağını unutma. O çocuğun hem anası hem babası oldun sen. Sen diğer kadınlar gibi değilsin. Sen başka insanların haklarından önce kendi evladının hakkından sorumlusun. Devlet memuru dediğin siyasetle çok alakadar olmamalı. Bu iş böyle sürmeyecek elbette kızım. Bu başıbozukluk böyle devam etmez. Yarın öbür gün çıkar biri, hesabını sorar. Kadın başına veremezsin bu hesabı. Yanılıyor muyum?"

Yaşar yine ses çıkarmadı. Babası tıpkı evlenirken yaptığı gibi, yine olmaz bir düğmeye basıyordu. Evlenmesine engel olamamıştı ama Yaşar'ın hayatını yönetme arzusundan vazgeçmiyordu. Şimdi de geleceğini tasarlamaya çalışıyordu Yaşar'ın. Çocuklar yetiştiren, bir başına yaşayan, erişkin bir kadın olduğunu anlaması gerekiyordu artık.

"Ama baba, başka insanların hakkı dediğin benim çocuğumun hakkıdır asıl," diye söze başladı Yaşar.

"Sözüm bitmedi!" dedi Ethem sertçe.

Yaşar sustu. Eğik başını dikleştirdi sadece. Gözlerini uzakta bir noktaya dikerek yürümeye başladı.

Ethem konuşmasına devam etti.

"Bugün biz olalım, birlik olalım derler, halk için, hakkımız için derler ama halkın da hakkın da ne olduğunu bilmezler... İnanmadığın bir fikri savunmak zorunda kalabilirsin kızım. Sana çocukluğundan beri bellettim, biliyorsun. Birine ait olmak demek onun her istediğini yapmak demektir. Bir erkeğe boyun eğme, dedim sana. Altın bileziğin olsun, dedim. Mesleğini kazandın. Şimdi kim olduklarını bilmediğin insanlarla dolu bir gruba tabi olmuşsun. O sendika mı, dernek mi, her ne illetse, orada sana hiç benzemeyen bütün insanların yükünü günahını senin gibi çalışkanların omzuna yükleyiverirler bir gün. *Hadi greve, kavgaya gidiyoruz*, dediklerinde, sen istemesen de, onlar öyle dedi diye kararlarına uymak zorunda kalırsın. Kimler vardır kızım bu insanların arasında? Senin çektiklerini çekmişler midir?"

Yaşar derin bir nefes aldı.

"Baba, acılı bir günde bu konuyu konuşmak ve saygıda kusur etmek istemem. Lakin birlik olunmadan sorunların üzerinden gelebilmek mümkün değildir. Sendika konusundaki fikirlerinize katılmıyorum. Eski sendikamız... Şimdiki derneğimiz özlük ve sosyal haklarımız için, Atatürk ilkelerinden..."

Ethem, Yaşar'ın konuşmasına izin vermedi.

"Yaşar, bu işe bir son ver kızım. Hakkım için... Kızının hakkı için... Bu arada başka bazı önemli kararlar aldım. Ben de evi artık İstanbul'a taşımayı düşünüyorum. Sen orada çok yalnız kaldın. Annenle sana yakın oluruz. Yeniden evlenmeyi düşünüyor musun?"

Yaşar bir şey söylemedi. Babasının yaptığı konuşmadan dolayı canı son derece sıkkındı. Söyleyemedikleri içinde büyüyor, kelimeler ciğerinden boğazına, boğazından beynine çarpa çarpa dolanıyor, birbirine giriyordu. Onu bütün kalbiyle bağlı kaldığı o ufacık parçadan koparmaya çalışıyordu babası, biliyordu...

Sürekli bir cümle kuruyor, onu bırakıp bir başkasına başlıyor, sonra yeni bir cümle kuruyordu.

"Baba şartlar değişkendir. Bizi ezerek var olan iktidarlara, iş verenlere karşı direnebilmek için birlik olmamız gerek. Hak aramanın, insanca yaşamayı talep etmenin, eşit bir düzen istemenin nesi kötü? Bütün dünya sosyal haklar bilincinde yol alırken bizim dirlik düzen..."

Ama Ethem dinlemiyordu. Yaşar onunla böyle konuştukça, konuşabildikçe öfkesi daha da büyüyordu. Sertçe kolunu tuttu Yaşar'ın.

"Yeter!"

Bir süre birbirlerinin gözlerine baktılar. Toprak yolun ortasında baba kız, meydana çıkmış iki dövüşçü gibiydi. Yaşlı olan korkutuyordu genç olanı. Öyle bir bakıyordu ki gözlerinin içine, öyle çok şey anlatıp anımsatıyordu ki... Genç olan, o gözlerde gördüğü dehşetten ürktü... Anımsadı... Demirle dövülerek eğitilmiş bir sirk hayvanı gibi geri geri adımlar attı. Hafızasındaki o büyük kara deliğin açıldığı günü anımsatıyordu yaşlı dövüşçünün gözleri. Kükrerken sirk sahibini kapıda görüp başını omuzları arasına sıkıştıran bir kaplandı artık evet... Başını yere eğdi Yaşar.

Ethem bir kez daha sordu: "Evlenmeyi düşünüyor musun kızım?"

Bıkkınlık içinde nefes verdi Yaşar. Hissettiği büyük yalnızlığın yeni bir şey olmadığını biliyordu. Bunun bir adamın hayatına girmesiyle değişmeyeceğinden ve yeni birinin asla girmeyeceğinden, giremeyeceğinden emindi. Yine de son bir kez, başını yerden kaldırmadan, anlatabilmeyi denedi.

"Baba, yarın öbür gün, dünyanın bin türlü hali var, başıma bir şey gelse, dernek aynı zamanda bir dayanışma merkezi olarak yanımda olacaktır. İş sağlayan, yöneten sistemin sadece kendi düzenine hizmet eden…"

Ethem gürledi:

"Sana bu işi gözden geçir, dedim!"

Kısa bir sessizlik oldu. Ethem yürümeye başladı. Yaşar da arkasından ayaklarını sürüyerek takip etti onu.

"O konu kapanmıştır! Bütün ilişkini keseceksin onlarla. Bu memleket asker bir memlekettir. Yakında onların hiçbiri kalmaz, sen kabahatli kalırsın. Bitmiştir dedim! Evlilik meselesinde gelince…"

Ethem adımlarını yavaşlatıp sesini yumuşattı.

"Küçük bir kızın var. Artık büyümeye de başladı. Bu saatten sonra evine girecek her erkek, çocuğun için bir tehlike olabilir. Bugün kendi hayatını düşünerek yapacağın bir başlangıç yarın çocuğunun istikbalinin cehenneme dönmesine sebep olabilir. Zaman çok kötü kızım. Kimseye güven yok. Siz orada bizden uzaktasınız. Televizyona bakmaya, radyo dinlemeye yüreğim dayanmıyor artık. Huzurlu uykulara hasret kaldık. Sizin yanınıza, yakınınıza gelmek en iyisi. Sen de artık daha dikkatli davran. Hudutlarımı aşıyorsam beni hoş gör."

Yaşar babasının son cümlesinin öylesine söylenmiş boş bir cümle olduğunu biliyordu. Yaşar'ın yaşamındaki karar mekanizması çalışıyordu yine… Ethem'in çarkı dönüyordu... Yaşar kırık, buruk bir sesle onun son cümlesi gibi öylesine yanıt verdi.

"Estağfurullah baba."

"Bundan sonra sana düşen, kızının eğitimini en iyi şekilde üstlenip, onu yetiştirmektir. Sana yakışanı budur. Adına bir tek leke getirmeden çocuğunu büyüt. Vatana millete hayırlı bir evlat yetiştir. Biz her zaman yanınızdayız."

Yaşar'ın zaten söyleyecek bir şeyi yoktu artık. Demek babası İstanbul'a taşınıyordu. Sürekli yanında olabilecekti böylece. Hayatın anlamı neydi sahi? Niye doğmuştu Yaşar? Tarifsiz bir yorgunluk çöktü bedenine. Babası bıraksa orada otların üzerine uzanıp yatacak, uzun bir uykuya dalacaktı.

Köye uzanan ana yola çıktılar.

Ethem, Yaşar'a dönüp "Sen, sana yetersin kızım, anladın mı?" dedi.

"Anladım baba," dedi Yaşar.

Anlamıştı... Hayatın anlamını bulmaya çalıştığı her yol, babasının belirlediği sınırlarda bitiyordu.

1977 yılı, sokakların "Dayanışma" haykırışıyla geçti, lakin bir ses eksikti.

Herkesin bir nedeni var; olmak için, olduğu hal için... Birlik için, 'bir'lik için...

"Sen şimdi çocuksun, bilemezsin..."
(2006)

Kaan yine dizinin dibine oturmuş, okuduğu kitabı anlatıyordu Samire'ye.

"Sistemli tecavüzler sonucunda Bosnalı genç kızların doğurmak zorunda kaldıkları çocuklar var ya… Bu çocuk yaştaki kızların çoğu kendini öldürmüş. Ama Bosnalılar bu tecavüzlerden sonra doğurup intihar eden kızların bebeklerini bağırlarına basmış ve onları şehit çocuklarıyla bir tutmuşlar. Bu çocukları evlat edinmişler…"

Kaan'ın son cümlesinden sonra Samire gözyaşlarını sildi avuçlarıyla.

"Yüce Allahım razı olsun o insanlardan! Şehit çocukları onlar elbette. Allah o merhamet bilmezleri gazabıyla cezalandıracak inşallah!"

"Ama büyükanne sen ağla diye anlatmadım ki ben bunu!"

"Biliyorum… Biliyorum… Yüreğim kaldırmadı. Benim ablam da kıydı canına, biliyor musun? Attı kendini kayalardan aşağı."

Kaan elindeki kitabı kapattı usulca. Oturduğu yerden kalkıp büyükannesinin yanına iliști.

"Niye yapmış büyükanne böyle bir şey?"

"Bilmiyorum ki..."

"Sen çocuk muydun o zaman?"

"Yok, büyümüştüm. Evlenmiştim. Yaşar doğmuştu. Kardeşi bile doğmuştu. Benim ablamın çocuğu olmamıştı, biliyor musun?"

"Olmasın, şart mıydı?"

"Şart tabii... Olmasın olur mu hiç? Çocuğu olmazsa olmaz. O zaman evin dirliği düzeni de olmaz. Kadını kadından saymazlar. Sevdiğine de varamamıştı zaten. Gelin gittiği evde çok eziyet etmişler. Onlar köyde oturuyorlardı."

"Siz nerede oturuyordunuz?"

"Biz Ankara'da oturuyorduk. Ama Yaşar köyde diye çok gidip geliyorduk. Ben onu yanıma almak istiyor ama alamıyordum. Gelmiyordu hiç bana. Babaannesiyle dedesi de vermek istemiyordu. Belki alışır zamanla diye uğraşıyordum ama sevmedi hiç beni Yaşar."

"Sonra ne oldu?"

"Yaşar'ın kardeşi oldu. Akrabalar Ankara'ya geldiler. Bizim evde kaldılar. Ethem hep çok iyi davrandı herkese. Erkek olacak diye çok seviniyordu. Gerçi ikincide olmadı, üçüncüde bulduk ama neyse. Bizim akrabalar gidince hep çok anlatmışlar, Ethem'in evi şöyle, Ethem'in evi böyle diye. Ablam duya duya üzülmüştür, değil mi? Kendi hayatı öyle kötüyken..."

"Belki üzülmüştür. Ama insan kardeşinin hayatı kendisininkinden iyi diye canına kıyar mı büyükanne ya?"

"Sen şimdi çocuksun, bilemezsin... Belki o yüzden olmuştur. Sen Yaşar'ı ne zaman gördün en son?"

Samire'nin hafızasının bu çocuksu hali eğlendiriyordu Kaan'ı. Koşulsuz bir sevgiyle bağlıydı büyükannesine. Anneannesinden çekinirdi. Annesi banyoda düşüp omzunu kırdıktan sonra hepsi bir arada yaşamaya başlamışlardı. Büyükannesini çok seviyor olsa da annesinin bir an önce iyileşmesini, yine eskisi gibi ikisinin yalnız yaşamasını istiyordu aslında. Fakat büyükannesinin varlığı şu anda en büyük dayanma gücüydü Kaan'ın...

"Valla, yeni gördüm sayılır büyükanne. Sık karşılaşıyoruz. Mutfakta filan görüyorum," dedi yanağından makas alarak.

"Efendim?" dedi Samire gözlerini açarak.

"Bir şey demedim. Görüyorum, evet, görüyorum."

"Bu Yaşar'a bir şey göndermek istiyorum ben. Ankara'ya sen gönderir misin?"

"Büyükanne Yaşar buradaymış diyorlar. İstanbul'da. Bu akşam çağıralım mı? Gelsin mi buraya? Kendin verirsin."

"Aaa, tabii ya. Yaşar burada. Benim karnım aç."

"Büyükanne şimdi yemek yedik ya!"

"Bana yemek vermedi kimse."

"Olur mu, şimdi kalktık sofradan."

"Evladım yalan mı söyleyeceğim bu yaştan sonra? Karnım aç, diyorum. Kimse bana yemek vermedi, diyorum. Ayıp değil mi? Benim yaşımdaki bir kadını aç bırakıyorsunuz."

"Tamam büyükanne, tamam. Ben anneanneme haber vereyim de bir şeyler hazırlasın. Sen burada bekle. Annemi uyandırma ama olur mu?"

Samire, Kaan odadan çıkar çıkmaz, kanepede uyumakta olan Lorin'in başına gitti. Saçlarını okşamaya başladı.

Lorin gözlerini açtı. Anneannesine baktı.

Samire gülümsedi: "Uyandın mı?" diye sordu.

Lorin de güldü.

"Hadi kalk, sana bir şey göstereceğim," dedi Samire.

Lorin'in sol elini tuttu, küçük bir çocukmuşçasına, "Hadi bakalım, kalk bakalım," diyerek yataktan kaldırdı. Elini avcunun içine alarak kendi odasına götürdü.

Kapıyı sıkı sıkı kapadı. Yatağının yanındaki eski çeyiz sandığının üzerindeki eşyaları kaldırıp yere bıraktı. Sandığın kapağını açtı.

İçindekileri seyretti bir süre. En üstte... Samire'nin Ankara'ya geldikten sonra, ikinci çocuğuna hamile kaldığında kesilen saçları... Yaşar'ın yatılı okula gittiğinde Ethem'in kestirttiği saçları...Ve Lorin'in ilkokula başlarken kesilen saçları...

Üçünün üç kalın, kara örüğü yan yana duruyordu sandıkta.

Alıp bir kenara koydu.

Lorin o üç örüğü ilk defa yan yana görüyordu.

Kalbinde kumsala vuran yumuşacık bir dalga geldi gitti sanki.

İlkokula gideceği o ilk gün annesinin heyecandan titreyen ellerini anımsadı.

Saçlarını tararken hep canını yakardı. Okula başlamadan bir gün önce kestirmişti. Yakası, önlüğü, çorabı… Her şeyini kontrol ediyordu.

İlk sabah birlikte gitmişlerdi okula. Çocukların kimilerinin babaları da vardı yanlarında. Yaşar ve Lorin, anne kız, ikisi bir kenarda duruyorlardı. Lorin'in gözleri doldu.

Sandığın en altından zorlanarak bir bohça çıkardı Samire.

Lorin'in önüne getirdi.

"Sen Yaşar'ı tanıyorsun değil mi?" diye sordu.

Başını salladı Lorin. Samire hızlı hızlı, sevinçle anlatmaya başladı.

"Yaşar benim kızım. Beni çok seviyormuş meğer. Rahmetli babasıyla ölmeden önce konuşmuşlar. Ama bana söylememişler. Babası da seviyormuş beni, biliyor musun? Sen şimdi Yaşar'a söyle... De ki, *annen seni çok özlemiş*, de, *bunları sana göndermiş*, de."

Bir an durdu. Lorin'e baktı. "Kim anlattı bana bunları?" dedi. Sonra omzunu silkip bohçayı açtı.

İçinden koyu yeşil bir bebek hırkası, bir patik, bir bebek çıngırağı ve çok kötü, kargacık burgacık bir elyazısıyla yazılmış bir not çıktı: "Yazmayı öyrendm. Seni alacayım."

Lorin kucağındakilere bakıyordu.

"Sen bunları Yaşar'a gönderir misin?"

Lorin anneannesinin beyaz saçlarını okşadı sol eliyle. Gözlerinden sicim gibi akıyordu yaşlar. Samire torununun yanağındaki yaşları sildi iki avcuyla.

"Çok mu üzüldün sen? Kimin kimsen yok mu senin?"

Lorin daha çok ağlamaya başladı. Samire kırık omzunu incitmeden sarıldı Lorin'e.

"Gel yavrum, gel kınalı kuzum. Ağlama sen. Ben bakarım sana... Oh, kurban olurum seni Yaradan'a. Ağlama sen!"

Lorin doya doya ağladı anneannesinin kucağında.

"İnsan olmanın yasını tutacağım şimdi..."

(2006)

Kış bitti. Bahar bitti. Yaz başladı. Lorin yürüyordu. Kilometrelerce yürüyordu. Bir şey yemiyor, pek konuşmuyor, çalışmıyor, sadece yürüyordu. Ayaklarında yaralar çıkana kadar yürüyordu. Yürüyor ve düşünüyordu. Doruk'u o geceden sonra bir daha görmemişti. Doruk'un son cümlesinden sonra arabadan inmiş, etrafından akan trafiğe aldırmadan yürümeye başlamıştı. Bir daha hiç konuşmadı Doruk'la.

Bir yara gibi... Hafızasında derin bir kesiğe acemi biri tarafından atılmış çirkin bir dikiş izi gibi... Evet, çirkin bir yara iziydi Doruk artık. Bir düşmandı hatta.

Durmaksızın sorular soruyordu kendine.

Hiç sevişmemiş olabilirler mi? O adam bu alçak olmayabilir mi? Hayatını altüst eden, aklını, zihnini oyan? Şüpheler, soru işaretleri ve güvensizliklerden kurduğu o tuzağın başında yaşayıp Lorin'in direnciyle, sabrıyla beslenen iblis olmayabilir mi? Kendinden emin duruyordur; gülümsüyor, yanındakilerle konuşuyor, şakalaşıyor, içkisini içiyordur hâlâ... Gülümsemesinin ardına saklamıştır yine şeytanını... Hiçbir şey yaşanmamış gibidir onun için. Büyük ihtimalle sözler verdiği, kıskandığı, kıskandırdığı, aşka inandırdığı kadınlardan üçü beşi yine etrafında pervanedir... Doruk... Kendini bütün kadınlara gönderilmiş bir nimet sayan, hepsine aynı sözü veren bozuk plak...

Böyle bir erkek gerçekten âşık olabilir mi bir kadına? Bir tek kadına?

Lorin kaç defa yanıldı Doruk'la? Kaç defa kandı ona? Nasıl inandı, "Bu kez doğru söylüyor," diyerek... Nasıl kendinden bile şüpheye düştü...

Öyle ya, dünyanın bütün zalimleri kendilerini sevenin üzüntüsüyle beslenir...

Şimdi etrafındaki kadınlardan hangisine yapıyordu acaba bunları?

Hangisini gökyüzüne çıkarıp sonra bırakıveriyordu aşağı? Hangisini hasta ediyordu acaba?

Yalan söyleyen bir erkekle mi, yoksa dişi ruhlu oyuncu bir erkekle mi dövüşmek daha zordu?

Bu acının bir gün biteceğini söylüyordu dünya tarihi.

Aşk acısı değildi ama bu Lorin için. Büyük bir yenilgiydi hissettiği. Sanki bütün ömrü boyunca inşa ettiği bir bina içine doldurduğu bütün değerlerle birlikte üzerine yıkılmıştı. Anlamlandıramıyordu olup bitenleri. Geceleri ansızın uyanıp karanlığın içinde soluksuz kalıyordu. Ya günlerce uyumuyor ya da günlerce uyanmıyordu.

Uyandığı günlerden birinde yine yürümek için dışarı çıktı. Tam apartman kapısından dışarı adımını atmıştı ki, eski iş arkadaşlarından biriyle burun buruna geldi. Okulu bitirip Lorin'in yanında işe giren, sonra başka bir büyük holdingde çalışmaya başlayan kadın Lorin'in duymak istediği ilk şey buymuş gibi, sanki bunu söylemek için evin önünde bekliyormuş gibi, patlattı haberi:

"Doruk kendi şirketini kurdu, duydun mu? Ayrıldı eski yerinden. Ortağını duyunca kulaklarımıza inanmadık. Senin geçen yıl işe aldığın kızcağız değil mi o? Ankara'dan... Daha üç beş yıllık avukat. Dil bilmez etmez. Koca koca devlerle mücadele edecekler bir de! Önümüzdeki hafta şatafatlı bir kutlama partisi vereceklermiş. Doruk senin iki büyük müşterini de almış. *Onun hiçbir işi takip edecek hali yok, sinirleri çok bozuk, uzun bir süre çalışamaz, siz de tepetaklak gidersiniz*, demiş senin için. Büyük ihtimalle kız senin yanında çalışırken buna casusluk yaptı. Valla ortalık çalkalanıyor."

Lorin, karnına bir bıçak saplandı sandı bir an. Doruk o kızla birlikte iş mi kurmuş? Doruk müşterilerine gidip kendisini mi kötülüyormuş? Ortalık çalkalanıyor muymuş? Hepsi bu kadar kısa bir sürede mi olmuş? Bunları hazmetmeye çalışırken karşısındaki kadın makineli tüfek gibi devam etti konuşmaya.

"Sen nasılsın bu arada? İyi misin? Bu ortaklık işine itiraz ettiğin için ayrılmışsınız diye de duydum, doğru mu?

Kızı kıskanmışsın. Eğer öyleyse de haklısın vallahi! Hem de çok haklısın! Bunca yıllık tecrüben varken, adamı kaptırıyorsun. Her yerde el ele, kol kola geziyorlar... Ayıp vallahi! Ama biliyor musun, sana bir şey olmaz. Fıstık gibi kadınsın. O kaybeder. Elini sallasan ellisi İstediğin an iş de bulursun, sevgili de. O kim ki seni bıraktım diye ortada dolanıyor?"

Lorin adeta dayak yiyordu. Kafası allak bullak olmuştu. Zihninde sorular birbirini kovalıyordu: "O kızla mı aldatmış beni? O muymuş ayrılma nedenimiz? Doruk böyle mi söylüyormuş? Lorin'i bıraktım mı diyormuş? Kızı mı kıskanmışım? Ortaklığa mı kızmışım? Doruk gerçekten böyle anlatıyor olabilir mi? Hayır, hayır asla... Bu kadar aşağılık olamaz. Bunların uydurması, abartmasıdır. Doruk konuşmaz benimle ilgili…"

Derken, kadın son bombasını da patlattı:

"Lorincim, ben senin babasız büyüdüğünü bilmiyordum. Sen de hiç anlatmazsın böyle şeyleri. Allah rahmet eylesin. Canım, bu arada biz böyle senin gibi ailesinden şiddet gören çocuklar için bir vakıf kuruyoruz cemiyetten arkadaşlarla, senin de çok büyük katkın olabilir bize… Arasana beni… Bu arada maddi sıkıntın olursa filan, hiç çekinme lütfen..."

Lorin'in içindeki kurumuş ağaçta kalan son yaprak da yere düştü.

"Anlatmış..." dedi kendi kendine.

Önce kadının şehvetle, iştahla, soluk bile almadan haberleri arka arkaya sıralamasına, sonra da kendi sabrına inanamadı. Başı döndü bu taarruzun karşısında. Mide bulantısıyla, kaçarcasına uzaklaştı kara haberciden.

Lorin iş yaşamı felaket sevici kara kuşlarla dolu olduğu için alışkındı bu tür ayaküstü darbelere...

Ama bu! Ama bu!..

Lorin'in zihninde duyduğu bütün cümleler çelik bloklar gibi birbirlerinin üzerine düşüyorlardı.

Kalbi kulaklarından çıkacaktı. Dizlerinin bağı çözüldü. Yürüyemedi. Eve döndü. Ceila'yı aradı. Kafası karışıktı, içi acıyordu.

"Bunları hak etmiş olmak için ne yaptığımı düşünüyorum sürekli. Nerede yanlış yaptım? Birinin mutsuzluğu neden başkalarını mutlu ediyor? Nasıl bu kadar zavallı bir konuma düştüm ben? Herkesin diline düşürmüş beni..." diyordu sürekli.

Bir süre dinledi Ceila. Sonra, "Zavallı olan sen değilsin!" dedi. "Görmüyor musun? O adam gerçek biri değil. Bir kaleyi fethettiği anda yenisini arayan biri o. Ona sen de yetmiyorsun, yetmeyeceksin. Hep, *sıradaki*, diyecek. Senden daha parlak her ışık daha çekici gelecektir artık bu adama. Çünkü onunla besleniyor... Saçmalama, böyle bir aşk hikâyesiyle yıkılamazsın sen! Neler görmüş, neler atlatmış bir insansın. Dünyanın aldatılan ilk kadını da değilsin ayrıca. Kendini kurban olarak görmekten vazgeç. Dik dur ve lütfen gel yanıma... Burada biraz dağıtırsın kafanı. Unutma, kendi dünyanın direği sensin!"

Telefonu kapadı Lorin. Büyük bir hayal kırıklığı yaşıyordu. Annesiyle böyle bir şeyi konuşabilmesi, dertleşebilmesi mümkün değildi. Bunu bir zaaf olarak görecek, suçu elbette Lorin'de bulacaktı. Kaan'a belli etmemek içinse elinden geleni yapıyordu. Çocuğun dünyasını daha fazla altüst edemezdi.

Hiçbir şey teselli edemiyordu onu. Birdenbire bütün dünyanın yorgunluğu, bütün ömrünün bıkkınlığı üzerine çöktü. Hiç kimse olamazdı bu hayal kırıklığının avuntusu...

Akşam çökerken, kâğıt kalem aldı eline.

Yıllar var ki, ilk defa elyazısı ile bir mektup yazıyordu.

Ceila...

Şu anda dünya benim! Benim kalbim dünyanın merkezi. Gidecek hiçbir yerim yok. Nereye gitsem her yer benden, benim bedenimden ibaret, anlıyor musun? Sadece benim acımdan ibaret. Ve sen bana dik dur diyorsun. Durmak istemiyorum ve duramam. Duramam! Neden anlamıyorsun?

Ağla, desene bana. Ağla, anlat istediğin kadar. Çok haklısın, yerden göğe kadar haklısın. Ağla ben buradayım, desene.

Doruk bunu dediği için çok sevmiştim ben onu. O herkes gibi olamazdı. Onu başkalarına benzemeyen, benim gibi hayatın üzerine akmasını bekleyen biri sanmıştım. Değilmiş ama. Ve ben bu kadar yanıldım demek ki?

Şu anda ne dünyanın direği olmak, ne özgürlük, ne güç, hiçbiri umurumda değil... Canım ölesiye yanıyor!

Boğazım, gözlerim ağrıyor. Etim acıyor. Ölecek kadar acıyor!

Sakın bana, ağlama, deme! En beklemediğim günde bir başkasına gittiği, bir başkasıyla seviştiği için ağlamıyorum. İhanet böyle bir şey değil.

İhanet ne, biliyor musun?

Annemin beni hiç kucağına almadığı çocukluğum var ya. O küçük kız çocuğunu anlatırdım ona. Yapayalnız bir çocuktu o. Geceleri rüyalarına giren yüzler gelecekten haber verirlerdi ona. Korktuğu vakit sığınacak tek bir yer bulamazdı. Korkusunu bastırmak için kendi kendine konuşurdu.

İşte hâlâ o çok üzüldüğüm, geleceğin güzel olacağına söz verdiğim, iyi ahlaklı, hiç yalan söylememiş, sevilmek ve güvenmekten başka hiçbir şey istemeyen, hiç güneş yüzü göstermediğim, kırık çocukluğumu göstermiştim ben ona. Sakladığım o küçük kızı, en değerli parçalarımı, en korunmasız yanımı göstermiştim ben sevdiğim adama. Anılarımın en acılı yarasını kazıyıp girmişti içeri.

O kimsesiz çocuğu sevmişti benimle birlikte. Korkularını, eksiklerini birlikte onarırız, ona hiçbir şey olmaz artık, demişti. Sonra o yaramın üzerine yuva yaptı. Dikiş attı. Oraya yerleşti.

Anlıyor musun Ceila? Etimin üzerine yerleşti. Buradayım ben, dedi. Güven bana, dedi. Hep burada olacağım, ölene dek, dedi.

O yaradan çıktı ve ona emanet ettiğim o küçük kız var ya... Onu tokatladı sanki! Bunu affedemiyorum.

Tutamayacağı sözleri veren insanlardan hep kaçtık biz. Ömrümün bütün hayal kırıklıklarını bir sepete doldurup eline vermişim onun. Kaldırıp atacak, tertemiz olacak hayatım sanmışım…

Elindeki kırıklarla bile bile yaktı canımı. Her birini tek tek batırdı etime. Bu yaşımdayken yaşatmamalıydı bana bunu. O yüzden şimdi bana, güçlü ol, demesin kimse!

Olamam! Olamam şimdi!

Şimdi bir adama güvenip sevdiğim, inandığım için, insan olduğum için yasımı tutmak istiyorum…

Bu mektubu yazdıktan sonra Kaan'la konuştu. Yanına hiç eşya almadan havaalanına gitti ve karşılaştığımız o ülkeye uçtu. Birkaç gün sonra o kilisede görecektim onu…

"Sen yeterince büyüdün mü Kaan?" (2006)

Samire... Yaşar... Lorin... Her biri, birer küçük kum fırtınası gibi yaşadı hayatını. Ama sonunda bir gece... Rüzgârın sustuğu, kumların kat'a kıpırdamadığı, milyonlarca yıldızın üzerlerine serpildiği bir vakit geldi.

Sonunda geldi.

Yaşar, mutfağın ışığını kapamış salona geçiyordu ki, ayaklarını sürüyerek Samire çıktı odasından. Kaan ders çalışıyordu. Lorin salondaki pencerenin önüne oturmuş şehrin ışıklarını seyrediyordu her akşam yaptığı gibi. Kolunun askısı çıkartılmıştı ama pek hareket etmiyordu daha. Konuşmaya başlamıştı artık. Samire, Kaan'ın odasının kapısında durdu. Süslenmiş, giyinmiş, renkli bir başörtüsü takmıştı ve pek güzel görünüyordu.

"Çok güzel olmuşsun büyükanne," dedi Kaan, defterinden başını kaldırıp.

"Sen yeterince büyüdün mü Kaan? Bir sır emanet edeceğim sana bu akşam. Taşıyabilir misin artık?"

Kaan masasından kalktı. Büyükannesinin yanına geldi.

"Çok mu ağır büyükanne? Altında ezilmeyeceksem, tabii ki taşırım."

Samire, Kaan'ın elinden tuttu. El ele salona yürüdüler. Yaşar mutfak kapısında onları izliyordu. "Gel, gel... Anlatacaklarım var," diye el etti Yaşar'a.

Salona girdi, Lorin'i ilk kez görüyormuş gibi, "İyileştin mi sen kızım? Çok geçmiş olsun. Nasılsın, iyi misin?" dedi saçını okşayarak. Sonra elini uzattı öpmesi için.

Lorin'le Kaan birbirlerine bakıp güldüler. Başını salladı Lorin, elini öptü anneannesinin.

"Büyükannem bu akşam full çekiyor, maşallah! Dur bakalım nereye kadar?" diyerek yere oturdu Kaan.

Yaşar küçük bir kahkaha atıp "Tövbe estağfurullah! Oğlum konuşma şöyle, çok ayıp!" dedi ve Lorin'in yanına oturdu.

Samire hepsi yerinde mi, onu dinliyorlar mı, diye bir bakındı önce. Başörtüsünü düzeltti. Derin bir nefes aldı, ellerini önünde kavuşturdu ve başladı konuşmaya...

"Yaşar burada, herkes burada. Hepimiz buradayız. Tamız, tamamız değil mi? Bizim bir erkeğe ihtiyacımız yok. Bizim Kaan'ımız var çok şükür. Düşündüm taşındım. Herkes öğrenmesi gerekenleri öğrenmeli. Bazı emanetleri almalı. Bu dünya kısa. Ben zaten çok bile kaldım. Torunum için biriktirdiğim, onun için sakladığım şeyler vardı. Ben artık onları size teslim etmek istiyorum. Çünkü yaşlandım ben artık. Unuturum diye korkuyorum."

Odada bir sessizlik oldu. Lorin ve Yaşar birbirlerine baktılar şaşkınlıkla. Ne biriktirmiş, ne saklamış olabilirdi ki?

Samire Kaan'a döndü, bozulmamış başörtüsünün ucunu el alışkanlığı ile düzeltip anlatmaya başladı.

"Ben çok çocukken evlendim güzel yavrum... Ankara'ya gelin gittim. Ne hayatı bilirdim, ne evliliği... Büyük dedenin bir başka sevdiği vardı Ankara'da. Radyo'da şarkı söylerdi. Çok güzel kadın derlerdi. Bir gün gittim görmeye. Uzaktan gördüm ama. Çok güzeldi. Çok güzel giyimi vardı. Ethem zaten beni sevmeden almıştı. Bana niye baksın, beni niye sevsin ki, demiştim kadını görünce. Ethem ölene kadar da, öldükten sonra da kimseye bir şey söylemedim."

Yaşar şaşkınlıkla annesine bakıyordu. Annesi, Samire, Radyoevi'ne Lemide Hanım'ı görmeye mi gitmişti? Gidebilmiş miydi gerçekten?

Kaan merakla sordu: "Neyi söylemedin büyükanne?"

"Kadınının benden güzel olduğunu! Neyi söylemeyeceğim evladım... O kadar yollar gittiğimi, gizli gizli beklediğimi, kadını gördüğümü söylemedim."

Hepsi şaşkınlıkla birbirlerine baktılar.

"Sonra büyükbaban rahmetli oldu. Ölürken bile beni o kadınla bir tuttu. Ben oysa ona üç tane çocuk vermiştim. İkimize de birer banka kasası anahtarı bıraktı. Yaşar da koşa koşa gitti kadına teslimat yapmaya... Ama hanım kadınmış. Almamış Ethem'in bıraktığını. Yaşar da terbiyeli kızdır, bakma. Anahtarı getirdi bana verdi. Sonra da, *anne neymiş, ne varmış kasada*, diye hiç sormadı. İyi kızdır Yaşar. İyidir..."

Samire gözünü Yaşar'a çevirmişti ama Yaşar, cümlenin içinde adının geçiyor olmasından ziyade, annesinin geçmişlerinin en önemli bölümünden bu denli sarih bir zihinle söz ediyor olmasına şaşırmıştı. Senelerdir yaşamın içinde bir uyurgezer sandığı annesi neler anlatıyordu böyle?

"Üç çocuk doğurdum ama hiçbiri beğenmedi beni. Babaları da ölmeden önce bütün malını parasını dağıtmıştı hepsine. Biliyordu zaten; onlara kalsa, beni hiçe sayar, birbirlerini yerlerdi. Ama ben bu akşam size onların bilmediği, benim bildiğim her şeyi açıklayacağım. Kalanları da taksim edeceğim."

Lorin annesine baktı göz ucuyla. Anneannesi hayal dünyasında mıydı ya da geçmişteki bir anıdan mı bahsediyordu? Ethem dededen Yaşar'a kalan evde oturuyorlardı zaten. Ankara'daki ev de Yaşar'ın erkek kardeşinin payıydı. İki dükkân, kardeşlerinin olmuş, satıp parasını yemişlerdi hemen. Köydeki ev ve bahçe Samire'nindi. Oraya da zaten yıllardır gitmiyorlardı, harap olmuştu kuşkusuz. Ondan mı bahsediyordu acaba?

Samire bir an durdu, kafası karışmış gibiydi. Sonra toparlandı, yüzünden bir gülümsemeyle devam etti.

"Ne diyordum ben? Haaaa... Banka... Neyse, kalktım gittim ben bankaya. Sıramı bekledim. Bir kuyruk, bir kuyruk... Böyle Lorin'im gibi güzel bir kız vardı. Ona dedim ki, *yavrum, benim kocam öldü, iki de anahtar bıraktı bize, kasalarımız varmış bizim burada, böyle böyle oldu, bu nüfus cüzdanım, bu da kocamın ölüm kağıdı*, dedim. Allah razı olsun ondan. Yardım etti bana, bütün yolu yordamı gösterdi. Açtım kasaları. Tam otuz dört tane beşibiryerde çıktı kasaların birinden."

Yaşar ve Lorin duyduklarına inanamıyorlardı.

"Böyle böyle, otuz dört tane, dizi dizi Reşat altınlar!"

Yaşar'la Lorin'e bakıyordu ne tepki verecekler diye... İkisinin şaşkınlığı hoşuna gidiyordu. Bir süre yüzlerindeki şaşkın ifadeyi izleyip tatlı tatlı güldü.

Kaan, "Vay be! Bir kasa altının var yani büyükanne, öyle mi?" dedi heyecanla.

Samire, Kaan'a dönüp "Yaa... Rahmetli belli ki evli kaldığımızı her yıl için bir tane alıp koymuş. Ama son yıl çok hastaydı, alamamış... Yoksa otuz beş tane olması gerekirdi. Değil mi ya? Allah rahmet eylesin. Sağlığında hiç göstermediydi bana. Ondan önce ölsem kime takacaktı acaba?"

Yine yan gözle Yaşar'a baktı. O andan aldığı keyfi saklayamıyordu Samire. Kaan en ön sıradaki en coşkulu seyircisi olmuştu adeta. Bütün hünerlerini ona sergiliyor gibiydi.

"Öbür kasadan ne çıktı peki?" dedi Kaan merakla.

Samire elini dizine koyup Kaan'a doğru eğildi. Artık bir masalcı teyzeydi sanki.

"Diğerinden de bir tapu çıktı. Kızılay'da kocaman, güzel mi güzel bir apartman dairesininmiş. Gittim gördüm. İçinde bir doktor kiracıydı. Ethem'in vefat ettiğini bilmiyordu. *Ethem bizden niye sakladı bu evi*, diye düşündüm, bilemedim. Sonra da, *sen kirasını ödemeye devam et, çıkma çocuğum*, dedim. İyi demişim, değil mi?"

Sorusu Yaşar'aydı aslında. Yaşar'ın sesi soluğu kesilmişti. Samire'nin anlattıkları, anlatış hali, zihninin aydınlığı Yaşar'ı sersemletmişti. Beklenmedik güzellik ya da mutluluk karşısında ne yapacağını bilemeyen bir kötümserin tavuk karasına düşmüştü. Samire, Yaşar'a bakarken birden ne anlattığını unuttu.

"Ne diyordum ben? Hah! Eve gittim. *Ethem bizden niye sakladı bu evi*, diye düşündüm, düşündüm, bulamadım. Vardır bir bildiği, dedim. İçinde bir doktor oturuyormuş. Oturmuyor da, hasta bakıyormuş. Kiracı. *Ethem vefat etti*, dedim. Bilmiyordu. *Sen kal, kiranı öde*, dedim. İyi demişim, değil mi?"

Birbirlerine baktılar. Doğru muydu anlattıkları? Tekrara düşmeye başlamıştı yine zihni. Samire oturuşunu düzeltti, ellerini dizine koydu. Derin bir nefes aldı.

"O adam hâlâ orada oturuyor. Kirasını da tıkır tıkır ödüyor. Ödüyordur herhalde. Ben artık aklımda tutamıyorum hiçbir şeyi. Şimdi... Diyorum ki, o altınlar Kaan'ın olsun, ev Lorin'in olsun, kirası da Yaşar'ın olsun. Ne dersiniz?"

Hepsine tek tek tebessüm ederek baktı. Sonunda bitirmişti. Bütün bir yıl ezberlediği şiiri bayram sabahı bir iki aksamayla okuyup bitiren ve selamını çaktıktan sonra yüzüne alkış beklentisi yerleşen bir çocuk gibiydi.

İzleyenleriyse şaşkınlık ve sessizlik içinde duruyorlardı karşısında. Hiç kıpırdamadan. Ne alkış, ne coşku. Gerçek miydi bütün bunlar, bu anlattıkları?

Birkaç saniye sonra Yaşar duyduklarından emin olmak için yerinden doğrulup Samire'ye doğru eğildi: "Anne ben doğru mu anladım? Sen babamın ölümünden beri bizden hem evi hem altınları mı saklıyorsun?"

Samire hayal kırıklığı ile Kaan'a döndü: "Bak... Ben ne diyorum, o ne diyor? Size söylemeden ölsem daha mı iyiydi? Hem saklamadım ki. Yaşar'ın kardeşleri sordu bir tek, *anne, ne varmış orada*, diye. *Altın kolye, yüzük bırakmış*, dedim. Sakladıysam torunum için sakladım. Saklamasaydım da Ankara'daki hayırsızlar mı harcasaydı? Torunumun bir evi, bir geleceği olsun istedim. Gitmeden, her şeyi unutmadan Kaan'a emanet edeyim istedim. Sen Yaşar değil misin?"

Yaşar hiç kıpırdamadan, ağzı açık annesine bakıyordu. Lorin gülerek yerinden kalktı. Anneannesinin yanına oturdu. Ellerini tuttu. Buruşmuş, cennet benekleriyle dolmuş, o güzel pamuk elleri öpmeye başladı. Öptü öptü, öptü... Samire sarıldı torununa.

"Oy! Kurban olurum ben seni yaratana, seni yollayana!.. Nasıl da büyüdün sen yavrumun yavrusu..."

Lorin yanaklarını öptü anneannesinin. Boynuna sarıldı.

"Teşekkür ederim anneanne. Çok teşekkür ederim. Seni çok seviyorum!"

Samire daha sıkı sarıldı torununa. Buydu işte beklediği. Bu kadardı.

Kaan'a döndü: "Sen Ankara'da büyük üniversiteye gideceksin. Ethem dedenin siyah otomobili vardı. O otomobille oralardan geçer, *büyük üniversiteler yapıyorlar Ankara'ya, büyük adamlar çıksın diye*, derdi. O büyük adamlardan ol sen. Her şeyimiz var bizim. Her şeyimiz var çok şükür. Yaparsın sen. Siyah otomobil alırız sana. Yaşar alır, bilir o hangisinin iyi olduğunu."

Kaan, anneannesinin dizinin dibinden kalkıp, "Büyükanneme ne oldu Allah aşkına? Korkuyorum bu kadar zihin açıklığından. Kötü şeyler geliyor aklıma. Büyükanne, nereden çıktı şimdi bunlar? Niye böyle şeyler söylüyorsun? Söyleme böyle. Ben hiçbir şey istemiyorum. Sana bir şey olmasın!" dedi Samire'ye sarılarak.

Samire de Kaan'a sarıldı. "Yok, olmaz bana bir şey. Unutma şimdi sen, yaz. Ev senin. Altınlar Lorin'in. Kira Yaşar'ın."

Kaan güldü gevrek gevrek: "Ama sen demin altınları bana, evi Lorin'e verdin. Ne çabuk fikrin değişti yine!"

Samire bir süre durdu. "Kira Yaşar'ın," dedi.

Hepsi kahkaha attılar.

Sonra bir süre sessizlik oldu. Yaşar şüpheli, Lorin mutlu, Kaan neşeliydi.

"Karnım acıktı benim," dedi Samire. "Yemek yiyelim hadi."

"E anne yeni kalktık ya sofradan…" diye yanıt verdi Yaşar.

"Ne zaman? Ben yemedim valla… Yesem karnım guruldamaz," dedi Samire.

"Oh be, her şey normale dönüyor!" dedi Kaan.

Lorin yerinden kalktı. Annesinin elinden tuttu. Kendi odasına götürdü. Anneannesinin ona verdiği bebek patiklerini, yeleklerini çıkardı dolaptan tek eliyle. Kalınlaşmış bir sesle, mırıldandı.

"Emanetini teslim etmek için bu gece uygun bir zaman sanırım…"

Yaşar elindekilerle ne yapacağını bilemedi.

Ne o gece ne de o geceden sonra.

Kızından aldığı gecikmiş bir çocukluk teslimiydi sanki ve Yaşar artık çok yaşlanmıştı. Çocukluğu ile baş edemeyecek kadar yaşlanmıştı...

"Sevgin direğimiz, korkun çatımız olmuş..."

(2007)

Yaşar, Ethem'in mezarına gitmeyi çok erteledi. Yağmur, annesinin aniden baş gösteren zatürreesi, Kaan'ın sınavları, Lorin'in fizik tedavisi, Ankara'ya gidişleri, evin devir işlemleri... Bir dolu bahane buldu kendine.

Sonunda bahane edeceği bir şey kalmadı. Güzel, güneşli bir sabah vakti çıktı evden. Vapura bindi. İstanbul'u izledi vapurun güvertesinden. Yok sayarak dayanılır kıldığı anıları ve acısı geri döner korkusuyla adını anmaktan dahi kaçındığı, yaşamına girmiş tek adamı, kızının babasını, hiç yaşanmamış saydığı mecburi hizmet yıllarını, çocukluğunu, babaannesini, dedesini, köyünü... Hızına daima şaşakaldığı yılları düşündü.

Eğer beni duyabilseydi, Yaşar'a hiçbir şarkıyı ezbere bilmediğini, hiç kırmızı, pembe, turuncu elbisesi ve dahi yakın bir arkadaşı, bir sırdaşı olmadığını, hiç dantelli çamaşır almadığını ve Ankara'daki şube müdürünün kendisine duyduğu gizli aşkı hiç fark etmediğini söylerdim. Hayret ederdi kendine eğer bunları fark etseydi. Müzik dinlemek için radyo bile açmadığını ya da mutlu insanlara sinirlendiğini de bilmiyordu. Kendisiyle ilgili o kadar çok şeyi bilmiyordu ki…

19 yaşında, Ali'ye âşık olduğunda ne kadar güzel bir kızdı. Korkusuz, sevinçli... Ah, Ali!..

Kapıdan içeri girmişti. Uzun boylu, bıyıklı, yakışıklı. Orman mühendisiydi Ali. Onun da ilk vazife yeriydi. "Allah yazmış sizi birbirinize," derdi ziraat mühendisinin karısı. "İki bekâr buraya, tesadüfen düşmedi ya?"

Ali... Ali nasıl da güzel gülerdi. Ali nasıl güzel konuşurdu. Ali ne çok şiir bilirdi. Ali ne güzel anlatırdı gelecek günleri. Ali ne güzel türkü söylerdi…

Ali ne de güzel sevmişti Yaşar'ı. Görür görmez sevmiş, çabucak da vermişti kararını. Alacaktı bu kızı. Küçücük yerde adına laf getirtecek değildi ya! "Hoca Hanım, ziraatçıların evinde bir toplantı varmış," dediler Yaşar'a. Yaşar orada gördü Ali'yi. Ali kapıdan girmişti. Uzun boylu, bıyıklı, yakışıklı...

Yaşar görür görmez sevmişti Ali'yi… Babası Muhlis Çavuş, annesi Aşure Hanım'dı. Tutup kolundan götürdü Yaşar'ı memleketine. Hacıbektaş'a. Erenler diyarı derler... Bu işi uzatmak olmazdı. Ya parmağına yüzük takacak, karısı yapacaktı Yaşar'ı ya da küçük yerde yüzüne bile bakmayacaktı. Onuruyla namusuyla oynanmazdı bekâr bir memurenin. Ali'nin anne babası önce çok şaşırdılar. Ama sonra bu kara gözlü kızı onlar da çok sevdiler, her nasıl oldu ise kabul ettiler. Ali hızlı solcuydu; çok da itiraz etmediler delikanlı oğullarının bu kararına. Onları saymış, kuralları, geleneği bilmiş, izin almaya gelmişti. Sevdiler de Yaşar'ı. Hiç kalbini kırmadılar.

Ama Yaşar'ın kendi başına bu kararı vermesi, Ethem'in asla, asla kabullenebileceği bir şey değildi. Kim olduğunu, ne olduğunu bilmediği bir sülaleye bir kız vermek, bu zamanda hem de! Asla!

Yaşar kararlıydı. O güne kadar babasına hiç itiraz etmemişti. Ne istediyse yapmış, bir kez olsun sözünden çıkmamıştı. Ama bu kez gönül kendi göğüs kafesindeydi, dinlemezdi kimseyi. Tunceli'den evlenmek üzere izin alıp çıkmışlardı. Ne yaptıysa, ne yazdıysa babasını ikna edemedi. Ethem, Ali'yle tanışmak bile istemedi. Ali'nin ailesi yine de Hacıbektaş'tan kalkıp ellerinde hediyeleri ile Ankara'ya kız istemeye gelmiş ama Ethem'in sokağına bile girememişlerdi. Ethem köpürmüş, büyük tehditler savurmuş, kestirip atmıştı. Yaşar'ın onu sırtından bıçakladığını düşünüyordu. Büyük saygısızlık, büyük bir hainlikti bu. Bütün emekleri, bütün hayalleri yerle bir olmuştu. Büyük adam olacak sandığı kızı, gönlünü kaptırdığı ilk adamı koluna takıp nasıl da çıkabiliyordu karşısına? Ethem yıkıldı. Yıkılırken de yıktı ortalığı...

Yaşar büyük bir utanç hissetti babasının öfkesinden. Ona kalplerini açmış, kendisini dışlamamış bu aileye babasının yaptıkları çok ağrına gitti. Bütün bu öfke kasırgası karşısında hiç ses çıkarmamış, hiç tepki vermemişlerdi. Ali, bıyıklarını kemirmiş, başını önüne eğmişti. Muhlis Çavuş anlayış gösterdi olanlara. "Zamana bırakalım," dedi. Asıl nedenin ne olduğunu elbette biliyordu. Anlıyordu; Ethem için Muhlis Çavuş ve ailesi öbür taraftı. Ethem'in ağrına giden buydu. Kızını karşı tarafa kaçmış sayıyordu aslında.

Ama Muhlis Çavuş, Yaşar'ı incitmeyi göze alıp da kelimeye dökemezdi bunları. Karıncayı bile incitemezdi ki o, lafa söze girip de müstakbel gelinin kalbini kırsın. O bağrına basardı her geleni, koluna, ocağına her konanı. Yine de kırmadan, incitmeden, "Bekleyelim," dedi. "Kız babasıdır, haklıdır," dedi.

Fakat gençler kararlıydı. Evleneceklerdi. Tunceli'ye başka bir şekilde dönemezlerdi. Kimseyi dinlemiyorlardı. Aceleleri vardı onların. Bir soluk Ankara'dan kumaş aldılar. Hacıbektaş'a gittiler.

Bir gecede dikti gelinliğini Yaşar. O kumaşı keserken, dikerken ilk defa kendi hayatını kendi biçiyormuş gibi geldi ona. Babasının bu hissettirdiği... Reddedilmek değildi bu, onurun ayaklar altına alınmasıydı. "Gelmezse gelmesin nikâha!" dedi duvağını keserken. "Gelmezse gelmesin. Takmayıversin altın bilezik. Sevmez zaten!" Bütün savaşı babasıylaydı. Annesinin bir hükmü yoktu, olamazdı da.

Ethem nikâh haberini duyduğunda kahroldu. "Allah onun belasını versin!" diyordu sürekli. "Allah onun belasını versin!"

Hacıbektaş'ta bir düğün yaptılar Yaşar'la Ali'ye. Aşure Hanım sarıp sarmaladı gelinini. Hamamlara götürdü, saçlarını taradı, kendi elleriyle giydirdi. Kendi bileziklerinden taktı Yaşar'a. Tunceli'ye götürsünler diye çeyiz sandığını açtı. İşlemeler, örtüler, patikler çıkardı. Patikleri görünce, mahcup boynunu büktü Yaşar. Kayınvalidesine 'Aşure Anne' diyordu. Aşure Hanım kahkahalar atıyor, "Bir araya gelmez diyorlar, geldim kuzum, söyle annem!" diyordu.

Boynu bükük, "Çocuğum olmayacakmış benim, öyle söyledi doktorlar, ben adet görmüyorum," dedi. Aşure Hanım kollarını açıp Yaşar'ı sararak "Kim demiş, nerden biliyormuş be!" dedi.

Nasıl demişti, nasıl diyebilmişti, nasıl açmıştı kalbini, kendi de bilmiyordu. Ama o kadar çocuktu ki, o kadar muhtaçtı ki şefkatli bir kola... "Okulun revirinden hastaneye yolladılar beni. Âdetim olmuyor benim. İlaç verelim dedi bir doktor ama...Bir başka hanım doktor vardı. *Bekle biraz daha*, dedi."

Aşure Hanım, "Ben seni götürürüm doktorlara, sen üzülme hiç. Ama ne yapalım biliyor musun, burada Hacıbektaş-ı Veli Efendi'nin türbesinde bir karadut ağacı var. O ağacın altında dua et, çocuğun olur senin yavrum," dedi.

O ağacın altında dua etti Yaşar. Tunceli'ye döndüğünde Lorin'e hamileydi.

Sonra... Sonra Ali öldü... Güzel, kara bıyıklı Ali'si doğuma gelirken şarampole yuvarlanan arabadan sağ çıkamadı. "Eğer Ali gitmeseydi babam gelmezdi..." diye düşündü hep.

Ali'nin ölümünü her ikisi de kendilerine bir ceza olarak gördüler içten içe...

İşte bulmuştu belasını kızı ve ciğeri yanıyordu Ethem'in... Yok, yok bu kadarını istememişti. Ali'nin haberi Ankara'ya ulaştığında "Vay!" demişti... "Vay yavrum!" Yığılıp kalmıştı olduğu yere Ethem. Yüzünü bile görmediği o gencecik adamın, düşmanı saydığı damadının ölüm haberi beline vurulmuş bir balta gibi yakmıştı canını. Bitmez yollar dağlar arasında uzanırken, sigara üzerine sigara içmiş, ne yapacağını düşünmüştü. Sonra Tunceli'ye vardığında, taşa kesmiş kızıyla isimsiz bebeği görünce erimişti bütün yüreği, geldiği o yollar kadar ağlamıştı Ethem. Nasıl büyüyecekti bu avuç kadar yavru? "Büyütürüz evvel Allah! Bakarım ben yavrularıma!" demişti elinin tersiyle gözünün yaşını silip.

Bebeği uyutmaya çalışıyordu bir Kürt kadın. Bir ninni söylüyordu: "Lori, lori, lori..."

Kızı gözünün içine bakmış, "Geldin mi baba? Bırakma bizi burada," demişti. Yaşar hayatında bir kez kalbinin sesini dinlemiş ve cezasını bulduğuna inanmıştı bir kere.

Yaşar, aslında Lorin'den değil, onu doğuran kendinden korkuyordu.

Babasıyla birlikte Ankara'ya döndüler. Samire, Lorin'i kapıda kucağına almış, günlerce indirmemişti. Yaşar, "Artık çalışayım baba, tayin isteyelim bakanlıktan," diyene dek de Samire bakmıştı Lorin'e...

Yaşar annesiyle pek konuşmuyor, bebeği de pek görmek istemiyordu. Allah'ın mucizesi gibi düşmüştü bedenine ama bebeği her gördüğünde bir yumruk gibi oturuyordu Ali'nin acısı boğazına.

Ali'nin feryadı da çıkmadı Yaşar'ın göğsünden. O da sütle birlikte taş oldu. Kalbiyle, tavrıyla, gözyaşıyla...

Yaşar bir tek Ali'yi sevdi hayatında. Ve bedelini ödedi. Öyle bir ödedi ki, bir daha bir başkasına açamazdı ne tenini ne de kalbini...

Ali, Tunceli'de kavakların altındaydı...

Aşure Hanım'ı görmeye sadece bir kez dayanabildi. O da babasından gizli, Lorin dört yaşındayken. Torunlarını görsünler istemişti... Babası mümkün değil izin vermiyordu görüşmelerine. Gizli saklı, senede birkaç mektup yazıyor, Lorin'in fotoğraflarını gönderiyordu Aşure Hanım'a.

Sonra, o yaz işte, götürüp göstermek istedi. Yolda giderlerken genç bir adam kendini attı kayalardan. Yaşar ne zaman Ali'ye, Ali'nin bir parçasına gitmek istese ölüm çıkıyordu yoluna...

Aşure Hanım'ın karşısına Lorin'i çıkardığında birden Ali'nin annesine, oğlunun ölüm nedenini sunduğunu düşündü. Ali'nin üniversitedeki kardeşi girdi içeri o anda. Büyümüş, bıyık bırakmış... Ali girdi sanki kapıdan.

Yaşar bir daha hiç görüşmedi, görüştürmedi Lorin'i de... Aşure Hanım'ı son görüşü oldu. Muhlis Çavuş'la ikisinin elini öptü ve çıktı gitti. Bir daha da dönüp bakmadı geriye. Bakarsa dönerdi, biliyordu.

Yıllar önce çocukluğunda köyünden çıkarken arkasından nasıl baktıysa babaannesiyle dedesi, öyle baktılar Aşure Hanım'la Muhlis Çavuş...

Ali'den gayrısını sevmedi. Ali'den kalan son parçayı bile, onun kadar asla...

Yıllar... Yıllar işte... Ethem dedeyi de aldı götürdü.

Yaşar mezarlığa girdiğinde sucu çocuklar etrafını sardılar. İçlerinden birine para verdi, mezarı sulamak için plastik bir şişede su aldı. Mezarın üzerindeki otları yoldu, sağını solunu temizledi. Sonra oturdu babasının baş ucuna. Etrafa baktı bir süre. Mezar taşını okşadı, temizler gibi.

Konuşmaya başladı.

"Baba... Babam... Bizi bir araya getiren, bizi ayıran babam. Evimizin direği... Çatımız... Atamız... Devletimiz... Yerinde iyisindir inşallah. Epeydir gelmek istiyordum sana. Ama söze nasıl başlayacağımı bilemediğimden erteliyordum. Sağ olsan konuşturmazdın beni yine, biliyorum. Ben de zaten konuşturmaz diyerek düşünmezdim bile yanında. İtiraz etmek için bile düşünmezdim. Ah babam! Çok yorgunum. Ali'yi andım, karmakarışık oldum yine. Sen neler yapmışsın bize baba? Sevgin direğimiz, üzerimize saldığın korku çatımız olmuş meğer. Mutsuzluğumuzdan örülü bir devlet yaratmışsın hepimize. Sen en çok beni severdin ya baba. En çok beni köle yapmışsın kendine. Annemi gördün mü, nasıl cin çıktı? Samire Hanım her şeyin farkındaymış be baba... Sen onu hep on üç yaşındaki köy kızı olarak gördün, bize de öyle gösterdin. En özgürümüz oymuş baba... Bak, doktora götürdüm, seni haklı çıkaran şeyler söyledi. Hep çocuk gibiymiş. Allah onu böyle mi korudu dersin? Aklını, sabrını, inancını... Annemin sayesinde öğrendik: Kızılay'da ev almışsın. Lemide Hanım'a kiralamak için söz verip tutmadığın, o ev olmalı. Gittik, gördük. Annem, minicik okuma yazmasıyla neler yapmış meğer baba.

Mesele sen, para, kasa olunca her şeyi hatırlıyor. Kim bilir kaç yıldır hazırlıyordu, hazırlanıyordu buna? Kim bilir kaç kez ezber etti bizimle yapacağı konuşmayı… Kuruş harcamamış evin kirasından. Hepsini biriktirmiş, faize yatırmış. *Baban bana bu altınları da bu evin kirasıyla almıştır*, dedi Ankara'dayken. Onu bile düşünmüş…

"Lemide Hanım'ın aşkının kirası anneme özür oldu yani ha? Evin Kaan'ın üzerine geçmesi için hisse satışını yaptırttı bize. O beşibiryerdelerden bir tanesi oğluna, diğeri öbür kızına gitti bu sayede, haberin olsun… Tapu artık torununun oğlu Kaan'ın üzerinde. Lemide Hanım demişti bana… *Bir yetim hakkı varsa, o da sizin evladınızındır*, diye... Tunceli'ye bizi almaya geldiğin günü hatırladım yolda... Hiç düşünmemişim senelerce ama demişti ki Lemide Hanım, *benim çocuğumu büyütürken başımda duracak bir babam da yoktu...* Yaktığın kadar yanıyorsun ha baba? Ettiğini buluyorsun mutlaka...

"Sen bize ne yaptın baba? Ömür geçip gitti… Kızım sevmiyor beni. Annemi sevdiği kadar sevmiyor, görüyorum. Oysa ben doğru olanı yaptığımı sanıyordum. Çok iyi yetiştirdim onu, çok iyi okuttum. Çok çok iyi yerlerde olması gerekirken tersine sürüyor hayatını. Çalışmıyor artık. Omzu kırıldı, zor günler geçirdi ama hiç gayret göstermiyor hayata tutunmak için. Çok şükür iyileşti sanki ama bütün gün oturuyor koltukta. Konuşmuyor. Bir tek oğlu, bir de annem var onun için. Çok yalnızım baba. Çok! Annem zatürree oldu. İyi kötü bugüne geldik ama hiç bu kadar yorgun hissetmemiştim kendimi. Kimseyi sokmadın yanıma. Bak şimdi sen de yoksun... Ben de elden ayaktan düşersem ne yapacağız? Ah babam! Özledim seni! Sana inanmayı, senin için çalışmayı... Çok yalnızım baba! Çok yalnızım."

Yaşar içini döktü. O sırada yeni bir cenaze geldi.

Ağlaşanlar vardı kalabalığın içinde. Önünden geçenleri izledi, bir Fatiha okudu, oturduğu yerden kalktı.

Ağır ağır çıktı mezarlıktan.

Israrlı mutsuzluk isyandır, derdi...

(2007)

Yaşar dönmemişti eve. Lorin pencere kenarında oturuyordu yine.

Samire, "Sen daha üzülecek misin Yaşar?" diye sordu.

Lorin gülümsedi. "Lorin'im ben anneanne," dedi.

"Üşüyorum çok!" dedi Samire, cılız bir sesle.

"Gel yatağına yatıralım seni," diyerek kolundan tutup kalkmasına yardımcı oldu torunu. Birbirlerine sarılıp uzun koridorda yavaş yavaş yürümeye başladılar. Samire iki eliyle koluna sarıldı Lorin'in.

"Üzülmeyin kızım. Geçsin artık. Bitirmeyi bilin kederinizi. Sen benden daha akıllısın. Her şeyin bir kararı var yavrum. Kendi ölümünüze, ölmeden yanmayın. Ben sizin için çok dualar ettim. Bak yine güzel günler göreceksin. Kendi kuzunun hayrına sevineceksin."

Lorin, "Haklısın anneanne," dedi kısık sesiyle.

Birlikte Samire'nin odasına girdiler. Lorin, anneannesini şefkatle yatağına yatırdı. Bembeyaz iki örüğünü sevgiyle yerleştirdi yastığa. Samire elini tutup yanına oturttu Lorin'i.

"Yanımda kal biraz. Anlat sen niye hep uzaklara bakıyorsun?"

"Bilmem ki anneanne... Bilmem ki niye bakıyorum, ne arıyorum?"

"Biliyorsundur... Sen uzaklara gittin mi?"

"Gittim anneanne. Çok uzaklara gittim."

"Ben hiç gitmedim. Ankara'ya gittim bir tek. Çok kar yağardı. Yalnız kalırdım evde. Çok korkardım önceleri. Sonra korkmamayı öğrendim. Mustafa Hoca vardı, çok güzel anlatırdı Kuran'ı. Mustafa Hoca, *kimse yalnız değil*, derdi. *Kendi kendine yetmeyi beceren insanlık mertebesinde rütbe alır*, derdi. Nice büyük adamlar, yalnız kalır, yalnızlıkta yazarlarmış. Yalnızlığı iyi ders edersen rütbe alırsın yavrum. Kendi yalnızlığının efendisi olan Allah'ın da iyi bir kuludur."

"Ah anneanne! Sen nasıl da güzel konuşuyorsun..."

"Bilmem ki... *Nefsin susarsa ruhun konuşur*, derdi Mustafa Hoca. *Sen susarsan ruhun harekete geçer, Allah yolunda giden herkes Allah'ın evliyasıdır*, derdi. *Haklılığını savunmak için anlamayana karşı sen boşuna konuşma. Haklılık bile şahit ister. Savundukça söz verirsin müfteriye. Pür-i pak haklıysan eğer, zaman zaten şahit duracaktır sana*, derdi."

Lorin'in boğazına bir düğüm yerleşti. Bunca zamandır aradığı sözcükler anneannesinin dalgalı hafızasından kalbine vuruyordu adeta. Anneannesi deniziydi Lorin'in. Fark ediyordu ki, isimleri karışsa da bu denizde, her birinin hikâyesi bir yerinden birbirine benziyordu. Birbirine dolanmış yosunlar, kırılmış deniz kabukları, kum taneleriydi hepsi...

"Mustafa Hoca kimdi anneanne?" diye sordu Lorin, gözlerinin kenarlarındaki yaşları silerek.

"Ankara'da çok saydığımız bir hocamızdı o. Bana o öğretmişti Kuran okumayı. Çok güzel tefsir ederdi. Çok güzel konuşurdu, Allah rahmet eylesin. Dayın doğduktan sonra taşındığımız mahallede komşulardan biri bir Ramazan vakti, Allah razı olsun, mukabeleye çağırmıştı beni. Ne güzel günlerdi onlar. Ramazan'da sabah vakti Kuran dinler, sonra da yemeğimizi yapardık. Dayın çok yaramazdı... Ah, ne güzel günlerdi!.. Ethem de artık bana alışmıştı. Komşularımla görüşmeye başlamıştım. Sonra, Mustafa Hoca'nın tertip ettiği cuma sohbetleri olurdu. Pek güzel buluşurduk. Herkes bir şey hazırlar getirirdi. *Allah günahta ısrarı ve isyanı sevmez*, derdi Mustafa Hoca. *Israrlı mutsuzluk günahtır, isyandır*, derdi... Dağıldı gitti o sohbetler. Ne güzel günlerdi, ah ne güzel günler..."

"Mutlu muydun?"

"Ben, beni mutlu ettim yavrum, haydi sen de mutlu et kendini artık. Şeytanın nereden nasıl geleceğini bilemezsin. Kılık değiştirir. Sen dua et kuzum. Allah dua eden kulunu güçsüz, yalnız bırakmaz. Ne diyor hep ulu Rabbim? *Ey iman edenler*, diyor..."

Lorin bir çocuk gibi beklenmedik anlarda beklenmedik cümleler kuran anneannesine sevgiyle baktı. Gülümsedi. Samire de güldü.

"Öleceğini bilen tek canlı, insan. Ama unutuyor. Ölümü unuttuğun gibi unutsan ya o adamı?.."

Lorin söyleyecek hiçbir şey bulamadı.

Anneannesinin üzerindeki battaniyeyi düzeltti. "Televizyon açayım mı sana, ister misin?" diye sordu.

"Yok, istemem, uyuyayım ben azıcık," dedi Samire.

Anneannesinin yanına uzandı Lorin. Sabun kokulu, tombul omzuna sokuldu. Çocukluğu boyunca neden bu kadar uzak kalmıştı ki bu sevgiden? Şu son birkaç yıl olmasa, yaşananlar onları mecburi olarak bir araya getirmese belki de hiç tadamayacaktı bu sıcaklığı. Gözlerini yumdu. Dakikalar içinde bir çocuk uykusuna dalmıştı.

Rüyasında anneannesini gördü.

Dedesinin evinin arka bahçesinde yediveren güllerinin altında Lorin'in çocukluğuna kahvaltı yaptırıyordu. Küçük lokmalarla tereyağı, bal yediriyordu. İkisi de çok mutluydu. Anneannesi çok gençti. Hava çok sıcaktı. Güllerin kokusu Lorin'in durduğu bahçe kapısına ulaşıyordu. "Nasıl bu kadar güçlü kokabiliyorlar?" diye düşündü Lorin. O sırada anneannesi, Lorin'i fark etti. El sallayıp yanına çağırdı.

Büyük bir sevinçle yanlarına yürüdü Lorin. Samire Anne, "Hoş geldin güzel kızım, gel otur," dedi. "Seni tanıştırayım, bu benim torunum Lorin. Büyüyünce avukat olacakmış. Adalet arayacakmış. Olmasın diyorum. Israr ediyor. Sen ne diyorsun? Ne olsun?"

Lorin masadaki sandalyelerden birine oturdu.

"Avukat olmayacak ama," dedi.

Küçük kız, "Sen nereden biliyorsun bakalım?" diye çevirdi koca gözlerini.

"Biliyorum, çünkü senin büyüklüğünüm ben," dedi Lorin.

Anneanne torun çok komik buldular bu cümleyi. İkisi de kahkahalar attılar.

Samire söze girdi: "Yorgun görünüyorsun kızım. Yoldan mı geldin?"

"Yorgunum," dedi Lorin. "Çok, çok uzun yoldan geldim."

Küçük kıza baktı. Kâküllü saçlarını iki yanından toplamış, kırmızı ekose bir etek giydirmişlerdi küçük Lorin'e. Yediği bal çenesine bulaşmıştı. İki gözünde iki güneş vardı. Büyük Lorin, küçük Lorin'e gülümsedi.

Samire ayağa kalktı. "Çocuk sana emanet kızım," dedi.

Samire içeri gidince küçük Lorin'in gözlerindeki iki güneş de kayboldu.

"Sen büyük ben misin gerçekten? Anneannem üzülmesin diye korktuğumu söylemiyorum hiç. Büyümesem olur mu? Hep burada kalsam..."

Lorin ve küçük Lorin... Tarihi belirsiz bir yaz günü, yan yana...

Lorin kucağına aldı küçük kızı.

"Korkma," dedi. "Korkma. Önümüzde uzun ve kolay olmayan bir yolculuk var. Ama çok güzel şeyler yaşayacağız. Başardıklarımız olacak, kaybettiklerimiz olacak. Neden korktuğunu biliyorum. Unutma, hiç kimse seni korkutmak için yapmıyor bunları. Bilsen, onlar da o kadar korkuyor ki... Çok güzel okullarda okuyacaksın. Çok güzel ülkeler göreceksin. Öyle tatlı bir oğlun olacak ki. Çok sevecek, çok da sevileceksin. Bir daha korktuğun zaman beni hatırla. Kaç yaşında olursan ol, ben hep senin yanında olacağım. Birlikte bütün yolları, yılları aşacağız. Ben seni hep koruyacağım."

Küçük Lorin sıkı sıkı sarıldı büyük Lorin'e.

"Sen şimdi git. Beni düşünme artık. Samire anneannem börek yapmış dedeme. Dedem onu da alıp gelecek," dedi.

Bahçe kapısında dedesiyle anneannesi göründüler. Dedesi elini tutmuştu anneannesinin. Lorin'e el salladılar. O anda kalbi cız etti... Ellerine bir baktı ki, elleri yine çocuk elleri...

Lorin bahçe kapısındaki anneannesiyle dedesinin yanına koşan çocukluğunun ardından baktı. Dedesi eğilip kucakladı küçük kızı. Anneannesinin kıvırcık saçları rüzgârda uçuşuyordu. Güneş üçünün üzerinde bir altın ışık demetiydi. Gül kokuyordu her yer.

Lorin onları izlerken yaşlı Samire'nin sesini duydu.

"Ah, kınalı kuzum... Bir cihan kafes işte... Geldin kondun. Kırıldı kanadın, yoruldun. Nefesin bitti, gözünü yumdun. Hepsi bu!"

O anda derin bir sızıyla anladı ki, anneannesinin vakti bitmişti artık.

Bu kocaman karanlıkta bir mucizeydi Samire.

Dünyanın dönmesi, her sabah güneşin doğması, her gece kuzey yıldızının aynı yerde durması, kar tanelerinin yağarken birbirine değmemesi, dağdan doğan pınarların yollar aşıp denizi bulması, insanın ağlayabilmesi, ağaçlardaki pembe çiçeklerin kiraza durması gibi bir mucizeydi...

Doğduğu vadideki bileği zincirli binlerce fidandan, kayaların içinden göreni hayrete düşürecek bir yaşam aşkıyla inatla boy veren çiçeklerden, bir gün yargılandıklarında kim bilir nasıl bir gazaba uğrayacak bilinmez binlerce yaşam suçlusunun incittiği masumlardan biriydi.

Samire...

Kendiliğinden gelen bir adalet gibiydi...

Bir kelebek gibi gitti...

Bir cihan kafeste

Ve yürüdüm... Ve koştum... Ve sonra uçtum... Mutlu ve mutsuz, aç ve tok, çocuklu ve çocuksuz evlerin kapısından, serviler arasındaki mezarların yanından, iki yanında kuru yaprakların öbek olduğu Arnavut kaldırımlarından, söylediğinden pişman olmamak için ağzına ateşte kızdırılmış demir kaşık sokanların dergâhının, gayrimüslimlerin kaygılarının saklı kaldığı pasajların, muhallebici dükkânlarının, kıraathanelerin, çırakların suladığı sokakların, berber dükkânlarının, bakkalların, meyhanelerin ve otoparkların önünden, minarelerin, bulutların, vapurların, adaların, dalgaların, iki köprünün, Marmara'nın ve Karadeniz'in ve Çanakkale'nin üzerinden, okuyanın iki gözünden, hepinizin gönlünün kıyısından geçtim. Yine güneşe, hep güneşe doğru uçtum. Anlatmak için uçtum. Sonunda... Bir cihan kafeste sevdiğini gözyaşıyla besleyen milyonlarca kanatlının yanına kondum.

11 Mart 2012, New York
10 Nisan 2013, İstanbul

Teşekkür Ederim…

Çocukluğumuzdan bu yana yazdığım her satırı ilk okuyan kişi, birinci meleğim kız kardeşim Hilal Özcan, İstanbul'a adımımı attığım ilk günden bu yana elimi bırakmayan, diğer meleğim Tülin Berk, işimin ve hayatımın en önemli parçası canım Batuhan Zümrüt, evimin direği, bir başka meleğim Meryem Uysal, kızımın prenses ablası Ece Ademoğlu…

Sabırla, müthiş bir sevgi ve inançla, tüm kapleriyle yanımda rüzgar, aklımda aydınlık, parmaklarımda güç olan Müjde Mısırlı Zoto ve Pelin Onat…

'Hiçbir şeyin nedensiz olmadığı' gerçeğini defalarca birlikte tecrübe ettiğimiz ve hayatımın kimi anlarında bir kardeş gibi yer tutan Veda Yurtsever İpek ve Elif Dağdeviren…

Elbette, yaptığım, yapacağım her işte o olmasa her şeyin eksik olacağını bildiğim, bu kitapta da sakinliği, bilgisi, tecrübesiyle canıma can katan sevgili Tolga Meriç…

"Hadi, şimdi," diyerek o en korktuğum köprüden geçmeme neden olan Barbaros Altuğ, müthiş bir zariflikle Alfa çatısı altına girişimi onurlandıran Faruk Bayrak ve Vedat Bayrak, heyecanını heyecanıma katıp beni daha da yüreklendiren Ilgın Sönmez ve tüm Artemis ailesi...

Ve... Kıymetli sohbetleriyle öğrenmeye daha çok heveslendiren çok değerli din adamları Hüseyin Erek ve Emin Işık, Prof. Dr. Kemal Sayar'ın bir baba eline benzeyen kitapları, her konuşmasıyla yeni bir yanıta kavuşmama neden olan Prof. Dr. Haluk Gürgen hocam...

Ve elbette... Şehirlerim, sokaklarım, evlerim, otellerim... Başlangıç noktası, The Marmara Manhattan'ın 19. katındaki East River'a bakan 19E ve Armada Pera'da bir dönüşüme şahit olan 502...

Binlerce kilometre uzaktan New York'taki sorunları dahi şimşek hızıyla çözen sevgili Evren Sabuncu... Brooklyn, Queens, Bronx sokakları, metro kalabalıkları, çiçek dolu parkları, yağmurlu Roma meydanları, köprüleri, kafeleri, İğneada sahili, karaçam ormanları, Sakarya-İstanbul otobanı ve Maçka çatıları...

İstanbul'dan New York'a, Ağva'dan İstanbul'a gönderdiği sevinç ve cesaret dolu 'sabah kuşu' mektuplarıyla beni bana anımsatan sevgili Fügen Ünal Şen...

Haftalar boyunca bana eşlik eden o sihirli objeler, fanuslar, mumlar, defterler, yeşil kalemler...

Zbigniew Preisner, Miles Davis, Rod Stewart, Cindy Lauper, Seal, Yasmin Levy albümleri... Gece Yocuları'ndan bir şarkı...

Ve... Sabır gösterip sabır öğreten bazen de geliş ve gidişleriyle sabrıma sabır ekleyenler...

Hepinize çok ama çok teşekkür ederim.

Siz olmasanız çok zor olurdu.

İclal Aydın, 2013